# 내 생의 알리바이

공선옥 소설집

창비

# 내 생의 알리바이

초판 1쇄 발행/1998년 10월 1일
초판 9쇄 발행/2011년 10월 7일

지은이/공선옥
펴낸이/고세현
펴낸곳/(주)창비
등록/1986년 8월 5일 제85호
주소/413-756 경기도 파주시 교하읍 문발리 513-11
전화/031-955-3333
팩시밀리/영업 031-955-3399 · 편집 031-955-3400
홈페이지/www.changbi.com
전자우편/literat@changbi.com

ISBN 978-89-364-3651-3  03810

내 생의 알리바이

# 차례

5

# 모정(母情)의 그늘

허여사는 쓰러지고 말았습니다. 큰아들과 작은아들 간의 불화로 인하여 결국 작은아들이 집을 나가버렸기 때문입니다. 작은아들은 원래부터 몸이 안 좋은데다 근래에 더욱더 나빠져서 형하고의 불화가 있기 전부터 요양자리를 찾아보고는 있었지만 이렇듯 빨리 떠나리라곤 생각지 못했던 일이었기에 허여사의 충격이 클 수밖에 없었습니다. 작은아들은 제가 입었던 속옷이며 칫솔, 숟가락, 젓가락, 수첩, 일기장 그리고 마지막으로 제가 기르던 앵무새 한쌍을 조롱에 감아들고 일어섰습니다. 어디로 간다는 말도 없이 일어선 아들은 어미인 허여사더러 짐을 좀 들어달라고 말했습니다. 허여사는 가슴이 떨려와 다리까지 휘청거렸습니다.

'오냐, 어디를 가든 집안은 잊어버리고 니 몸 하나 잘 건사하거라.'

하고 허여사는 작은아들의 짐보퉁이를 들고 택시정류장까지 따라나섰습니다. 모자가 말이 없는 가운데 속없는 앵무새만 '조오타' 합니다. 그날 따라 비까지 뿌립니다. 택시는 쉽게 오지 않습니다. 우산도 쓰지 않은 모자가 초라한 짐보퉁이를 들고 택시를 기다리는 동안 비는 속절없이 그들의 머리며 옷을 적십니다.

"아나, 차비나 해라."

하고 허여사는 속곳자락을 뒤져 꼬깃꼬깃한 지폐 몇장을 작은아들의 손에 쥐여줍니다. 작은아들은 두말 없이 늙은 어미가 내미는 돈을 받습니다. 드디어 택시가 옵니다. 허여사는 짐만 택시 안에 넣어주고 돌아설까 하다가 짐과 함께 택시 뒷좌석으로 기어들어가 앉았습니다. 작은아들은 말이 없습니다. 작은 짐보퉁이나마 제 힘으로는 들 힘이 없는 아들은 어머니의 짐꾼 노릇을 마다하지 않습니다. 아니, 마다할 수가 없습니다.

아들은 고속버스를 타고 그렇게 가버렸습니다. 언제 오마는 약속도 없이 그렇게 아들은 빗속으로 가버렸습니다. 허여사는 휘청휘청 고속버스 터미널을 빠져나와 버스정류장에 서 있습니다. 집으로 가는 버스는 잘 오지 않습니다. 호주머니를 뒤져봅니다. 손에 잡히는 돈이 없습니다. 가운데에 구멍이 뚫린 버스 토큰 하나만 달랑 남아 있습니다. 허여사는 걷기로 합니다. 집까지는 걸어서 한 시간 정도 걸릴 것입니다.

'오늘은 갸가 와야 할 텐데.'

허여사는 걸으며 한수님을 생각합니다. 한수님이 와야 이번 주를 넘길 수 있으리란 생각을 합니다. 아침에 허여사가 한수님에게 전화를 했을 때 그녀는 분명 오늘 낮에 한번 들르겠다고 말했습니다. 그러나 오지 않을 수도 있습니다. 버스를 타고 집에 가면 달랑 한 개 남은 버스 토큰조차 없어지고 맙니다. 토큰 하나 없는 상태에서 수 님이 오지 않으면 허여사는 파출부 일을 나갈 수가 없습니다. 물론 옆집에서 토큰값쯤은 빌릴 수도 있습니다. 하지만 이제 옆집에서 돈 빌리기도 어렵게 되었습니다. 한수님이를 돈 잘 버는 며느릿감이라 고 어쩌나 옆집 할멈에게 자랑을 해놨던지 이제는 오히려 옆집 할멈 이 자기에게 돈을 꾸러 오는 판이 되어버렸기 때문입니다. 옆집 할 멈이 돈을 꾸러 오는 날이 한수님이 오고 간 뒤라면 다행히 자기도 어깨 으쓱해가며 뀌어줄 수 있습니다. 한수님이 자기 집을 드나든 뒤부터 옆집 할멈은 허여사 집이 이제 부자가 되어버린 듯이 여기는 눈칩니다. 가끔은 시기와 질투의 시선도 보냅니다. 허여사는 자신이 시기와 질투의 대상이 된다는 사실도 그다지 나쁘게 생각되지는 않 습니다. 아니, 오히려 은근히 즐기고도 싶은 기분입니다. 한수님 덕 분에 자신의 콧대가 좀 올라간 기분, 그 기분도 썩 괜찮은 기분입니 다. 이제껏 남한테 꾸어본 적은 있어도 뀌어주지는 못했던 자기가 누군가한테 어깨까지 으쓱해가며 무엇인가를 뀌어준다는 기분은 실 로 감개가 무량한 바도 있습니다.

어깨도 전에 없이 으쓱해지고 콧대도 올라간 지금에 와서 토큰 하 나값을 꾼다는 것은 허여사 자존심이 허락하지 않습니다. 그래서 한 수님이 오지 않을 수도 있는 상황을 대비하기 위해 자기 다리 좀 아 파서 자존심은 세우자는 계산으로 허여사는 비가 오는 가로를 차박 차박 걷기 시작합니다. 파출부 일은 오후 한시에 가기로 했으므로 오전 열시인 지금부터 집까지는 열한시까지는 갈 수 있을 것이고 그 러면 시간은 충분합니다. 물론 어떤 일이 있어도 수님이는 와야 합니다. 만약 수님이가 오지 않으면 자신은 또 집에서 파출부 일을 나가는 집까지 걸어가야만 합니다. 집에서 그 집까지는 걸어서 두 시간은 걸릴 거리입니다. 수님이가 오지 않을 거면 자신은 지금부터 집까지 가지 아니하고 파출부 일 할 집으로 방향을 틀어야 합니다. 그러나 수님은 올 것입니다. 아니, 오게 되어 있습니다. 그녀가 오게 되어 있는 이유가 충분히 있기 때문입니다. 허여사는 그것을 잘 알고 있습니다. 큰아들도 모르고 작은아들도 모르는 것을 허여사는 알고 있습니다. 한수님이 오늘 낮뿐만 아니라 다른 날에도 오는 이유, 자신이 전화하지 않아도 오게 되어 있는 이유가 많이 있는 것도 아니고 딱 한가지 있는데 그것은 바로 그녀, 한수님이 허여사의 큰아들을 사랑하고 있다는 것입니다. 사랑만 하고 있으면 문제는 간단합니다. 그러나 그녀의 사랑이 아들에게 받아들여지지 않고 있다는 데 한수님이 자신의 집에 그토록 드나들 수밖에 없는 이유가 있는 것입니다. 바로 그곳에 허여사의 콧대가 높아지거나 낮아지거나 하는 접점도 있는 것입니다. 한수님은 사랑하는 남자가 자신을 사랑해주기를 간절히 원하고 있습니다. 그러나 아들은 한수님에게 냉정합니다. 아들이 냉정한 이유는 두 가지가 있습니다. 한 가지는 아들이 예전에 헤어진 여자를 아직도 못 잊고 있는 것이고 또 한 가지는 아들이 돈을 못 번다는 것입니다. 아들은 말합니다. 설사 자신이 예전 여자를 잊는다 해도 남자가 돈을 못 버니 자존심이 허락하지를 않는다는 것입니다. 아무리 여자가 돈을 많이 번다 해도 남자가 돈을 못 벌면 결혼을 할 수가 없다는 것입니다. 아들이 한수님을 사랑하지 못하는 그 두 가지 이유로 해서 한수님은 아들을 사랑합니다. 아들이 예전의 여자를 잊지 못하고 있음을 안 한수님은 기를 쓰고 아들을 사랑

합니다. 어떨 때는 좀 과격하다 싶을 정도로 아들의 멱살을 잡고 사랑해달라고 애원합니다. 아들은 묵묵부답입니다. 허여사는 그럴 때 자신이 어떻게 처신해야 좋을지를 재빠르게 계산합니다. 아들의 멱살을 거머쥐고 눈물을 줄줄 흘리며 사랑 좀 해달라고, 예전 여자한테 주는 사랑의 십분지 일만이라도 좀 달라고 애원할 때의 한수님은 대개는 술을 먹었습니다. 술을 먹은 한수님의 힘은 장사 같습니다. 그 호리호리한 몸매 어디에서 그런 힘이 나오는지 아들의 멱살 잡은 손을 좀 떼어낼라치면 손등에 푸른 힘줄을 있는 대로 세우고 눈에는 불꽃이 일어서 허여사의 만류에도 아랑곳하지 않습니다. 그럴 때는 허여사의 오장도 좀 상합니다. '저것이 아무리 내 아들이 못났기로서니, 어디 와서 행팬구' 싶어져서 등짝이라도 때려주고 싶은 마음이 울컥 치밉니다. 한편으로는 불쌍해 보이기도 합니다. 한수님이 불쌍하다 싶으면 슬며시 아들이 얄미워지기도 하고 아들이 얄밉다고 생각하면 한수님이 너무한다 싶어지는 것입니다. 어쨌거나 허여사로서는 그래도 어느 한쪽 편을 든다면 그런 상황에서는 한수님이 편을 드는 척은 해야 합니다. 아들은 언제든지 자기 아들이지만 한수님은 아들이라는 끈만 떨어지고 나면 생판 남인고로 남에게 야박하게 굴고 싶은 마음은 없기 때문입니다. 그런 정도의 예의와 상식은 허여사도 지니고 사는 것입니다. 그래도 허여사가 시집온 이 김씨 집안이 예의도 상식도 없는 집안은 아니란 뜻입니다. 하여 허여사는 한수님이 한풀 꺾인 틈을 타 한마디 하는 것도 잊지 않습니다.

"우리 집안이 비록 오늘날에는 없이살지마는 야 할아부지대까지는 광명이 찬란했던 집안이었다. 그런 집안 후손인지라 여직까지 살면서 이웃에 큰 소리 한번 안 나게 살았는데 이것이 뭔 일고. 이것이 뭔 일고오."

탄식과 한탄조로 허여사가 한마디 하면 한수님도 다소는 미안한 기색을 내비치지 않을 수 없게 됩니다.

"죄송합니다. 죄송합니다."

한수님이 머리를 조아립니다. 놀놀해진 허여사, 쐐기 박듯 한마디 더 하고 싶은 것을 꾹 참고 내키지는 않지만 한수님의 등을 두드립니다. 최고로 자상해져서 말이지요. 한수님이 허여사에게 등을 맡기고 다시 한번 폭포수 같은 눈물 흘리며 통곡하기 시작합니다. 허여사 가슴이 다 졸아듭니다. 옆집 할멈이 행여 이 돈 잘 번다는 며느릿감의 울음소리를 들을까 염려스러워서입니다. 허여사, 한수님의 등을 두드리며 속으로 욕지거리가 드글드글 끓습니다.

'에라, 이년. 울랴거든 니 집에 가서 엎으러지거나 자빠라지거나 하거라.'

그렇게 속으로 욕을 해놓고 나면 또 이상스레 한수님이 가엾어집니다. 욕을 하고 나면 미움증도 조금은 가시는 듯합니다. 아들은 저 보고 사랑 좀 달라고 애원하던 여자를 내버려두고 대문을 열고 나가버렸습니다. 허여사는 아들이 어디를 가는지 잘 압니다. 순진한 아들은 저도 어찌할 바를 모르고 어두운 공터에서 어정거리거나 철둑길을 따라 일없는 달리기를 할 것입니다. 못나고 순진한 놈이 돈 없어서 술도 못 마시고 그렇게 여자한테 몹쓸 행패를 당하고 나서는 여자 가기만 바라며 오밤중에 난데없는 운동이나 하고 있을 것입니다. 허여사는 어서 빨리 한수님이를 택시 태워 제집에 보내야만 합니다. 그것이 아들한테나 자신한테나 편한 노릇입니다. 그 정도 선에서 한수님을 돌려세워야만 하는 이유는 아직까지는 허여사 자신

12

이 한수님에게 예의와 상식을 벗어나지 않은 행동으로 일관했지만 앞으로 조금만 더 한수님 가는 시간이 지체되면 그래서 아들이 오밤 중의 난데없는 운동을 마치고 집에 들어올 때까지 한수님이 가지 않고 있으면 집안에 뭔 난리가 날지 모르는 형국이기 때문입니다. 그때쯤 가서는 허여사도 참았던 짜증이 폭발하고 말 것입니다. 예의고 상식이고를 차릴 여유가 없어지는 것입니다. 그때는 모든 것이 끝장입니다. 허여사의 어깨와 콧대가 올라갈 일이 더이상 없어지는 것입니다. 한수님의 덕 볼 일은 이제 그만인 것입니다. 허여사는 그것이 무섭습니다. 작은아들은 몸이 아파 일을 못하고 큰아들은 실직상태가 오래다보니 자연, 집안경제는 늙은 허여사의 파출부 일로 꾸려갈 수밖에 없었습니다. 그러다 어느날, 큰아들에게 한수님이 생겼습니다. 실직상태가 오래다보니 큰아들은 술이 늘었습니다. 한수님이 큰 아들을 따라 허여사의 집에 오던 날도 큰아들은 술에 곤드레가 되어 있었습니다. 어떻게 해서 술에 곤드레가 된 아들을 그 여자가 데려다주게 되었는지 그 내막은 허여사로서도 아직 알 수 없지만 한수님은 그런 아들을 허여사에게 데려다주었던 것입니다. 그렇게 큰아들과 인연이 맺어진 한수님은 이후로 큰아들을 사랑하게 되었고 허여사의 집에 가끔씩 드나들며, 올 때마다 허여사에게 용돈이나마 주는 일을 잊지 않았습니다. 그것이 문제였습니다. 허여사가 처음부터 한수님에게 돈을 바랐던 것은 아닙니다. 허여사는 한수님이 주는 용돈 타쓰는 맛에 어느덧 길들여져버렸습니다. 허여사가 비록 파출부 일을 다니고는 있지만 그렇게 일을 해서 번 돈이란 게 한수님이 용돈으로 주는 돈에 비하면 아무것도 아니니, 허여사가 한수님에게 심리적, 실제적으로 매달리지 않을 수 없는 것입니다. 그러나 허여사가 한수님에게 매달리는 사실을 아들이 알게 해서는 안됩니다. 돈은 못 벌어도 자존심 하나만은 살아 있는 아들이 제 어미가 사랑하지도 않는 여자에게 돈을 타쓰고 있다는 사실을 아는 날에는 한수님이 저도, 허여사 자신도 아들에게는 끝장입니다. 한수님은 한수님대로 허여사는 허여사대로 아들에게 배척당하게 되리라는 것은 불을 보듯 뻔한 사실입니다. 거기에서 허여사의 장기가 발휘됩니다. 한수님이 말로는 어머니에게 용돈 드리는 것이 보람이라고는 하지만 그 의중에는 아들에게 잘 보이고 싶은 마음이 작용하고 있다는 것쯤은 허여사 눈치로도 단박에 알 수 있는 일입니다. 눈치로만 살아온 허여사 인생이니 당연한 일입니다. 언젠가

"너가 나한테 용돈도 주고 맛있는 것도 사줬다고 아들한테 자랑했느니라."

하고 한수님이 어쩌는가 하고 슬쩍 말해보았더니, 한수님이는 드러내놓고 좋아하지는 않지만 그래도 얼굴빛이 밝게 빛나는 것을 허여사는 놓치지 않고 본 적이 있습니다. 그러나 아들에게 그런 말을 했다가는 수님이 저나 어미인 자기나 무슨 일이 일어날 줄 허여사는 잘 알고 있습니다. 그러고 보면 한수님이도 순진하기는 아들이나 매한가지입니다. 허여사 보기에 한수님이는 사랑에 눈이 먼 순진한 여자입니다.

아들은 지 아버지를 닮았습니다. 허여사는 아들을 두려워합니다. 아들이 어렵습니다. 제 속으로 난 자식이지만 장성하고 나니, 그 아들이 꼭 죽어버린 남편을 닮았습니다. 그 꼿꼿한 성질하며 아무리 궁핍해도 바지에 다림질해서 주름잡아 입는 것이 영락없는 제 아비입니다. 그러고 보니, 허여사는 자신의 인생이 기가 막히기도 합니

14

다. 젊어서는 남편 눈치 보며 청춘을 다 보내고 늘그막에 아들 눈치 보며 살아야 하는 신세가 기가 막혀서라도 한수님이에게 끌리고 싶은지도 모르겠습니다. 아들은 어미에게 자꾸만 미안타 합니다. 어머니를 호강시켜 드리지는 못하고 도리어 늙은 아들 뒷바라지나 시키는 주제에 어떻게 집안에서 놀고먹을 수 있겠느냐고 어미가 파출부 일 끝내고 집에 돌아가면 아들은 제 손으로 제 밥은 챙겨먹습니다. 늙은 어미는 아들이 그러면 그럴수록 더 미안해집니다. 몸둘 바를 모릅니다. 아들이 미안해하면 자기는 아들보다 더 미안해지는 것이 허여사의 심정입니다. 그러면서도 한편으로는 자신의 살아온 세월이 한탄스러운 것입니다. 미안하고 원망스러운 이중의 감정이 허여사의 쪼글쪼글한 가슴에서 요동칩니다. 한수님이에 대한 감정도 그렇습니다. 아들들한테 받지 못한 호강을 생판 남인 한수님에게 받는 것에 눈물이 나올 정도로 고맙기도 하면서, 이왕 남인데 지가 싫어지면 그만두겠지 하는 생각으로 안 줄 때 안 받더라도 줄 때 거절하고 싶지는 않습니다. 한수님이도 허여사가 받는 쪽을 좋아하는 것을 이미 알고 있는만큼 안 받을 이유가 없습니다.

'자발적으로 주는데, 줄 때 실컷 받아 쓰자주의'가 허여사의 한쪽 편을 이루고 있는 팽만한 감정입니다. 어찌 해석하면 도둑 심보인 것만은 틀림없습니다. 이전에야 허여사도 남에게 신세지는 행동을 부담스러워하며 살았습니다. 그런데 장성한 아들들의 실직상태가 오래다보니, 그만 그놈의 거지근성이 자기에게 생긴 것인지도 모르겠습니다. 어쨌거나, 허여사가 한수님의 호의를 거절하지 않음으로써 당분간의 평화는 유지될 것입니다. 당분간의 평화란 다름아닌, 집안경제의 평화입니다. 최소한의 가정경제가 지탱됨으로 속사정이야 어찌 됐든 겉으로 유지되는 평화 말입니다. 일례를 들면 이런 것입니다.

아들의 구두 밑창이 뚫어졌습니다. 말은 못하지만 아들은 밑창 뚫린 구두를 신을 때마다 오만상을 찡그립니다. 눈치 빠른 허여사는 보지 않아도 지금 아들이 온 얼굴을 구기며 신을 신고 있다는 사실을 잘 압니다. 남편과 아들이라는 남자들을 향해 대를 이어 발달되어 있는 허여사의 특별한 촉수가 그것을 감지합니다. 허여사의 가슴이 오그라 붙습니다. 밑창 뚫어진 구두를 신으며 실업자, 무능력자, 늙은 어미를 파출부 일 내보내서 먹고사는 불한당이라고 아들이 자신의 인생을 비관할까 무섭습니다. 조그만 일로 비관이 쌓이다보면 뜬금없이라도 어미에게 화를 낼지도 모릅니다. 아들이 어미에게 화를 내는 것은 아들 저 자신에게 내는 화라는 것을 허여사도 잘 알고 있기는 합니다마는. 그렇게 아들이 화라도 한번 내게 되면 여러가지로 집안 분위기가 좋지 않게 돌아갑니다. 화가 화를 불러들이는 격이 됩니다. 작은 일로 크게 감정 상하는 일이란 게 주로 돈 때문에 생기기 쉬운 법이지요. 실업상태에 있는 아들은 감정이 예민합니다. 특히 어미가 무심결에 돈이야기라도 하면 아들의 예민한 감정이 폭발할 수도 있습니다. 아들이 폭발이라도 하게 되면 그것을 고스란히 받아줄 사람은 바로 허여사 자신입니다. 나이 사십이 다 되도록 장가도 못 간 아들의 화를 받아줄 사람이 아들의 마누라가 아니고 어미라는 사실이 허여사 가슴을 아프게 합니다. 젊어서는 남편 눈치 보고 늙어서는 아들 눈치 보며 살아야 하는 제 인생에 화도 납니다. 허여사 화나는 거야 참아버리면 그만입니다. 그렇게 살아온 지 육십 평생인데 못 참을 일이 없습니다. 참고 사는 데는 이골이 났습니다.

가난을 참아왔고, 가난해서 받는 멸시를 참아왔고, 남편의 술주정과 구타를 참아왔습니다. 제 한몸 참아서 남편과 아들들이 편하면 그것으로 만족스러운 것이 허여사입니다. 언젠가, 지금은 시집간 딸이 제 아버지가 살아 있을 적에 허여사를 때리는 남편에게 반항을 한 일이 있습니다. 그때도 허여사는 도리어 딸을 나무랐습니다.

"여자 일생이란 게 그런 것이다. 여자는 남편한테 복종해야 되는 것이여. 남편이 도둑놈이면 여자는 도둑년이 되어야 하는 것이여."

딸은 그런 허여사를 도저히 이해할 수 없다는 듯이 말했습니다.

"도둑놈 남편하고 왜 살아요? 헤어지든지, 도둑질을 고치든지, 그리도 못하겠으면 신골 해야지."

"이런 망측한 년 보소. 소박맞기 딱 좋을 소리 하고 자빠졌네."

허여사는 딸을 나무랍니다. 딸은 허여사를 경멸의 눈으로 쳐다보고 허여사는 딸을 생전 처음 보는 별종 보듯 쳐다봅니다. 지금도 허여사 생각엔 변함이 없습니다. 딸은 가끔 제 남편하고 싸우고는 친정으로 올 때가 있습니다. 그럴 때마다 허여사는 사위에게 자신이 죄지은 사람처럼 허둥댑니다. 남편과 아들들 눈치보느라 뼛골이 휜 인생인데 이제 사위 눈치까지 보게 만드는 딸이 원망스럽습니다. 예전에 딸이 눈 똑바로 뜨고 제 아버지한테 반항할 때 종아리에서 피가 나도록 '여자의 일생'을 가르쳤어야 했는데 하는 아쉬운 생각도 듭니다. 모든 것이 자기 책임인 것만 같습니다. 어쨌거나 장모의 극진한 사랑 덕분으로 사위는 딸을 데려가고 딸은 어미에게 고맙다는 말 한마디도 없이 양양해져서 제 남편을 따라갑니다. 어찌하다보니 딸이야기로 샜습니다만 요즘 여자들이 확실히 허여사 세대보다는 좀더 많은 자유를 구가하며 살기는 사나봅니다. 남편하고 싸워서 집을 나가는 것은 여자고 그런 여자를 무엇이 예쁘다고 또 무릎 꿇고 애원하여 데려가는 것은 남자이니 말입니다. 딸뿐만 아니라 한수님 이를 보아도 요즘 여자들이 얼마나 자유를 누리며 살고 있는지를 알 수 있습니다. 남자 앞에서 마음대로 술을 먹을 수 있는 것도 그렇고 남자보다 한발 앞질러 먼저 사랑도 해버립니다. 그래서 남자가 아직 사랑할 마음도 없을 때 여자는 몸이 달아올라서 남자더러 사랑을 안 준다고 윽박지르기도 합니다. 그것이 허여사 눈에 비친 요즈음 세태 입니다. 암컷이 가지고 있는 고유한 특성과 수컷이 가지고 있는 고 유한 특성을 구별하기가 매우 난처하게 되었습니다. 허여사가 시집 올 때 해가지고 온 횃대보에는 쌍쌍이 나는 나비를 손짓하는 목단꽃 수가 있습니다. 그 수만 보아도 가슴이 뛰놀던 때가 허여사에게도 있었습니다. "꽃이 호롱호롱 춤추면 나비는 훨쩍 날아 꽃에 가슴에 스미네" 하고 처녀애들은 속삭였습니다. "저기 가는 저 사내야, 나비 와 같이 날아서 이내 가슴을 간질여주려마"고도 노래했습니다. 꽃이 가만히 있으면 나비가 알아서 날아오는 게 자연의 이치이거늘 이제 나비가 가만히 있는데 꽃이 호들갑입니다. 그런 세상이 되었으니 나 비꽃 수를 본들 무슨 뜻이 있을 리가 없게 되어버렸습니다. 그러나 세상 따라 사는 것이 허여사 신조이기도 합니다. 풍속 따라 살아야 합니다. 풍속은 변하는 것이니 변하는 것 따라 살지요. 변하는 것 따 라 살자고 다짐하건만 허여사 용기로는 도저히 따라 살지 못하는 것 도 있기는 있습니다. 한수님이한테 그것이 있단 말이지요. 술 먹는 것도 이해하고 사랑 달라는 것도 이해합니다. 한수님이 처지 보면 이해가 되고도 남습니다. 어떤 처지인고 하니 시방 그네가 처한 환 경이 다 술 먹고 사랑 달라고 할 수밖에 없는 처지란 것입니다.

18

한수님이에게는 아이가 셋 있습니다. 언젠가 돈 잘 버는 며느릿감이라고 옆집 할멈한테 한수님을 자랑했을 때 옆집 할멈은 눈곱 낀 눈을 빤드름히 뜨고 그 며느릿감 한번 보자고 한수님이 오는 시간에 맞춰 허여사 집 문앞에 진을 치고 앉아 있었습니다. 허여사 가슴이 철렁했습니다. 한수님이는 애를 셋이나 낳고 남편 없이 혼자 사는 여자인지라 얼굴이 파삭 늙었습니다. 제 아들이 아무리 돈도 못 버는 못난이라 할지라도 아직은 총각인데 애가 셋이나 딸린 과부한테 선뜻 내주기는 허여사로서도 그리 맘이 내키는 일은 아닙니다. 애가 셋이면 어떨까보냐, 마음만 착하면 되지 싶다가도 그놈의 파삭 늙은 얼굴을 보면 누구에게도 제 며느릿감이라고 소개시키고 싶은 마음이 들지 않습니다. 그래서 아직 옆집 할멈에게도 돈 잘 버는 며느릿감이라고만 소개했지 애가 셋 딸렸다는 소리는 하지 않았는데 늙은 구렁이 속이 무슨 낌새를 느꼈는지는 몰라도 종일 한수님이 나타나기만 기다립니다. 한수님이는 그날 오지 않았습니다. 그날 밤에 "어머니, 오늘 못 가서 죄송합니다" 하는 한수님의 전화를 받으면서 허여사는 '죄송은 다 뭐냐, 오지 않은 게 천만다행이지'라고 말하고 싶은 것을 참느라 침을 다 꿀꺽 삼켜야 했습니다. 마음에 들어하지도 않으면서 한수님이 돈 줄 때는 언제 내가 마음에 들어하지 않았던고, 하고 덥석 받아 챙기는 제 손이 두려워질 때도 있습니다. 꼭 누군가 숨어서 보고 있다가, '죄로 간다, 죄로 간다' 할 것도 같습니다. 그러나 어쩌겠습니까. 한수님이 주는 그 돈이면 아들의 밑창 뚫어진 구두도 새 구두로 바꿔 신길 수 있고 한수님이 때문에 마음고생 하느라고 축이 난 아들에게 고깃국이라도 사서 먹일 수 있으니 말입니다. 한수님이 준 돈이 있어서 먼길 떠나는 작은아들 여비라도 만족스러이 쥐여줘서 보내줄 수 있었으니 말입니다. 그런 것 생각하면 한수님이에게 나쁜 얼굴빛을 보일 수가 없습니다. 나쁜 얼굴빛이라도 보이게 되는 날엔 또 어딘가에서 어김없이 죄로 간다, 죄로 간다, 소리가 들려옵니다. '못난 놈, 못난 놈' 하고 아들 없을 때 아들을 실컷 욕해보기도 합니다. 아무리 여자가 애가 셋이라 해도, 얼굴이 박색이라 해도 제 어미가 지금 여자 돈에 매여서 밤이고 낮이고 '죄로 간다'는 소리 때문에 벌벌 떨고 사는 줄이나 안다면 지가 어떻게 그럴 수가 있을까 싶어 닭똥 같은 눈물이 두 볼을 적십니다. 그러다가 얼굴 마주보고 아들 말도 들어주다보면 한수님이 제발 제 발로 멀리 멀리 가줘버렸으면 하는 심정이 굴뚝같이 치밉니다. 우리 아들이 저한테 뭔 죄를 졌간대 찰떡같이나 붙어서 떨어져주질 않으니, 아들인들 오죽 괴로울까 싶어지는 것입니다. 그 아들이 어떤 집 자손인데 남편 없이 애를 셋씩이나 키우는 불쌍한 여자를 박대하랴 싶어지기도 합니다. 저는 절대로 그리 못하는 아입니다. 어미인 허여사 자신이 그것을 잘 압니다. 남의 가슴에 못 박는 짓은 절대로 할 아들이 아닙니다. 아들도 분명히 말했습니다.

"그 여자가 애가 셋이고 얼굴이 좀 못생겼으면 어떻습니까. 얼마나 꿋꿋하고 건강한 삶입니까. 문제는 저한테 있습니다. 어머니도 잘 알다시피 제 처지가 지금……"

그런 아들의 마음을 알고 있는 허여사인지라 이제 더이상 아들에게 한수님이를 어떻게 좀 하라고 할 수도 없습니다. 아들은 아들대로 제 인생문제로 붕 떠 있고 한수님이는 한수님이대로 애정문제로 떠 있는데 유독 허여사만이 그놈의 돈 받아쓴 죄로 날마다 보이지 않는 목소리의 주인공으로부터 '죄로 간다' 소리를 듣고 삽니다. 작은아들은 작은아들대로 자유인이 되었습니다. 그애는 집을 나서며 다시는 형이고 어머니고 생각하지 않고 살겠다고 선언을 했습니다. 저도 제가 살고 싶은 방향대로 살 것이니 어머니도 더이상 자기 때문에 눈물낼 일이 없을 것이라고 합니다. 그러고 보면 작은아들은 큰아들보다 확실히 세상 살아가는 데 힘이 있어 보이기도 합니다. 뱃속에서 자랄 때 어미가 영양공급을 제대로 해주지 않아서였는지 태어날 때부터 온전한 육신을 받지 못하고 세상에 나온 작은애는 잘난 제 형의 사는 꼴이 영 마음에 들지 않습니다. 팔은 곰배팔이요 끊임없이 체머리를 흔들어대는 그애는 술주정뱅이 아버지에게 매나 맞고 눈물이나 짜는 어미를 가졌습니다. 병신은 부잣집에서 태어나야 한다지만 부잣집에 병신 태어나는 일은 썩 드물지요. 가난한 집에서 병든 육신으로 태어난 그애는 스스로 포기하며 어미도 아비도 제 목숨을 책임져주지 못하는 환경임을 일찍부터 자각하고 제 목숨 하나만은 제가 책임지고 살아왔지요. 큰아들은 달랐습니다. 맏이인 데다 동생은 없는 동생이나 마찬가지 취급을 당했으므로 큰아들은 외동아들 대접 받으며 자랐습니다. 큰아들은 집안의 기둥이었습니다. 그러던 아들이 대학을 들어가면서 집안에서 큰아들에게 갖는 기대를 무너뜨리기 시작했습니다. 아들은 감옥엘 갔습니다. 대역죄를 지었다는 것이었습니다. 살고 싶은 마음이 하나도 없다가도 그래도 면회를 가서 아들 얼굴 보면 새로운 힘이 솟기도 했습니다. 아들은 차가운 면회실 쇠창살에 대고 어미에게 말했습니다.

"어머니, 어머니는 자랑스런 어머니입니다. 용감한 어머니입니다. 당신의 자식은 도둑질을 한 것도 아니고 몹쓸 짓을 저지른 것도 아닙니다. 다만 제가 감옥에 들어온 것은 제가 부자보다는 우리처럼 가난한 사람 편에 섰기 때문입니다. 압제자와 착취자의 반대편에 섰기 때문입니다."

비록 학교 언저리에도 가보지 않은 허여사지만 아들의 말이 무엇을 의미하는지 알 만큼의 머리는 있습니다. 한편으로는 아들 말마따나 자랑스럽기도 했습니다. 다른 이들에게 대놓고 자랑하지는 못해도 혼자서는 양양해지기도 했습니다. 그러다가 큰아들 면회를 마치고 집에 돌아오면 또다시 병든 작은아들과 큰아들 때문에 더 술이는 남편 때문에 심란한 마음을 가눌 길이 없었습니다. 다 지나간 일이긴 합니다만.

이제 세상이 살 만해졌다고 합니다. 대통령도 여러번 바뀌었습니다. 세상이 살 만해진 지금 속만 썩이던 남편은 죽었습니다. 아들이 감옥에서 나온 지 얼마 되지 않아 죽었습니다. 술만 들어가면 세상이 어찌 돌아가든 혼자 살판났던 남편은 바로 살판나게 해주던 그 술로 죽어버렸습니다. 작은아들은 아직도 아픈 몸입니다. 감옥에서 나온 큰아들은 실직상태를 거듭합니다. 작은아들은 제 형에게 불만이 많습니다. 제가 형같이 몸만 건강하면 형처럼은 살지 않을 거라 합니다. 한수님이 문제만 해도 그렇습니다. 동생은 제 형보다 한수님을 더 좋아합니다. 한수님을 사랑하지 않는 제 형을 '더러운 관념분자'라고 꼬집습니다. 형이 저처럼 살아봐야 세상맛을 제대로 알 것이라고 합니다. 일견 작은아들의 말이 옳다고도 생각됩니다. 형이 집안의 기둥노릇을 해야 하지 않느냐, 그 좋은 청춘시절에 정작 제 식구들은 안중에도 없이 형 고집대로 세상 산 결과가 이것이냐고 병든 동생은 제 형에게 대들기도 합니다. 무슨 소리인지 알아들을 수는 없어도 작은아들은 독학을 한 보람이 있어선지 어눌한 발음으로 나마 제 형의 코밑에 들입다 체머리를 들이대고 알량한 교양으로 무장된 좌파의 말로가 바로 이것이 아니겠느냐고 좀체 해득하기 어려운 말을 써서 형에게 따집니다. 그러면 형은 형대로 괴롭습니다. 허여사는 허여사대로 자식들 보기가 괴롭습니다. 이래저래 슬픈 허여사입니다.

그러나저러나 한수님이 오늘 낮에 집에 와주면 좋겠습니다. 오늘 낮에 집에 오면 따뜻한 점심이라도 끓여주고 싶습니다. 독한 맘 먹고 만약 한수님이 돈을 주면 받지 않을까도 연구해봅니다. 그러나 아무래도 그건 자신이 없습니다. 파출부 월급 가지고는 다음달 집세도 빠듯합니다. 아들의 구멍난 구두도 새 구두로 바꿔주고 싶고 작은아들 사는 데도 가보고 싶습니다. 허여사 가는 길에 비가 뿌립니다. 빗발은 점점 굵어지고 빗발이 굵어지자 은근히 한수님도 걱정됩니다. 큰아들은 오늘 아침 일찍 직장을 알아보아야겠다고 집을 나갔습니다. 제 형이 나가고 얼마 되지 않아서 작은아들이 또 짐을 싸서 집을 나가버렸습니다. 아주 멀리 가버렸습니다. 그 아들 가는 곳이 어딘지도 허여사는 모릅니다. 제 목숨 하나 붙이는 데는 누구보다 능력이 있는 아들이므로 그다지 걱정은 하지 않습니다. 제 목숨 하나만 잘 건사하느냐 하면 그것도 아닙니다. 작은아들은 팔은 곰배팔이요 머리는 체머리지만 노래는 잘 부릅니다. 혀가 조금 꼬부라지긴 했지만 그놈이 노래를 부르면 허여사 메마른 가슴에도 감동의 눈물이 젖어옵니다. 그놈은 그같은 노래실력으로 노래를 부릅니다. 길거리를 지나가던 사람들이 작은아들의 돈바구니에 돈을 집어넣습니다. 아들의 목소리는 더욱더 구슬프게 거리를 적십니다. 낙엽이 지면 낙엽이 지는 대로, 꽃이 피고 새가 울면 꽃이 피고 새가 우는 대로 아들의 목소리는 사람들의 심장 속으로 파고듭니다. 아들은 돈바구니 옆에 앵무새 한쌍도 매달았습니다. 앵무새는 아들이 노래를 부르면 "조오타"고 합니다. 그것을 본 허여사는 앵무새처럼 그렇게 좋지는 않았습니다. 좋다니요. 쓰라린 눈물이 흐르지요. 아들은 그렇게 번 돈을 누군가에게 갖다줍니다. 그 누군가가 누군지는 아들이 말을 안하니 알 수는 없습니다. 그리고 집에 올 때는 앵무새 한쌍만 달랑 들고 옵니다. 그럴 때는 '압제자와 착취자에 반대해서 감옥을 간' 제 형보다 낫다는 생각도 듭니다.

한수님이 걱정을 언뜻 하다가 또 제 아들들 생각이 밀려와서 한순간 한수님이를 잊었습니다. 한수님이는 책장사를 합니다. 어린이용 그림책이랑 장난감을 팔러 다닙니다. 그녀는 자신이 그 방면에 베테랑이라고 말했습니다. 조실부모를 하여 외롭던 차에 결혼도 빨라졌다 했습니다. 혼자 산 설움이 커서 요즈음 사람에겐 좀 많다 싶은 아이 셋을 낳았는데 남편을 교통사고로 잃었습니다. 먹고살 길이 아득해서 처음에는 아이를 업고 보험외판원도 하고 요구르트 판매원도 하다가 지금은 책을 팔러 다닙니다. 그렇게 고생을 해서 아직 서른다섯밖에 안 먹은 얼굴이 갖은 세상풍파 다 겪은 사람처럼 보이기도 합니다. 작은아들은 그런 한수님이를 좋아합니다. 화장품 바른 여자보다 훨씬 예쁘다고도 합니다. 그것이 진짜 작은아들 속에서 하는 소리인 줄 알지만 예쁘기는 개코가 낳습니다. 허여사는 그렇게 생각합니다. 그러나저러나 예쁘기는 개코가 더 예쁜 한수님이가 과연 오기나 할는지 어쩔는지, 어언간 집에 다 와갑니다. 허여사 옷이 흠뻑 젖었습니다. 으실으실 한기도 듭니다.

한수님이는 오지 않으려나봅니다. 아침 일찍 일자리를 알아보러

나간 큰아들에게서도 연락이 없습니다. 비는 드세졌다 가늘어졌다 오락가락합니다. 비를 맞고 추운 거리를 걸어서인지 몸이 무겁습니다. 허여사는 잠깐 눈을 붙이기로 합니다. 파출부 일을 한시까지는 가야 하므로 적어도 열두시까지는 한수님이 왔으면 좋겠습니다. 그러나 잠깐 눈을 붙이고 일어난 시간이 열두시 반입니다. 허여사는 무거운 몸을 일으켜 옷을 갈아입습니다. 일하러 갈 집의 마나님은 파출부의 외관을 중히 여깁니다. 그래서 손도 깨끗이 씻고 세수도 새로 하고 머리도 빗습니다. 옷도 물론 깨끗한 옷을 입습니다. 일 나갈 준비는 다 되었습니다. 이제나 오려나 하고 문밖에 귀를 기울여봅니다. 빗소리만 쏴아 들려올 뿐 사람의 발소리는 들리지 않습니다. 큰아들은 이 빗속에 어디를 헤매고 돌아다니는지 모릅니다. 작은아들은 이 빗속을 뚫고 무슨 길로 떠났는지 알 수 없습니다. 한수님의 집에 전화를 걸어봅니다. 한수님의 아이가 받습니다. 아이는 엄마가 회사갔다고 말합니다. 밥은 저희들이 챙겨먹었다고 합니다. 허여사는 전화를 내려놓습니다. 아이 목소리를 오늘 처음 들은 것은 아니지만 새삼스럽게 뭉클합니다. 왜 한번도 그애들을 보고 싶어하지 못했을까도 생각해봅니다. 빗속을 헤매며 돈벌러 다니는 한수님이 가엾어지다가도 제 어미가 바람난 줄도 모르고 오물거릴 한수님이 애기들을 생각하면 몹쓸 년 하고 욕이 나옵니다. 욕을 해놓고 나니 슬그머니 미안해져서 몸둘 바를 모르겠기도 합니다. 내가 불쌍한 그 애기들 돈을 잘도 받아먹었구나 싶어져서입니다. 내가 그 돈을 바라고, 그 돈을 바라고, 에라 몹쓸 할망구야, 합니다. 그러고 나니 속이 좀 가라앉습니다. 아무려나 지금은 파출부 일을 나가야 하므로 허여사는 집을 나섭니다. 비가 오는 온세상이 우중충합니다. 버스정

모정(母情)의 그늘 25

류장엔 비가 와서인지 버스를 기다리는 사람이 그리 많지 않습니다. 아이 업은 여자가 아이에게 우산을 받치게 하고 가방 속에서 사탕을 꺼냅니다. 제 아이에게 사탕을 내밉니다. 아이가 그것을 진창인 땅바닥에 떨어뜨립니다. 여자는 새 사탕을 까서 아이에게 쥐여줍니다. 아이에게 사탕을 쥐여주고 나서 옆에 서 있는 허여사에게도 한 알을 내밉니다. 허여사는 사양합니다. 아이 업은 여자는 먼저 온 버스를 타고 떠납니다. 여자가 떠난 자리에 분홍 사탕이 빗물에 젖습니다. 허여사는 주위를 둘러봅니다. 아무도 없습니다. 허여사는 얼른 사탕을 줍습니다. 사탕과 함께 빗물에 젖은 백원짜리 동전도 줍습니다. 사탕은 옷에 문질러 입속에 넣고 동전은 주머니에 넣습니다. 아이 업은 여자도 사탕 떨어진 자리의 백원짜리 동전을 보았는지는 모르겠습니다. 여자는 버스가 오자 뒤도 안 돌아보고 차를 타고 떠났습니다. 그러나 허여사는 버스가 와도 탈 수가 없었습니다. 제가 타고 갈 버스였는데도 그냥 보냈습니다. 그런 결과로 사탕 한 알과 백원을 벌었습니다. 오늘은 백원짜리 동전 한닢 때문에 일 나가는 시간이 좀 늦어졌습니다. 버스가 옵니다. 올 때는 걸어오는 한이 있어도 갈 때는 시간 맞춰 가야 하므로 마지막 남은 버스 토큰을 토큰 회수함에 집어넣습니다.

오늘 따라 집주인 마나님의 다리가 퉁퉁 부었습니다. 지병인 관절염이 날씨가 안 좋아서 더 도진 모양입니다. 무명주머니에 막소금을 넣고 볶습니다. 침대의 전기요 위에 드러누운 마나님의 퉁퉁 부은 다리에 뜨거운 소금주머니를 대고 문지릅니다. 한 시간 정도를 그렇게 식어지면 볶고 식어지면 볶고 해서 뜨거운 소금자루를 문지르고 있노라면 어깨와 팔이 욱신거립니다. 마나님은 부동산중개업자 남편과 이혼한 아들과 함께 살고 있습니다. 아들은 십년 내리 고시공부를 하는데 번번이 낙방만 하는 데 실망한 그 집의 며느리가 보따리를 싸버렸다고 합니다. 그러던 고시생 아들에게 얼마 전 중매가 들어왔다고 합니다. 그런데 상대 여자가 애 딸린 이혼녀랍니다. 돈 많은 이혼녀랍니다. 애 딸린 이혼녀란 마나님의 소리에 허여사의 귀가 번쩍 뜨입니다. 아무리 내 아들이 이혼한 흠이 있다 해도 고시에 합격만 하면 판검사가 될 신분인데 돈 많다고 어찌 그런 여자를 집안에 들일쏜가, 하고 마나님은 벌써부터 입술 끝을 씰룩입니다. 천부당만부당한 일이랍니다. 그 여자가, 가진 돈만 믿고 제 아들에게 접근해서 외로운 고시생 가슴을 뒤흔들어놨더랍니다. 하여 아들이 한번의 실수로 여자와 하룻밤 잔 것이 화근이 되어 최근 이 집안의 골칫거리가 되었더랍니다. 이 일을 할미라면 어찌하겠느냐고 마나님이 허여사에게 묻습니다. 그야 물론 천부당만부당하지요 하고 허여사는 비위도 좋게 마나님을 거듭니다. 어떻게 하겠느냐고 묻는데 천부당만부당하지요라는 대답만 나올 뿐 허여사로서는 달리 생각이 없습니다. 묘안이 있었더랍니다. 돈 한장으로 그 여자를 아들로부터 떼어놨더랍니다. 돈 한장이라는 게 도대체 얼마만한 돈인지 알 수는 없지만 마나님의 말을 들은 허여사, 느닷없이 욱하고 치미는 것이 있습니다. 에끼 순, 소리가 저절로 치밀어오릅니다. 그러면서 한수님이가 떠오릅니다. 빗속을 헤매고 있을 한수님이, 내 아들을 진심으로 사랑하는 한수님이, 허여사는 한수님이에게 돈을 줄 수가 없습니다. 돈을 주다니요. 오히려 돈을 받고 있습니다. 천금 같은 한수님이 돈을 착복하고 있습니다. '에끼 순'은 마나님이 아니고 허여사 자신입니다.

파출부 일을 끝내고 마나님에게 사정얘기를 좀 해볼까 하다가 돌아섭니다. 돈은 다달이 말일날 받기로 되어 있는데 한푼이라도 제 날짜 이전에 주는 건 딱 질색인 마나님의 성미를 아는지라 어떻게 말해볼 엄두가 나지 않습니다. 집까지 걸어갈 수밖에 없습니다. 집으로 돌아갈 때마다 마나님 집안에 넘쳐나는 과일이며 고기 들이 허여사 가슴을 허전하게 합니다. 집안에 아무리 물자가 넘쳐나도 마나님 손으로 싸주기 전에는 가져가고 싶은 생각은 없습니다. 그런데 오늘 따라 그것들이 눈앞에 천장만큼이나 높아 보입니다. 집까지 걸어갈 생각도 아득합니다.

그리하여 결국 허여사는 쓰러지고 말았습니다. 집까지 오는데 비도 오고 몸이 무거워 두 시간 걸릴 거리를 세 시간 걸려 돌아왔습니다. 그러다가 마침내 집이 저만큼 보이는 골목 입구에서 그만 허여사는 다리의 힘이 빠지고 정신이 몽롱하여 쓰러져버린 것입니다.

누군가 아득하게 "어머니"라고 부릅니다. 수님의 목소리입니다. 한수님이 목소리라는 것이 의식되자 정신이 몽롱한 상태에서도 더 늘어져야지 하는 생각이 번개같이 듭니다. 한수님이는 허여사에게 제가 사랑하는 남자의 어머니라는 이유만으로도 충분히 크나큰 인정을 베풀고 싶어하니까요. 한수님의 인정에 제 몸을 맡겨버리기로 합니다. 한수님이 새끼들이 떠오릅니다. 속으로는 '나쁜 년, 나쁜 년' 합니다. 한수님이보고 하는 나쁜 년 소리가 한수님에게는 허여사 자신에게 하는 소리로 들리는지 자꾸 "어머니, 어머니가 왜 나빠요" 합니다. 그럴 때는 기가 막혀서인지 사리분별도 제대로 안되고 에라, 모르겠다 저 싫으면 떠나겠지 하고 축 늘어진 몸을 온전히 한수님에게 맡겨버립니다. 수님이 등에 업혀 따뜻한 아랫목에 눕자 잠이 왔습니다. 허여사는 한없는 잠속으로 곯아떨어졌습니다. 꿈속에서 누가 자꾸 죄로 간다, 죄로 간다 해쌓는 통에 편한 잠을 못 잡니다. 한수님이 새끼들도 보입니다. 그것들이 일제히 제 품으로 달려들며 할머니는 나쁜 년, 해댑니다. 맹랑한 것들이 네 어미가 시키더냐, 하니까 쏙 내밀던 입술들을 조개껍질처럼 다뭅니다. 밑도끝도 없이 네 에미가 어디서 왔더냐, 했습니다. 그러자 큰놈이 냉큼 대꾸합니다. 할마씨 속에서. 둘째놈이 대꾸합니다. 할마씨 속에서. 셋째놈이 대꾸합니다. 할마씨 속에서. 거 참 맹랑한 것들이로구나, 나는 네 에미를 낳은 일이 없다 했습니다. 이것들이 일제히 입을 맞춰 합창합니다.

'죄로 간대요, 죄로 간대요.'

쥐알만한 한수님이 새끼들을 훠이훠이 쫓아내려 손을 휘젓다 잠이 깼습니다. 큰놈이 불알을 달랑거리며 말합니다. 할마씨 속에서. 그 다음엔 작은놈이. 그 다음엔 셋째놈이. 허 거참 맹랑한 것들이로다, 싶습니다. 픽 헛웃음이 나왔습니다. 세 놈의 귀여운 불알이 죄로 간대요, 하며 발을 구를 때마다 대롱거립니다. 꿈을 깨고도 그것이 눈에 선합니다. 그런데 한수님이는 어디 갔을까요. 제집에를 갔나요. 보이지 않습니다. 방안은 캄캄합니다. 머리맡에 미음과 약봉지가 놓여 있습니다. 그것들을 더듬거리다가 허여사 귀에 투닥거리는 듯한 소리가 들려 탁 손을 멈춥니다. 한수님과 아들이 싸우는 소립니다. 아니, 한수님이 아들에게 또 행패를 부리는 모양입니다.

"왜 안되지요? 왜 안돼요? …… 엉엉엉……"

"그런 게 아니라, 그런 게 아니라…… 절 좀 이해해주세요 명덕이 어머니 네? 한여사 제발……"

사랑을 하면, 아니, 사랑이 받아들여지지 않으면 여자가 저렇게도 되는 것일까요. 딱한 노릇입니다. 이 일을 어찌하면 좋을까요. 허여사에게는 한수님에게 돈을 줘서 아들과 떼어놓을 능력도 없는데, 이 일을 어쩝니까. 못난 놈, 몹쓸 년. 두서없이 목구멍에 치받치는 욕을 나오는 대로 내뱉어보지만 어떻게 해볼 도리 없이 끙끙 앓는 소리만 높일 뿐입니다. 생각 같아서는 생때같은 내 아들한테 어디서 감히 저런다냐 싶어져서 저년을 그냥, 하는 심정이 치받쳐 당장에라도 달려나가고 싶은데 이상하게 몸은 움직여지지 않고 신음소리만 나옵니다. 신음소리가 높아지면 한수님이 달려올 것입니다. 아들이 그런 한수님을 보면 뭔가 느끼는 바가 있을는지 어쩔는지는 모르겠습니다만. 어쨌거나 여자를 결정하는 문제는 아들한테 달려 있습니다. 아무리 한수님이 애걸복걸해도 아들이 원하지 않으면 허여사도 어쩔 도리가 없습니다. 그러고 보면 퍽도 딱한 사정은 아들이나 한수님이나 허여사 자신이나 매한가지입니다. 아들은 또 한수님의 악다구니를 피해서 뜀박질을 하러 갔나봅니다. 잠잠한 가운데 한수님의 처량한 울음소리만 들려옵니다. 그 속에 한수님의 새끼들 울음소리도 들리는 듯합니다. 참말로 다들 어찌해야 좋을지 모를 새끼들입니다. 꿈속에서 본 세 놈의 아이들 말처럼이나 다 허여사 쪼글쪼글한 속에서 나온 불쌍한 새끼들이지요. 허여사는 죄로 가는 한이 있어도 오늘밤 한수님의 간호를 좀 받고 싶습니다. 그래서 몸이 일어나지면 한수님의 새끼들도 좀 보러 가고 싶습니다. 아들을 위해서는 부동산집 마나님처럼 한수님에게 돈을 줘서라도 그녀를 떼어놔야 하지만 허여사에게는 그럴 능력이 없고 능력이 없는 김에 아예 도둑 소리를 들어서라도 한수님의 간호를 좀 받고 싶습니다. 그래서 죄로 간단

소리 듣고 싶지 않아서라도 한수님의 애기들을 보러 가고 싶습니다.
그것이 허여사의 솔직한 심정입니다. 맹랑하기는 한수님의 새끼들
이나 한가지인 허여사 신음소리가 높아가는 가운데 비는 줄기차게
내립니다.

〔동서문학 1995년 봄호〕

# 타관 사람

　차에서 내리자 강바람이 사납게 얼굴을 때렸다. 살을 에는 냉기가 얇은 작업복 속으로 파고들어왔다. 갑철은 도로를 훌쩍 건너뛰어서 불빛이 번져나오는 횟집문을 열었다. 설거지통에 손을 담그고 있던 여자가 고개를 돌리고 갑철을 무심히 쳐다보았다.

　"혹시 담배도 팝니까?"

　"히힝, 담배가게서 띠어다 써비스 차원에서 파는 것이 있기는 있어라우."

　"한 갑만 파십쇼."

　"히힝, 그러시쇼."

　여자는 습관처럼 의미없는 웃음을 날렸다. 갑철은 담배 한개비를 피워물며 수족관에 몸을 기댔다.

　"아줌마, 저건 얼마요?"

"광어 말이요?"

"저게 광업니까?"

"히힝, 회로 잡술라고요?"

"………"

"히힝, 주는 대로 받지라, 뭐."

설거지로 부산한 여자에게 무엇인가를 더 물어본다는 것이 내키지 않기는 했지만 어쨌든 확인은 해야 했다.

"여기서 윗한배미까지 걸어가면 몇시간이나 걸립니까?"

"거까지 뭔 일로 걸어갈라고요, 이 밤중에?"

여자가 새삼스레 갑철의 위아래를 훑었다. 그러나 경계하는 시선은 아니었다.

"차라리 택시를 타고 돌아서 가쇼."

"택시비는 얼마나 나와요?"

"이삼천원이나 나올랑가?"

돈이 없는 것은 아니었으나 굳이 택시를 타고 갈 일은 아니었다. 밤길이 험하고 날씨가 추운 것이 좀 걸리긴 하지만, 그것이 대수랴. 담배 한대를 다 태우고 가게문을 나서려다가 여자를 한번 힐끗 돌아보았다. 눈이 마주치자 여자가 설거지통에 손을 담근 채 내력없이 히힝, 웃었다.

"아줌마, 그 광어회 한 접시하고 소주 한 병 주세요."

"히힝, 그러지라."

여자가 내놓은 회는 혼자 먹기에는 양이 많았다. 여자에게 좀 먹어주기를 권했다. 여자는 사양했다. 안주량에 비해서 소주가 적긴 했지만 추운 밤길을 걸어가기에는 적당한 듯싶었다.

"윗한배미는 뭔 일로 갈라고 한다요?"

"집을 보러 갑니다."

"그 산골짝에 뭔 집을 보러 가요?"

"살 집이요."

"거 가서 살라고요?"

"빈집이 있다는 말을 듣고요."

"빈집이 윗한배미 거그밖에 없간디요? 쌔고 쌘 것이 빈집인디."

"누가 소개를 해줘서요."

"누가요?"

여자의 물음이 의외로 길어졌다. 그러나 대답하는 것이 귀찮거나 그러지는 않았다. 남도(南道) 여자들이 붙임성이 좋다는 걸 갑철은 알고 있었다. 저러는 것이 그네들의 천성이려니 했다. 그러고 나자 처음에는 의아했던 그네들의 그칠 줄 모르는 타인에의 관심이 오히려 다정하게 여겨지는 거였다.

"그 집에 살던 사람이요."

"그 집에 살던 사람이요? 누구까?"

"소 기르던 사람이요. 왜 왼눈에 좀 흰창이 많고……"

"아아, 그 양반!"

"알아요?"

"알다마다요. 아니, 그 양반을 어디서 만났다요? 그러고 시방 어디서 오는 양반이요?"

이쯤 되면 대답하는 쪽에서 서서히 지칠 법도 한데 포만감 때문인지 술기운 때문인지 사뭇 느긋해지는 갑철이었다. 그리고 지금 여자의 필요 이상의 관심이 갑철에게는 필요했다. 들어가 살게 될지도

34

모를 마을이고 여자를 통해서 그 마을에 대한 정보라든가 이 지역 물정에 대해서 도움말을 들을 수도 있을 것이다. 여자가 묻는 말에 꼬박꼬박 대답해주는 일이 꼭 손해날 일만은 아니었다. 어쨌거나 지역 안에서 사람을 사귀어둔다는 것은 좋은 일이었다. 그런 의미에서 여자는 이곳에서 사귀는 최초의 사람이 아니겠는가.

"남원 산동간 길을 닦다가 오는 길이요."

"기술자다요?"

"떠돌이 노가다요."

"그 양반이 거가 있습디까?"

"누구요? 아아, 그 사람이요! 예, 거기서 만났소."

"그 미친 작자가 그그 가 있었그만이."

"미친 작자라니요?"

"암시랑토 안헌 처자식 뚜드려패서 도망가게 해놓고 새각시 얻어서 인자 자기는 자유가 되었다고 좋아라 지랄발광을 허더니, 새여편네한테 깨가 다 빗개져서는 우세는 우세대로 다 사고 기껏 토낀다는 것이 엎어지면 코방아 찔 구례 산동이그만이."

갑철은 웃고 말았다. 더할 수 없이 선한 인상의 여자가 흥분을 해서 뭐라고 뭐라고 해쌓는 것이 보통 재미있는 모습이 아니었던 것이다. 여자도 제 말이 우스웠던지 웃었다.

웃음을 머금은 여자의 손에 값을 치르고 가게문을 열었다. 아까 차에서 막 내릴 때보다 강바람이 한결 누그러진 듯했다.

길은 생각보다 멀었다. 더군다나 그믐이었다. 산길을 올라갈수록 하늘이 가까워졌다. 바로 머리 위에 하늘이 있고 검은 구름장이 그 하늘을 뒤덮고 있었다. 갑철은 구름장이 하늘을 덮고 있는 것이 아니라 자신의 머리 위를 누르고 있는 것같이 답답했다. 가겟집 여자한테 미친 작자라는 소리를 들을 정도로 신뢰성 없는 사내의 말만 믿고 허위허위 이곳까지 달려온 자신의 행동이 마음에 들지 않기 시작했고 급기야 화가 났다. 발에 뭔가가 걸리는 느낌이 들어서 확 건어찬다는 것이 그만 돌부리에 걸려 넘어지고 말았다. 바람이 차긴 했지만 술기운 때문인지 춥지는 않았다. 갑철은 넘어진 자리에 한동안 그대로 엎디어 있었다. 흙냄새가 올라왔다. 향긋한 것이 풀냄새 같기도 했다. 그것은 여리지만 질기고 약하지만 강렬한 그런 냄새였다. 숨을 한번 크게 들이마셨다. 차츰 사내와 자신에 대한 화가 가라앉았다.

갑철은 사내가 일러준 대로 윗한배미 마을 입구 정자나무 아래 우산각에서 마주 보이는 오솔길로 접어들었다. 오솔길을 쭉 따라 실개울을 하나 건너니 건물의 형체가 눈에 들어왔다.

엄밀히 말해 그것은 건물이라기보다 보온천과 비닐로 동여맨 움막이었다. 그는 역시 비닐로 된 움막문을 잡아당겼다. 움막 안은 밖에서 보기보다는 깨끗하고 넓었다. 안온한 기운도 느껴졌다. 수도까지 설치되어 있는 게 처자식이 집을 나가기 전까지는 그런대로 살아보려고 노력은 한 것 같았다. 수도꼭지를 틀었다. 고맙게도 물이 나와주었다. 기둥에 달려 있는 전기스위치를 올렸다. 신기하게도, 거짓말같이 불도 들어왔다. 불이 들어오자 여태껏 긴가민가하고 숨죽이고 있던 생쥐들이 혼비백산했다. 갑철은 방문턱에 걸터앉아 담배를 한모금 깊이 빨았다가 내뱉었다. 그것은 안도의 한숨이었다. 행운은 그렇게 거짓말처럼 왔다.

"대체 누가 온 거여, 누가?"

"불써지는 것을 내가 봤당께 그러네."

"어디 한번 들어가보더라고."

자박자박하는 발소리들이 움막문 앞에 멈추었다.

"진갭이 왔능가?"

상노인 두엇이 움막 안으로 빠끔히 얼굴을 들이밀었다. 갑철은 머뭇거렸다.

"당신은 누구요?"

"진갭이란 사람한테 소개받고 온 사람입니다."

"뭔 소개를 했소?"

"이 집 소개를 했습니다."

"이 집을 샀소?"

"아뇨, 임시로 빌렸습니다. 올 겨울만 좀 나려구요."

"어디서 왔소?"

"산동 남원간 도로공사장에서 왔습니다."

"진갭이를 거그서 만났소?"

"예."

"패애앵, 숭헌."

"………"

"물은 나오요? 엊저녁에 불써진 것 본께 전기는 오는갑드만."

"물도 나오고 전기도 들어옵니다."

"외따로 떨어져 있다고는 해도 여그도 윗한배미 마을인께 언제가장 살란가는 몰라도 마을 사람들헌티 인사도 허고 그러쇼."

"그래야지요."

"누가 왔능가 알았웅께 우리는 인자 갈라요."

거기까지 말하고 마을 노인들은 총총히 물러났다. 아침해가 움막
을 눈부시게 비추었다. 갑철은 찬물을 마셨다. 안온감과 더불어 미
세한 불안감이 교차했다. 처자식을 찾아 헤매는 사내, 진갑이 말대
로 공사장에 다시 갈 필요는 없을 것 같았다. 우선 청소를 해야지.
찬물로 배를 채우고 나자 갑철은 턱없이 유쾌해졌다. 그래서 히힝,
하고 말같이 웃었다. 그렇게 웃고 나자 어젯밤 가게여자가 웃던 것
이 생각났고 그래서 또 한번 진저리를 치듯 히힝거렸다. 걸레와 빗
자루, 양은냄비와 숟가락, 밥그릇, 세숫대야, 치약, 칫솔 따위의 쓸
만한 물건들은 몽땅 있었으므로 당장에 살림을 해도 될 것 같았다.
그러나 정작 아무리 찾아봐도 쌀은 어디 가 있는지 보이지 않았다.
청소를 해놓고 나가서 쌀을 구해와야지. 갑철은 쥐똥이며 뭐며 청소
를 야무지게 해놓고 움막문을 닫았다. 무거운 돌을 굴려다 문에 기
대놓았다. 혹시나 아는가, 잠깐 자리 비운 사이에 누가 이 행운의 보
금자리를 낚아채갈지. 행운이란 늘 불안한 것이다.

쌀을 팔러 산길을 내려왔다. 당장에 아침밥을 해먹어야 하는 것이
다. 내려오는 길이어선지 길은 어젯밤 올라갈 때처럼 그렇게 멀게
느껴지지 않았다. 이제 자신의 몸 누일 자리를 구했다는 안도감이
작용한 때문이기도 할 것이다. 바로 머리 위를 내리덮던 구름장도
말끔히 가셔서 하늘은 높았고 바람은 드셌다.

쌀을 구하러 나온 길인데도 이상하게 몽환적인 기분이 들었다. 이
것이 꿈인가 생신가 싶어지는 것이. 행운은 이렇게 오면 안되는 거
였다. 옆구리가 결리는 것 같았다. 뭔가가 잘못된 것 같아서. 구례읍
에 나가 쌀 한 말을 팔고 반찬거리와 귤 한 봉지를 사들고 산길을 다

시 올라올 때 자신이 중 같다는 생각이 들었다. 집도 생겼고 내일 먹을 양식도 있는데 사람이 없구나. 식구들이 생각났다. 노망든 어머니, 말기 위암환자였던 형, 파출부 형수, 그리고 조카 홍기, 그들이 제 식구들이라는 생각이 들었다. 어디든 주소가 생기면 편지하라던 어머니는 아무리 편지를 써도 받지 못할 세상으로 떠난 지 오래. 형은 객사했고 형수는 집 나갔고 홍기는 어디 있지? 옆구리가 자꾸 결리는 것이 홍기였나. 고 자식 홍기가 그랬나. 돌아가 누울 자리가 생겼다는 사실이 갑철에게 턱없는 용기를 주었다. 홍기를 데려오기로 작심한 것이다. 그래도 세상에 유일한 제 피붙이가 아닌가. 그리고 혼자서 이 겨울을 나기에는 사팔뜨기 사내 진갑이 내준 그 움막이 너무 호사스러웠으므로. 거기에 여자까지 들이는 호사란. 아서라, 숨이 막힐 것이다. 여자 대신 조카라. 좋은 일이었다.

홍기를 위하여 밥을 짓는 일은 아주 즐거웠다. 다 허물어져내린 연탄 아궁이를 갑철이 새로 손보았다. 방은 기분 좋게 뜨끈뜨끈했다. 햇볕 좋은 날 손바닥만한 마당을 서성거리며 은근히 진갑을 기다렸다. 처음에는 그냥 한번 왔으면 싶었다. 그가 안된다고, 못 살게 하면 그냥 또 정처없이 떠날 셈이었다. 그렇다 한들 하나도 속상하지 않을 자신이 갑철에게는 있었다. 어디 속상한 일을 한두 번 겪었던가, 바리바리 절룩발이 김갑철이가. 그러면 홍기는 어떡하나. 이제 학교에도 들어가야 할 일곱살 홍기는 다시 고아원으로 가야 하나. 지난 겨울 삼촌 노릇을 참으로 뿌듯하게 했다. 유일한 혈육이 아닌가. 가슴이 미어질 것 같았다. 홍기가 까르륵대면 평생 제 여자 없어도, 제 자식 없어도 살 것 같은 기분이 들었다. 홍기가, 내 따순 혈

육이 있으므로.

비가 한번 오고 나자 움막문 앞 산수유나무에 노란 산수유 꽃망울
이 툭툭 터졌다. 이 집 주인 진갑이는 진달래꽃 필 참에나 올라나.
움막에서 혹독한 겨울을 나고 나니 봄 나기는 일도 아니게 느껴졌고
그래서 갑철은 이곳을 떠나기 싫었다. 그것을 예감하고 홍기를 데려
왔는지도 모를 일이다. 먼산에 안개가 자욱하고 산수유 꽃망울에 빗
방울이 달려 있는 푸근한 아침에 갑철은 움파를 듬뿍 썰어넣은 뭇국
에 아침을 먹고 나서 홍기를 단장시켜 학교로 갔다. 홍기 입학식이
있는 날이었다. 학교는 마을 고샅길을 지나서 마을을 감싸고 도는
개울 건너에 있었다. 학교 운동장에 들어섰는데 이상하게 아이들 소
리가 나지 않았다. 개가 컹컹 짖었다. 안경 쓴 여자가 갓난애를 포대
기에 둘러업고 나왔다.

"여기 학교 아닙니까?"

"폐교된 학곤데요."

"그럼 학교는 어딥니까?"

"산길을 내려가서 구례 쪽에서 오는 버스를 타고 곡성 쪽으로 가
다보면 삼거리에 있는 합록초등학교로 가야 해요. 우리 아이들도 거
기로 다니고 있는걸요."

"알았습니다. 안녕히 계십시오."

갑철은 공손히 인사하고 폐교된 분교 운동장을 돌아나왔다.

학교가 바로 저기 있구나, 하고 안심하고 있었던 것이 잘못이었
다. 믿거라 한 일에 발등 찍히는 데 익숙하지 않은 것은 아니었지만
낭패였다. 어찌 됐든 홍기는 이제 학교에 갈 나이가 되었고 자신은
그애를 학교에 보내야 할 의무가 있는 유일한 보호자였다.

합록초등학교에 도착했을 때는 이미 입학식이 시작되고 있었다. 한 사십여명 되는 전교생 중에 입학생은 일곱명이었다. 오밀조밀 오십여명을 앞에 놓고 한 삼십분 동안 교장선생님의 훈시가 있었다. 학교 운동장으로 섬진강의 매운 바람이 막바로 불어왔다.

유독 얇은 옷을 입고 있는 홍기가 두 다리를 달달 떠는 모습이 영 마음에 걸렸다. 구례장에 가서 홍기 옷을 살 생각을 마음속에 꿍치고 갑철 역시 덜덜 떨면서 교장선생님의 훈시를 경청했다.

바람이 워낙 세고 마이크 상태가 좋지 않아 무슨 말씀인지 영 알아듣기가 힘들다가 연설 말미에 가서야 목청이 한껏 올라간 덕분에 확실히 알아들을 수가 있었다.

"……그래설라무네 어린이 여러분과 뒤에 계신 자모 자형 여러분께서는 학교폭력의 뿌리를 근절하는 데 다같이 앞장서주시기 바랍니다. 아, 이것으로 오늘 입학식 훈시를 대신하고자 합니다."

"일동 차려엇, 경례."

갑철도 얼른 차려, 경례를 하였다.

교장선생님 말씀마따나 그것으로 입학식을 마친 뒤, 삼거리에서 버스를 타고 마을 앞 섬진강사랑 슈퍼 겸 횟집 앞에서 내렸다.

"히힝, 어디 갔다 오시요?"

내력 없이 잘 웃는 가겟집 여자 순임이가 갑철에게 알은체를 하였다.

"조카애 입학식 하고 옵니다."

"히힝, 그러시고만이라우."

갑철은 여자에게 빠르게 말하고 빠르게 지나쳤다. 그리고 한번도 돌아보지 않고 곧장 산길을 올라갔다. 숨이 턱에 차도록 올라챘다.

"삼촌, 왜 그래? 씨이."

저를 떼어놓고 쏜살같이 앞서가버리는 삼촌이 이상한 홍기가 인상을 있는 대로 쓰며 따라왔다.

"낼부턴 인자 이 길을 너 혼자 다녀야 하는 거여. 그래서 너 연습시킬라고 그러는 겨."

"나 혼자 다녀야 하는 겨?"

삼촌이 충청도 말을 하면 홍기도 충청도 말을 한다.

"그려, 너 혼자 댕겨야 하는 겨. 날마다 삼촌이 델다줄 수 읎는 겨. 나도 인자부텀은 바쁘니께."

"일할 거여?"

"그려. 일을 해야 돈을 벌고, 그래야 쌀도 사고 우리 홍기 옷도 사고 신발도 사고 공책도 사고 헐 수 있는 겨."

우리 홍기 옷도 사고 신발도 사고 공책도 사고…… 제가 해놓았지만 어쩐지 제 말 같지가 않았다.

아침에는 푸근할 것 같던 날이 비가 흩뿌리면서 조금씩 차가워지기 시작했다. 오들오들 떨리고 한속이 드는 것이 심상치 않았다. 오전에 청소와 설거지를 하고 오후에 날씨가 괜찮으면 움막 위 축사를 손볼 참이었다. 가축이라도 길러서 홍기를 가르쳐봐야지. 어쨌든 지금 당장은 으슬으슬 춥고 사지가 찌뿌드드한 것이 뜨뜻한 아랫목이 급했다. 몸은 급한데 걸음걸이가 따라주질 않아서 갑철은 자꾸 뒤뚱거렸다. 열심히 따라오던 홍기가 움막을 가리키며 경상도 억양으로 소리쳤다. 그애는 이제 사방 팔도말을 쓰는 삼촌을 닮아가고 있었다.

"삼촌, 집이 이상해져부렀네."

홍기 말대로 움막이 어째 이상했다. 다가가 보니 움막 전체의 의지가 되어주고 있는 축담이 무너져 있는 거였다.

"누가 그랬을까?"

한쪽 기가 탁 막혀와 갑철은 홍기에게 억장이 무너지는 소리를 냈다. 홍기는 고개를 가로저었다.

"봄비가 그랬다!"

의지를 잃어버린 비닐은 힘없이 흐물거리며 주저앉아 있었다. 벽이 없어져버렸으므로 방이랄 수도 없는 움막 한켠에서 어떻게 할 바를 모르고 동동거리던 갑철은 자꾸만 한속이 드는 몸에 옷가지를 더 주워입고 바닥에 밥을 차렸다.

"밥묵자."

홍기도 쭈그려앉았다.

"어쩔래? 인자 집도 못 쓰게 되어부렀고, 다시 고아원 갈래?"

"집 다시 고치면 되제."

어쩌는가 보려고 고아원 다시 갈라냐는 삼촌 말이 떨어지기가 무섭게 고아원 다시 가기 싫은 홍기는 집 고치면 된다, 한다. 그것이 갑철의 가슴을 때렸다.

"알았다. 밥묵자."

밥을 다 먹고 나서 꼴이 아닌 집모양을 그래도 어떻게라도 해볼 양으로 비닐을 들추고 밖으로 나왔다.

"웜마, 참말로 왕창 무너져부렀다. 워째 이런 일이 다 있노."

축담 옆에 핀 산수유 꽃망울이 오들오들 떨었다. 꽃을 보고 갑철이 중얼거렸다.

"춥제? 나도 춥다."

담을 다시 쌓으려도 일단 무너진 흙과 돌 들을 쳐내야 했다. 홍기하고 주질러앉아 돌을 들어냈다. 흙을 쳐내자면 무슨 도구가 있어야겠는데 싶다. 고아원 가기 싫은 홍기는 연신 코를 훌쩍거리며 돌을 주워내고 있다.

"홍기야, 삼촌 마을에 가서 괭이랑 삼태기 빌려오께."

"알았다. 그러고 경상도 말 그만 써라."

"그래."

마을로 들어선다. 뉘 집을 들어가야 하나. 뉘 집에 가서 괭이랑 삼태기를 빌리지? 골목에 사람 소리 하나 나지 않고 저만치 앞에 폐교된 분교에 사는 안경 쓴 여자가 아기를 업고 지나가고 있건만 이봐요, 소리가 선뜻 나오지 않는다. 어물어물하는 사이에 여자는 골목을 돌아가고 말았다.

애기 엄말 부르지 못한 것이 후회스럽다. 그리고 무엇보다 지난겨울 움막에 온 노인들 말대로 동네에 인사를 하지 않은 것이 몹시도 후회스럽다. 막상 인사를 하려 해도 무슨 말로 어떻게 자신을 설명해야 좋을지 몰라 맘먹고 나섰다가도 번번이 포기하곤 했다.

"어이."

자기를 부르는 소리가 틀림없다. 우뚝 선다. 뒤돌아본다. 키가 작고 눈이 작은 오십줄의 동네 사내다. 술냄새를 풍기며 건들거리는 것이 그다지 좋은 인상은 아니다.

"저 부르셨습니까?"

"진갭이 집에 사는 사람 아닌가?"

"맞습니다."

"아, 이 사람아, 이사를 왔으면 진작에 동네 사람들헌티 인사를 해야지. 인자사 와서 기웃기웃허고 있는가?"

"죄송합니다."

"죄송헐 것꺼지는 없고 그래 성함이 어떻게 되신가?"

"김갑철입니다."

"짐갑철? 어디 짐간가?"

"김해 김갑니다."

"그건 그렇고, 그런디 자네 집 담이 무너져부렀등만."

"예."

"올라오다 봉께 애기가 앉아서 돌을 줏어내고 있등마는."

"예."

"혼자 그 일을 어뜨케 허겄는가?"

"글쎄요, 해봐야지요."

"그려?"

"그런데 저어……"

"말해보소."

"연장이 좀 필요해서 그러는데……"

"아, 이 사람아, 연장보담은 사람이 필요헌 일이네, 그 일이. 가만 있어보소, 어이."

팔짱을 끼고 오종종거리며 다가오는 상노인을 뱁새눈의 사내가 손짓해 부른다.

"이센, 내일 뭔 일 없소?"

"왜?"

"저 아래 진갭이 집에 들어와 사는 사람인디 담이 무너져서 닐 하루 가서 봐줘야 쓰겄는디."

"그려."

"어이, 짐센, 나허고 이 양반허고 한 두어 사람 더 불러서 낼 자네 집으로 내려감세."

일은 순식간에 해결이 나버렸다. 연장을 빌리러 왔다가 결과적으로 사람을 구한 폭이 되었다. 어려운 숙제 하나를 푼 듯이 발걸음이 좀 가벼워졌다. 움막으로 들어오는 오솔길로 접어드는데 아직도 돌을 주워내고 있는 홍기의 작은 등허리가 보였다. 아이는 오들오들 떨면서도 돌 줍는 일을 멈추지 않았다.

"홍기야."

명치끝이 콱 막혀오는 통에 홍기를 부른 목소리가 좀 갈라졌다.

저녁이 되자 날씨가 더욱 쌀쌀해졌다. 그래도 어떻게든지 해서 이 밤을 보내야 한다. 설상가상으로 홍기 몸에서 서서히 열이 끓기 시작했다. 추위와 공포에 짓눌린 어린것이 끝내는 아파버린 것이다. 더 늦기 전에 무슨 수를 써야만 한다. 한데나 마찬가지인 움막 안에 아픈 아이를 재울 수는 없는 것이다. 갑철은 홍기를 둘러업고 움막을 나섰다. 먹장구름이 서쪽으로 몰려가고 있는 하늘에 언뜻 별이 빛났다.

25년 생에 쉰번째 취직한 공장에서 첫 월급을 받아와 어머니 옆에서 하룻밤을 자고 일어난 새벽에 포클레인 소리가 났었다. 그것은 이명처럼 먼데서 다가왔고 차츰 또렷해지면서 바로 갑철이 잠자고 일어난 방 문앞까지 진격해 들어왔다. 식구들은 혼비백산했고 그 와중에 홍기가 자지러지게 울었다. 형과 형수가 가당찮게도 포클레인 앞에 두 발 뻗고 누웠고 갑철은 어머니와 홍기를 동시에 업어야 했다. 그때 홍기가 세살이었다. 그때 업어보고 두번째다.

산길을 다 내려와 철둑길을 건너서 가겟집 안으로 들어갔다. 그 안에 공중전화가 있었다.

"어쩐 일이다요?"

가겟집 여자 순임이 이번에는 히힝 소리를 내지 않고 놀란 얼굴로 갑철을 바라보았다. 갑철은 말없이 공중전화 쪽으로 갔다.

"합록택시죠? 여기 섬진강사랑 횟집인데요. 지금 와주셨으면 고맙겠습니다."

택시 운전사는 알았다고 느리게 대답했다. 아니나다를까 금방 온다고 느리게 말한 합록택시는 금방 오지 않았다. 순임이 홍기 이마에 조용히 손을 갖다대었다. 그리고는 갑철이 품에서 아이를 떼어냈다.

"놔둬요."

갑철이 억양 없이 순임의 친절을 거절했다. 그러나 순임은 아랑곳없이 홍기를 번쩍 안아들고 방안으로 들어가버렸다. 갑철은 담배 한대를 피워물었다. 날씨가 쌀쌀해선지 손님도 들지 않은 모양이었다. 구례에서 오는 막차가 가게 밖 도로에 멈춰섰다가 어둠속으로 멀어졌다. 차소리가 멀어지자 섬진강이 소용돌이치는 소리가 몸을 뒤척이는 사람 소리처럼 아주 가까이서 들려왔다. 갑철은 담배 한대를 더 피워물었다. 담배 한모금을 다 빨기도 전에 가게문 앞으로 택시가 들어와서 빵빵거렸다. 갑철은 급하게 담뱃불을 발로 비벼끄고 나서 홍기를 불렀다. 순임이 입에 손을 대며 조용히 하라는 시늉을 해보였다. 그리고는 밖으로 나가 뭐라고 말을 했는지는 몰라도 택시를 돌려보내고 들어왔다.

"아니, 애가 아파서 병원에 가려는데 왜 택시를 돌려보내요?"

갑철이 언성을 좀 높여서 순임에게 따져물었다.

"애가 자요."

"자나마나, 아픈 애를 병원에……"

"약 멕여서 재워놨응께 한밤 자고 나면 괜찮아질 거그만요."

순임은 확신에 차서 말했다. 갑철은 맥없이 다시 담배를 꺼내 물었다. 어색한 침묵을 여자의 히힝 소리가 깼다.

"히힝, 아까 입학식 허고 올라올 때만 해도 괜찮허등만."

"예."

갑철이 내뱉듯이 대답했다.

"그런디 갑자기 왜 그러까?"

"병이란 것이 어디 갑자기 생깁니까? 아플 때 돼서 아프겠지요."

여전히 불퉁스러운 목소리를 내는 갑철을 힐끗 바라보던 순임이 술 한 병을 가져온다.

"히힝, 은어 좀 잡수어볼라요? 참 맛있소."

아닌게아니라 이녁 몸도 으스스 한기가 도는 것이 영 남의 몸뚱이 같다. 더운 술이라도 한잔 들어가야 조금 풀어질란가 싶다.

"홍기가, 되었든가보요."

"되다니요?"

"아무래도 고됐는가 싶어요, 첨으로 학교를 간 것이."

학교를 간 때문이 아니라 그럴 일이 있습니다, 소리를 꾹 누르고 그는 천연스레 술을 따라주는 순임의 얼굴을 언뜻 곁눈질로 본다. 훤한 이마 아래 주름이 자글자글하고 눈매가 서늘하여 갑철이 가슴 속에서 느닷없이 쿵하는 소리가 난다. 내가 뭔가 잘못 들은 게지, 싶어 가만히 귀기울이니 이번에는 짤랑짤랑 두부장수의 종소리 같은 것이 이녁 가슴을 때린다.

철커덕철커덕하는 기차소리에 눈을 떴다. 동쪽으로 난 창에서 햇빛이 들어오고 제 옆에 홍기가 누워 있다. 갑철은 발딱 일어나 앉는다. 아이구 큰일났구나, 싶다. 이곳이 순임이 집이란 것을 확실히 깨달았기 때문이다. 속이 쓰리고 머리도 좀 어지럽다. 숙취다. 빌어먹을 년 같으니라구.

"홍기야, 홍기야."

혼곤히 잠든 홍기를 거칠게 깨운다. 순임이 문을 연다.

"더 자게 놔두제 그러요."

갑철은 순임이 얼굴을 똑바로 보지 않은 채 홍기만 깨우고 있다. 슬쩍 이마를 만져보니 열이 내린 성도 싶어 순임에게 고마운 마음도 들기는 하지만 어쨌든 더러운 기분은 어쩔 수 없다. 짤랑짤랑 울리던 종소리 따위는 생각나지도 않는다. 사내를 유혹해 사는 인생, 순임에게서 한시 바삐 벗어나고 싶을 뿐이다.

"홍기야, 홍기야."

홍기가 겨우 눈을 뜬다.

"홍기야, 학교 가자."

딱딱딱딱 칼질 하던 순임의 높은 목소리가 들려온다.

"밥은 먹여 보내야지라우."

아이를 둘러업고 나오며 갑철이 씹어뱉듯이 뇌까린다.

"필요없습다."

가게문을 나서니 강바람이 매섭다. 아침해가 눈부신데 햇빛 속으

로 성긴 눈발도 날린다. 구례에서 오는 첫차에 홍기를 태운다. 홍기
는 허청허청 비틀거리며 차에 오른다. 그래도 학교에 가라고, 움막
에 가봤자 지금 집도 아니니 학교에나 가라고 갑철은 홍기를 차 안
으로 밀어넣었다.

순임이 가게문 밖으로 나와 있다.

"뭐 긴 놈이 성질낸다더니 꼭 그 짝이구만이라. 집이들 때문에 나
는 부엌에서 한뎃잠을 잤구마는……"

그 말 뒤에도 순임이 뭐라고 뭐라고 구시렁거리거나 말거나 갑철
은 맥없이 푸푸거린다. 자신이 오해를 해놓고 씩씩거린 것이 낯 뜨
거워서.

뒤도 안 돌아보고 철둑길을 건너 산길을 올라챈다. 빈속이 마구
울렁거리며 식은땀이 주욱 등골을 타고 내린다.

"어이, 짐센. 어디 갔다 오는가?"

찬 햇빛 속에서, 성긴 눈발 속에서 동네 남자들 네 명이 아침 일찍
부터 담을 쌓고 있다.

"어디 가서 자고 오는가?"

뱁새눈 남자가 짐작이 간다는 표정으로 갑철의 위아래를 살핀다.
속으로 불쑥 불쾌한 마음이 든다. 그러나 이렇게 아침 일찍부터 내
집 일을 해주러 온 자기보다도 나이 많은 어른에게 뭐라고 할 수도
없는 입장이다. 불쾌한 속을 접어두고 인사부터 차린다.

"그나저나 이렇게 아침 일찍부터 와주셔서 고맙습니다. 진지들은
자셨는지요."

"지금 시간이 몇신디 밥을 안 묵어. 아침이 아니라 새참때그만, 새
참때."

퍼뜩 정신이 든다. 맞는 말이다. 내 집 일 해주러 온 사람들한테 밥은 못해줄망정 새참은 제공해줘야 도리가 아닌가 싶다. 평생 일만 해오던 상일꾼들이라 담 쌓는 일은 신속하게 진행되고 있다. 손발이 척척 맞는 것이 신기할 지경이다. 전국 각지의 어중이떠중이들이 모인 공사판에서는 보기 힘든 장면이다. 갑철이 기분이 꽤 좋아진다.

"어르신들, 새참은 뭘을 준비해야 좋겠습니까요?"

기분이 좋아지자 술술 전라도 말씨가 나와준다. 깍듯한 서울말을 쓸 때는 어쩐지 뻑뻑한 표정이던 사람들이 금방 선선한 얼굴들이 된다.

"많이 헐 것도 없어. 간단허게, 자네 형편대로 허는 것이제."

"나는 담배나 한 갑 사다주소."

"그러죠. 금방 다녀오겠습니다."

"그러소."

아침녘인데도 일은 반나마 진행되었다. 두 사람은 어디서 퍼왔는지 붉은 황토흙을 이기고 다른 두 사람은 이겨진 흙을 돌 위에 척척 얹으며 또 그 위에 돌을 쌓고 하는 식으로 손발을 척척 맞춰가며 일하는 모습이 갑철을 속없이 기쁘게 만들었다. 이따 홍기가 학교에서 돌아올 쯤이면 흙내는 나겠지만 집이 다시 근사하게 살아날 것이다. 갑철은 일꾼들의 새참거리를 마련하러 빠른 걸음으로 산길을 내려왔다. 산길을 내려올 때까지는 별 생각 없다가 철둑길을 넘어서는 순간 순임의 가게로 들어가는 것이 왈칵 두려워졌다. 아까 그다지도 매정하게 그곳을 빠져나온 것이 아무래도 켕기는 것이다. 그러나 어쩔 수 없는 일. 쭈뼛쭈뼛 가게문을 소리없이 밀었다. 손님이 들었는지 순임은 부엌에서 바쁘다.

"이봐요."

"말허쇼."

평소 같으면 히잉, 뭔 일이다요, 해야 한다. 그러나 순임이 목소리
는 냉랭하기가 섬진강에서 불어오는 바람 그 자체다.

"빵허고 음료수 좀 줘요."

"가져가쇼."

한 사람 앞에 한 개씩만 하면 어쩐지 야박할 것 같아 여덟 봉지의
빵과 콜라를 비닐봉지에 담아 든다. 값을 대충 계산하여 탁자 위에
올려놓고 가게를 나온다. 그때까지도 순임은 뒤도 돌아보지 않는다.
그러려면 그러라지. 내 참 우스워서. 철둑길을 넘으며 혼잣소리로
중얼중얼해본다. 자기가 왜 그러는지 자기가 생각해도 이상스럽다.
빵봉지를 메고 산길을 퍼뜩퍼뜩 달려오른다. 득의양양하여 일꾼들
앞에 비닐봉지를 펼친다.

"아따, 새때거리 한번 거네."

"푸지그만."

겨우 삼백원짜리 빵에 콜라를 가지고 그러십니까, 하는 생각에 송
구스러워진다, 눈치없게도.

"빵에다 콜라를 마셨드니 어째 이상들 안허요?"

"글씨, 어째 속이 들큰허니 영 개운허지를 못혀서 말이여."

"그렇게 말이시. 일이 잘 안되느만."

"힘이 달려서 이거 원."

자기 딴에는 생각해서 한 사람 앞에 두 봉지씩 돌아가게끔 여덟
봉지를 사가지고 왔는데 빵을 먹은 사람은 두 사람, 두 사람은 아예
빵봉지를 밀쳐두고 담배만 피워물고 맨 입맛만 다신다. 자신이 뭔가

실수를 했다는 것을 깨달은 것은 어쩐지 이상하게 일이 더디다 싶어
질 때다.

"허어, 이러면 하루에 일 다 못허것는디."

"기계도 몸에 지름칠을 해야 돌아가는 것인디."

"애기들도 아니고, 빵이 뭣이여!"

일꾼들 중의 한 사람이 성질이 나서 더는 못 참겠다는 듯이 화를
버럭 낸다.

"어이, 젊은 친구, 밥은 안 준가!"

"밥이요? 물론 드려야지요."

밥을 하려면 일단 쌀을 안쳐야 하겠기에 부엌 쪽으로 간다.

"어이, 짐센. 걸게 헐 필요도 없네. 그냥 간단허니 도야지괴기 한
닷 근에다가 막걸리 한 말이면 뒤집어써부러."

순임이 가게로 다시 갈 수밖에 없다.

"부탁 좀 합시다."

"뭔 부탁이요?"

"밥 좀 해주쇼."

"뭔 밥이요?"

"일꾼들 밥이요. 돼지고기 다섯 근하고 막걸리 한 말하고."

순임은 한참 만에 그야말로 한참 만에 히힝, 그러지라, 한다.

"고맙소."

순임에게 밥을 부탁해놓고 나오는데 구례 버스가 가게 앞에 멈추
고 이어서 한 무더기의 아이들 틈 속에 홍기가 맨 나중에 따라 내린
다. 그런데 홍기 눈에 눈물자국이 선연하다. 무슨 일이 있었는지 자
초지종을 캐물어도 홍기는 대답을 안하고 급기야 갑철은 화가 나기

시작한다.

"교감선생한테 맞아서 글지…… 쪼다야!"

아랫한배미와 윗한배미 아이들이 침을 뱉듯이 뇌까리며 도망친다.

"정말이냐?"

"응."

"왜?"

"복도에서 뛰었다고."

"내 이런 개자식을! 그래 어떻게 맞았는데?"

"귀 옆의 머리카락을 손가락으로 들어올렸단 말야."

"뭐야? 왜!"

이젠 정말로 불 같은 화가 머리끝까지 치솟았다.

"아까 말했잖아."

"이런 개자식이 다 있나."

생각 같아서는 지금 당장 학교로 달려가 교감이란 작자의 귀밑머리를 똑같이 들어올려주고 싶지만 할 수 없이 참는다. 그리고 이것이 가정교육이 아니지 싶기도 하다. 선생님 욕을 아이 앞에서 절대로 하지 않는 것이 좋다,라고 어디서 들은 기억이 있기 때문이다.

합록주조장 차가 순임이 가게 앞에 멈춘다. 순임이 술 주문을 한 모양이다. 차소리가 나자 순임이 가게 안에서 나오다 홍기를 보고 반색한다.

"운 기색이 있네."

"선생자식이……"

아차, 싶어 갑철이 얼른 입을 다문다.

"히잉, 알겠다. 교감선생님이 머리크락 잡아댕겼지야?"

홍기가 고개를 끄덕인다. 순임이 단번에 알아채는 것이 교감선생이란 작자가 한두 번 그런 짓을 한 것이 아닌 모양이다. 내 이 작자를, 하고 갑철은 속으로 단단히 벼른다.

"홍기는 놔두고 가쇼. 홍기 밥멕여서 올려보내면 그때 내려와서 밥 가져가요."

고맙다는 말을 해야겠으나 갑철은 말없이 홍기 등을 가게 안으로 떠밀고 나서 산길을 올라갔다.

돼지고기 닷 근에 막걸리 한 말로 '간단하게' 준비한 새참이 제공되자 일은 다시 빠른 속도로 진행되었다. 돌이 좀 부족한 것 같아서 돌을 주워올 요량으로 자루를 들고 산으로 올라가려는데 마을 위 폐교된 분교에 사는 안경 쓴 애기엄마가 저만큼 지나가다가 인사를 한다. 인사만 하고 지나갈 줄 알았는데 무슨 할말이 있는 것처럼 이쪽으로 다가오고 있다. 의아하고 어색했지만 막바로 산으로 올라가지 않고 애기엄말 기다렸다.

"홍기 아버님!"

갑철은 가만히 서 있다가 부드러운 미소를 띠고 정정한다.

"삼촌입니다."

"아, 그래요?"

여자가 깜짝 놀란다.

"무슨 일이십니까?"

"집 고치나봐요?"

"봄비에 담이 허물어졌길래……"

"바쁘실 텐데, 간단히 말씀드릴게요. 이곳이 폐교된 지역이잖아요? 폐교된 지역에는 원래 교육청에서 통학차를 제공하게 되어 있는데 이곳은 통학차가 없어서 대신 교통비를 지급받고 있거든요. 그런데 우리 아이들은 폐교된 후에 이사왔다고 교통비가 지급되지 않아서 교육청에다 문의를 해봤어요. 홍기도 저희 아이들하고 같은 입장이 된 것 같아서 홍기 아버님, 아니 홍기 삼촌하고 같이 이 문제를 논의해보고 싶기도 하고, 만약 교통비를 지급해주지 않으면 같이 교육청에 가서……"

말이 생각보다 길어지는 것이 미안했던지 여자가 언뜻 무색한 표정으로 입을 다문다.

"아, 예에."

얼떨떨한 기분에 얼른 예에, 하기는 했지만 무슨 말인지 감이 얼른 오지 않는다. 교통비라, 그러면 교통비를 타가지고 학교를 왔다갔다하면, 차비가 들지 않겠구나. 그러면 나쁠 것은 없지. 그렇지 나쁜 일은 아니야.

늘 일이 생기기만 하면 나쁜 일이었다. 좋은 일은 가물에 콩 나듯 한 인생이었다. 그래서 본능적으로 따지게 된다. 이것이 좋은 일인가 나쁜 일인가 하고. 이번 일은 나쁜 일은 아니야, 좋은 일이야. 이 집을 얻은 것이 좋은 일이었던 것처럼.

갑철이 산에서 자루 가득 돌을 주워왔을 때에는 이미 완벽하게 담이 쌓여 있었다. 그래서 갑철이 주워온 돌은 더이상 소용이 없게 되었다.

일은 끝났고 그래서 모든 게 이제 다 끝난 줄 알았다.

"어이, 어쩐가? 좋제?"

"예에 좋습니다!"

정말 좋아서 좋다고 참으로 만족스럽게 대답할 수가 있었다.

"맨입으로 좋다고 허면 쓰겄는가?"

이제 그 말이 무슨 말인지는 알아채는 갑철이었다.

"무엇으로 준비할까요?"

"나는 말이시, 간단허게 쏘주 한 됫병허고 하나로 한 갑이면 되야 부러."

"그리고요?"

"나는 말이시 아까 자내가 사온 콜라보다는 암바싸가 더 좋드라 고. 그것허고 오마싸리뿌 한 갑."

"또요?"

"거, 나는 말이시. 섬진강사랑 횟집이서 참게탕 한 사발에다가 밥 한술 묵고 그 집 방에 있는 노래방 기계로다가 노래나 한 곡조 뽑아 봤으면 헌디 어째? 되겄는가?"

"좋습니다. 가시죠들."

갑철은 흔쾌히 일꾼들을 순임이 가게로 모셔간다. 외상달기가 자 존심 상해 비상금의 절반을 일꾼들 밥값, 술값으로 떼어놓고 보니 배보다 배꼽이 큰 일이 되었다는 계산이 그때사 나온다.

"어이, 자네 여기로 오기 잘했네. 어디를 가보소, 여기만큼 인심 존 디가 없을 것이네. 자네도 알다시피 어디를 간들 품삯도 안 받고 남의 일 해주는 데가 있겄는가?"

"맞습니다."

고개가 절로 살랑살랑 흔들어지는 것을 갑철은 힘을 써서 자제하 느라 목이 좀 뻣뻣해져온다.

"어이, 순임이!"

오매불망 노래방 기계가 자기 차지가 될 것을 기다리느라 아까부터 애가 타던 일꾼이 순임을 부른다.

"저기 노래방 기계 쓰고 있는 사람들이 누구여?"

"히힝, 학교 선생님들이구만이라."

"선생님들?"

"예. 오늘 단체 회식이 있다고 오셔서들 기분 풀고 계시는갑서라우."

"선생님들이라 할 수는 없지마는, 해도 거 너무 해묵고 있그만이."

노래방 기계에다 노래 한 곡조 뽑았으면 원이 없겠다는 일꾼이 참다 참다 못하여 선생들이 부르는 노래를 따라 부르기 시작한다. 술이야 밥이야 거나하게 포식한 일꾼들은 끝내 노래방 기계를 차지하지 못하고 산길을 비척이며 올라갔고 갑철은 상 위에 어지럽게 널린 부스러기 음식과 부스러기 술을 마신다. 섬진강 물결 몸 비트는 소리가 이따금 들려오고 선생들의 소음이 물결소리를 덮는다.

"윗한배미 사는 안해성이 자모가 말이여, 교육청에 신고를 했든갑드라고오. 교장선생님은 그것이 불쾌했든 거여. 왜 학교에다 먼저 문의를 안허고 상부기관에다 잘난 드키로 척허니 문의를 해가지고 우리 교장선생님 입장을 난처하게 했느냐 그거여. 그래가지고서는 교장선생님은 날 보고 왜 그 사실을 진작 파악 못했느냐고 한 쿠사리 헌 것이제. 그 소릴 듣고 막 나오는 참인디 웬 쥐알만헌 녀석이 내 앞을 팍허니 미끄러져가더란 말이시. 내 이놈 잘 만났다, 허고는 그놈 귀밑머리를 붙잡고 하늘로 추켜올렸는디, 선생인 나를 노려보는 것이 아따 그놈 눈이 겁나게 무섭데. 그놈이 고아원에서 나온 지 얼마 안되는 놈이랑만……"

떠날 것인가 말 것인가, 갑철은 그것만을 생각하였다. 아아, 떠날 것인가 말 것인가. 아니야, 떠나더라도 저놈의 귀밑머리를 한번 들었다 놓고는 떠나야 할 것인데, 그래야 할 것인데, 왜 이렇게 비척거리는지. 아, 저놈의 머리를 어떻게 한번 들었다 놔야 할 것인데. 와장창창 상 엎어지는 소리가 나고 우당탕탕 달려온 순임의 커다란 젖가슴이 자신의 머리를 감싸안는 것이 느껴졌다. 선생들의 노랫소리가 섬진강사랑 횟집 지붕 위로 낭자하게 퍼지고 있는 저녁이었다.

〔창작과비평 1998년 봄호〕

# 어린 부처

가만, 문희는 귀를 기울인다. 끄으응, 하면서 길게 끄는 신음소리
가 얼핏 귓가를 스친다. 귀를 막는다. 반듯이 눕지 못하고 옆으로 웅
크리고 자는 아이를 어둠속에서 지켜본다. 열무싹같이 작고 여린 그
몸뚱이가 무자비한 폭력 앞에 꺼꾸러져서 개구리처럼 팔딱거렸다.
아이는 겁이 많고 눈물이 많고 때리는 지 의붓아비보다 훨씬 어른
같은 속을 지녔다. 딸은 그런 아이다. 열두살에 27킬로그램의 작고
작은 문희의 큰딸아이 도란이. 문희는 도란이에게 다가가 묻는다.
아퍼? 도란이는 잠에 취한 와중에도 엄마가 물으니 기어코 대답한
다. 아니, 괜찮아요. 나는 괜찮으니 엄마도 주무세요. 아이는 한참
자다가도 엄마가 무얼 물으면 짜증 한번 내지 않고 기어코 대답한
다. 어미를 위하여, 어미 맘 편하게 해주려고 제 몸의 괴로움을 참고
대답해준다. 나는 괜찮으니 엄마 빨리 주무세요,라고.

문희의 남편 세환은 그 꼴을, 도란이가 문희에게 문희가 도란이에게 정을 주는 꼴을 못 견뎌했다. 다른 날은 어땠는지 모르지만 적어도 이날 밤만은 그랬던 것이 확실하다.

끄으응, 하던 신음소리가 이제 중얼거림 비슷한 것으로 변해 있다. 하느님 아부지, 그 이름이 거룩하게 하시고 오늘 우리에게 일용할 양식을 주옵시고 그 영광이 하늘에서와 같이 땅에서도 이루어지이다. 오 아부지, 주님이시여…… 뒤죽박죽인 주기도문 사이사이 가쁜 숨을 몰아쉰다. 문희는 귀를 막고 어둠속에 작게작게 웅크린다. 세환의 엉망인 주기도문 소리와 가쁜 숨소리는 그러잖아도 안정이 안 된 문희의 가슴을 이상한 불안감으로 팔딱이게 한다. 반듯이 못 눕겠어? 작은 소리로 묻는다. 아이는 이제 정말로 잠이 들어버렸는지 대답이 없다.

"파스 있냐? 파스 좀 발라줘라. 으으으…… 으으으……"

세환이 부엌방에서 병 주고 약 주는 소리를 안방 쪽으로 건네고 있다. 문희는 아이 곁에 가만히 드러눕는다.

이혼을 하자고 판사에게 합의이혼 확인서를 받으러 시내에 있는 가정법원으로 갔다. 짙은 구름장이 하늘을 뒤덮고 있어서 세환은 차라리 비가 내리고 나서 내일이나 모레쯤 가면 안되겠느냐고 했다. 그의 건강이 저기압권의 날씨를 감당해내지 못할 정도로 좋지 않다는 걸 알면서도 문희는 오늘 가야만 한다고 우겼다. 내일은 토요일이고 모레는 일요일이야, 난 그동안도 못 견뎌. 그래애, 죽은 사람 소원도 들어준다는데…… 하면서 세환은 운전대를 잡았다. 세환과의 사이에서 난 십칠개월 된 아들 태수를 청소 안된 티코 뒷좌석에서 문희가 안고 젖을 먹이며 갔다. 세환은 집을 벗어나자 기분이 좀 나아지는지 얼굴 표정이 맑고 가벼워졌다. 목소리도 평안했다. 문희의 딸 도란이와 오목이가 있는 자리나 시간들을 세환은 이즈음에 퍽도 힘들어했다. 그애들이 없는 밖으로 나왔다는 그 사실이 좋은 날씨가 아닌데도 그를 편하게 하는 것이리라.

사실 세환이 편안해하면 문희도 편했다. 어쨌든 다 큰 아이들 앞에서 힘들어하는 세환을 바라보며 끓는 속을 달래야 하는 상황이 아니기에 마음상태도 어느정도 안정되는 것이다. 어쨌거나 차분한 마음이 된 그 기회에 문희는 세환에게 물었다. 왜 아이들을 그다지도 힘들어해? 특히 도란이한테. 대답이 없는 세환의 얼굴은 굳어 있다. 한숨이 가득 차오른 그 얼굴은 금방이라도 터질 것 같은 풍선처럼 부풀어 있다. 너 닮아서, 도란이는 니 인이 너무 깊게 박여서,라고 세환이 불쑥 뱉어냈다.

"엄마 딸이 엄마 닮지 그럼 누굴 닮아? 태수가 당신 닮았다고 내가 태수 싫어하진 않잖아."

"그놈도 너 닮았어."

"어디가 나 닮아?"

태수를 들여다본다. 십칠개월인데도 젖을 떼지 못한 태수는 결사적으로 문희의 젖꼭지를 문 채 잠들어 있다. 젖꼭지를 빼내려 하면 입이 젖을 따라온다. 찡그린 얼굴하며 넓은 이마하며, 영락없는 세환이다. 아무리 세환을 닮았어도 태수는 예쁘다.

고가도로가 보이는 길 어름에서 도로가 막혀 있다. 고가도로 위에서 흙을 잔뜩 실은 덤프트럭이 난간을 부수고 아래로 떨어져내린 교통사고가 나 있다. 사방이 흙천지다. 아스팔트길이 순식간에 붉은 황톳길이 되어 있었다. 겨우겨우 갓길이 뚫려 운전자들은 사고현장을 흘끔거리며 조심조심 비켜 지나가고 있다. 세환도 비켜가는 앞차의 꽁무니에 끼여든다. 끼여들다 하마터면 접촉사고가 날 뻔했는데도 대형사고 앞이라서인지 다들 꾸벅꾸벅할 뿐이다. 저런 피투성이 사고 앞에 이 정도야 뭐 별거 아니죠. 이쪽이나 저쪽이 다들 아이구 죄송합니다, 하고 말 뿐이다.

"가화만사성. 뭉쳐도 살기 힘든 판국에……"

모르긴 몰라도 덤프트럭 기사도 집안이 평안치 못해서 저런 사고를 냈을 거라는, 뉘앙스의 말이다. 세환은 요새 누구의 어떤 상황이든지 제 처지와 빗대고, 견주어 말하는 버릇이 생겼다.

"우리는 찢어져야 살 수 있어."

"그러냐? 그래애, 너는 그러기는 하더라. 내가 없어야 뭐든지 잘하더만. 운전면허증도 그렇고 살림도 그렇고."

운전면허증 따러 가는 길에 세환이 동행한 네 번을 다 불합격하다가 문희 혼자 간 다섯번째에 합격한 것을 두고 하는 소리다. 살림도 그렇다. 세환이 집에 있는 날은 이상하게 청소할 마음이 생기지 않다가 그가 집을 비우는 날은 느닷없이 대청소를 하고 싶어지는 것이었다. 그가 없는 사이 집안이 말끔히 정리되어 있는 것을 보고 그는 또, 자신이 없으면 살림도 더 윤나게 하는 여자인 문희를 알 수 없어 하는 것이었다. 바로 그런 것들을 두고 세환은 두고두고 칭찬인지 비아냥인지 분간 안되는 소리를 해오고 있는 것이다.

가정법원에 도착했을 때는 마침 점심시간이었다. 읍사무소에서 도둑질해오듯 가져온 합의이혼 신고서를 환자대기실같이 생긴 합의이혼할 사람 대기실에서 문희가 작성하고 있는 사이 세환은 잠에서 깨어난 태수를 데리고 법원 안 이곳저곳을 구경다니고 있다. 점심시간이라 법원 안은 조용하고 스팀이 잘 들어와 훈훈하고 쾌적하다. 아이와 남자는 아무도 없는 복도와 화장실과 계단을 산보하듯이 왔다갔다한다. 서명날인란에 도장을 찍어야 하는데 인주가 없다. 이심전심으로 어디서 가져왔는지 세환이 붉은 인주통을 불쑥 내민다.

"양껏 묻혀서 꾹 찍어라."

세환이 그렇게 나올 때는 대답을 안하는 게 상책이다. 일부러 비장한 마음을 가지려 해서가 아니라 사실 문희로서는 절실하고 힘겨운 결단인 것을. 물론 세환이 하는 행티가 저도 힘들어서 나오는 위악일 수도 있다. 그러나 그 위악에, 그 냉소에 휘둘려서는 죽도 밥도 안된다. 문희의 분노는, 문희의 노여움은 열두살, 아홉살 두 애기들의 어미로서의 분노요 노여움이다. 그것은 새끼를 보호하려는 어미의 짐승스러운 본능이다. 그것을 그 누가 감히 한갓 일회성 희극으로 전락시킬 수 있단 말인가. 한껏 고양된 분노와 노여움을 우스운 해프닝으로, 발작으로, 순식간에 무화해버릴 수가 있단 말인가. 문희는 세환이 아이들에게 보이는 태도보다도, 그가 아이들에게 보이는 태도에 분노하는 자신의 어미로서의 감정을 존중해주지 않는, 그것이 더 분노스러운 것이다.

세환이 아이들을 대하는 태도를 자신은 절대로 받아들일 수 없다고 자꾸 흔들리려 드는 마음을 다잡는다. 그녀도 사실 세환과 오순도순 정답게 살고 싶다. 얼마나 좋은가, 아이와 아이아빠와 그리고 엄마가 함께 있는 풍경이란. 하지만 도란이와 오목이와 세환이 함께 있는 정경을 떠올리면 가슴이 답답해져온다. 그 어색함과 그 부자유스러움이란! 아홉살 난 오목이는 속이 없어서인지 그런대로 제 가짜

아빠 말을 따르는 편이다. 아직은 매가 무서워 이의제기할 줄 모르고 제 속을 다 표현할 수 있을 만큼의 어휘들을 습득치 못한 관계로 말이 단순명확하여 듣는 사람이 부담이 없다. 그것이 세환은 머리 아프지 않아 좋은 것이다. 오목이의 영악함을 그는 모르거나 알고도 모른 체한다…… 그래야 머리 아프지 않으므로. 밥상머리에서 오목이는 말한다.

"아부지가 아저씨였을 때 젤 좋았고 아빠였을 때 쪼끔 좋았고 아부지였을 때부터 안 좋아졌어요."

"아하, 그러냐? 그랬구나! 도란이는 어쩌냐?"

도란이는 우물우물하려다가 맞다고, 제 동생 말에 동의한다. 매맞는 것 빼고는 속이 없어서 말하는 것에 겁이 없는 오목이와 달리 도란이는 매맞는 것은 잘 견디면서 말하는 것은 겁을 낸다. 제 속을 늘 한겹 접어두고 야단을 맞게 되면 제 잘못을 저도 정확히 알지 못하면서 모든 상황을 제 잘못으로 돌린다. 도란이는 문희와 세환이 싸우는 것도 제 잘못이다. 세환이 없을 때 문희는 도란이에게 묻는다. 그렇게 묻는 것 자체가 옳지 않다는 것을 알지만 문희는 자식 앞에서 그다지 모범적이지 못하다. 인간적으로 실패한 엄마 모습에 아이들은 익숙한 편이다. 문희의 좌충우돌식 생활에 오목이는 약간의 정서불안 증세가 있다. 아이들을 다독이며 정서적으로 안정된 엄마 모습만을 보이며 살아야 하는데 문희는 그렇게 잘 되지 않는다. 아이들에게 엄마 모습은 늘 날것 그대로다. 걸러내지 않은 날것 그대로의 감정을 아이들 앞에서 다 드러내놓고 사는 문희의 모습이란 '실패한 엄마' 모습 그대로임에 틀림없다.

햇빛이 마루 깊숙이 들어오고 있는 일요일 오전, 세환이 없는 집

안 분위기는 늘어질 대로 늘어진 평화, 그 자체다. 아무도 긴장할 필요 없는, 그렇게 평화로운 대낮이었다.

오목이는 저만큼에서 인형한테 코를 처박고 있고 도란이는 문희 곁에서 책을 들여다보고 있고 자신은 태수에게 젖을 물리고 있다가 문득 도란이에게 물었다.

"아부지하고 엄마하고 이혼하면 어쩌겠니?"

"엄마 맘대로 해."

도란이가 대답하지 않고 통 퉁기듯이, 아니면 노랫가락처럼 경쾌하게 오목이가 엄마 맘대로 하란다. 오목이 말은 맞다. 제 친아빠와도 엄마 맘대로 헤어졌으니까.

"도란이는?"

"아휴우, 몰라요."

도란이는 이마를 찡그리며 모르겠단다.

"왜, 머리 아파?"

"휘유…… 우리 때문이라면 헤어지지 말아요. 엄마가 싫어서라면 몰라도. 난 엄마만 좋으면 된단 말이에요."

책을 들여다보느라 고개 숙인 도란이 눈에 눈물이 고이고 있다는 사실을 문희는 안다. 어디 눈뿐이랴. 그애 가슴도 하염없이 젖어들고 있으리라. 어미가 그걸 왜 모를까. 알지만, 문희는 매정하다. 어미로서 잔인하다. 아니, 인간적으로 아주 못된 사람이다. 그럴 때 아이 머리를 감싸안아준다거나, 너희들 때문이 아냐, 하면서 다정한 말이라도 건네서 속으로 격앙된 아이를 다독여줘야 어른으로서 옳은 태도가 아니겠는가. 그러한데도, 문희는 매정하게 쏘아붙인다.

"울기는 왜 우냐? 도란이는 노상 눈에 눈물이 달려 있다니까."

66

"엄마, 나는?"

오목이가 쫑쫑 땋은 인형머리를 풀어 파마머리를 만들며 저는 어떠냐고 묻는다.

"그 인형 좀 치우지 못하겠니? 아부지 오면 또 혼날려고 그래."

세환은 오목이가 인형하고만 노는 꼴을 못 보아준다. 인형하고만 노는 오목이를 두고 그는 또 문희를 비난했었다.

"에미가 새끼들은 돌보지 않고 지 설움에 겨워서 밤늦도록 집에도 안 들어오니 애가 저 모양일밖에."

"내가 그냥 안 들어왔어? 나대로 먹고살려고 비즈니스 하다보니……"

"비즈니스 좋아하네. 보험아줌마 많이 봤어도 밤중까지 비즈니스 하는 사람은…… 아이구, 말해 무엇하냐."

세환이 처음 문희와 도란이와 오목이가 사는 낡을 대로 낡고 비좁기 그지없는 그 아파트에 들어왔을 때 그는 '참 좋은 포클레인 아저씨'였다. 참 좋은 아저씨로서의 세환은 친아버지는 차치하고 저희들을 맡은 제 어미라는 여자로부터도 보살핌을 받지 못하고 있는 아이들을 문희가 '유기'했다라고 인식하고, 어미로부터 유기당한 두 아이를 제가 거두기로 작정하면서 팔을 걷어붙인 결연한 태도를 취하고 나왔다. 그는 일이 없는 날 문희가 집을 돌보지 않고 거리를 헤매는 동안 두 아이를 위해 요리하고 빨래하고 청소했다. 먼데서 돌아온 듯이 지친 몸을 이끌고 언제나처럼 밤늦어 잠든 아이들에게 들킬까봐 조심스레 아파트문을 열고 들어서면 늘 나던 서늘한 냄새가 아닌 뭔가 따뜻하고 촉촉한 냄새가 아파트 안에 가득 차 있었다. 그것은 세환이 문희 가족에게 준 사랑의 냄새였다. 아무도, 그러니까 문희가 밤늦도록 거리를 헤매며 어울린 남자와 여자들 중 그 누구도 그녀의 아이들에 대해서, 엄마가 없는 동안의 아이들의 안위에 대해서 물어오는 적이 없었다. 아니, 어쩌다 누군가 한 사람 아이들에 대해 물어온 적은 있었다.

"애들이 기다릴 텐데…… 들어가보시지 그래요?"

"엄마가 이렇게 밤늦도록 돌아다니면 아이들 밥은 누가 챙겨먹여요?"

그러고 보니 아무도 없었던 것이 아니라 많은 사람들이, 아니 밤거리에서 어울린 대부분의 사람들이 아이들을 걱정했던 것 같다. 단지 문희 자신이 그들의 걱정을, 그들의 질타를 애써 무시하거나, 들으려 하지 않거나, 그런 물음 자체를 괴로워하거나 그랬을 것이다. 왜냐하면 그들은 다들 참 좋은 사람들이었고 문희 자신이 엄마로서 아주 질이 나쁜 사람이었던 것이다. 책임감만 머리 아프게 느낄 뿐이지 머리 아픈 만큼 책임을 지지 않은 그때의 자신을 더 나쁘게 파악하자면 이제 한창 꽃피워야 할 이십대 초반에 자신을 엄마로 만들어버린 아이들, 특히 큰아이 도란이에 대해서 일종의 원한마저도 품고 있었던 여자라는 것이다. 말만 엄마였지 그녀는 그때 아주 나쁜 여자였다. 그것을 생각하면 지금도 문희는 독한 커피를 마신 듯이 숨이 가빠오는 증세를 느낀다.

"다 썼냐?"

"내가 진작부터 기분 나빴는데 나한테 그랬냐 저랬냐 하지 마."

"그러는 게 좋다고 하지 않았냐?"

"나, 이래 봬도 세 아이들의 엄마야."

68

"아들! 이리 오소."

세환이 얼른 태수를 부르며 딴청이다. 중년의 남자가 환자대기실, 아니, 합의이혼할 사람 대기실에 들어와 구석자리에 앉는다. 그의 손에 들린 서류가 여러 장이다. 합의이혼을 하러 온 문희는 이혼하러 온 처음 본 사람에게 동지애를 느낀다. 그래서 가까이 다가간다.

"아저씨, 서류가 많네요? 저는 이것뿐인데."

"그것만 가지고는 안될걸요."

그는 다시 서류에 코를 박는다.

"어이, 밥 먹으로 가세."

배가 고픈 건 사실이지만 내키지 않는다.

"이혼도 다 살자고 하는 짓 아닌가? 가세."

이랬냐, 저랬냐에서 느닷없이 이러세 저러세, 하는 말투가 영 거슬리지만 자신이 요구한 사항이라 침을 꿀꺽 삼키고 들어준다.

"간단하게 구내식당에서 때우세."

세환이 태수를 무동 태우고 법원 구내식당을 찾아 앞장선다. 아이가 까르륵댄다. 얼마나 좋으냐, 저 모습이. 도란이 오목이를 한번만이라도 저렇게 해주면 오죽 좋을까. 다 커서 그리 못한다면, 못한다면 칭찬 같은 건 안해줘도 좋으니 야단이라도 쳐주든가. 그는 문희와 사이가 벌어지자 아이들에 대한 관심을 거두어버렸다. 도란이와는 눈도 마주치지 않는 이상한 관계가 되어버리고 말았다. 거기까지 생각이 미치자 태수를 무동 태워 가는 모습에 잠시 훈훈해져오던 가슴이 다시 얼어붙어버린다. 예전에 그는 도란이 오목이한테도 저런 사람이었다. 안아주고 업어주고 말 태워줬었다.

적성에도, 취미에도 맞지 않는 보험외판원이 되어 이 건물 저 건물, 이 거리 저 거리를 돌아다니다가 싼 값으로 점심을 먹을 수 있는 기사식당을 찾아들어간 날 문희는 대번에 한때 잘 나가던 노동소설가 정세환을 알아볼 수 있었다. 그녀는 한때 그의 열렬한 팬이었던 것이다. 그가 빛나는 현직 노동소설가였을 적에 그녀는 뜨거운 가슴을 지닌 노동자문학회 회원이었다. 백반 한 상에 천오백원 하는 기사식당에서 삼십대 후반의 노총각 포클레인 기사와 아이가 둘 딸린 이혼녀이자 보험외판원으로 조우했던 날.

"저 몰라 보시겠어요?"

"누구세요?"

"왕문흰데요."

그는 희미한 웃음으로 한때의 왕문희를, 협성섬유노조 문화부장 왕눈이를 기억해냈다.

법원 구내식당의 백반값은 삼천원이었다. 천오백원짜리 백반을 먹고 시작해서 삼천원짜리 백반을 먹고 헤어지게 되는구나. 웃음인지 울음인지 정체 모를 것이 픽 터져나오려는 것을 입꼬리를 쿡 깨물어 참았다.

삼천원짜리 백반으로 말없이 점심을 먹고 다시 대기실로 와보니 이혼할 사람들이 그득하다. 다들 손에 들고 있는 서류가 문희 손에 들린 것보다 다양한 것 같아서 창구 직원에게 묻는다. 직원은 대답하기도 귀찮다는 듯이, 아니면 순전히 문희 자신의 자의적인 생각이지만 이혼하는 사람에게는 그렇게 막 대해도 상관이 없다는 듯이 손가락도 아닌 턱짓으로 책상 위를 가리킨다. 유리깔판 밑에 합의이혼에 따른 구비서류 목록이 씌어 있다.

합의이혼 신고서 2통.

호적등본 1통.

주민등록등본 1통.

"세시까지 접수시켜야 합니다."

세시까지 접수시켜야 오늘 이혼확인서를 받을 수 있다는 말이다. 부랴부랴 법원에서 가까운 아무 동사무소나 찾는다. 문희가 뛰자 세환도 뒤따라 뛴다.

"느이 엄마 뭔 일 났는갑다."

지 애비한테 저 떼어두고 에미가 도망가는 줄 알고 태수가 앙앙거린다. 그러거나 말거나 동사무소를 찾아 냅다 뛰었다. 시간은 벌써 오후 두시를 넘어가고 있었던 것이다. 이 일을 오늘은 마무리해야 한다. 이제 오늘 이후부터 외로워도 편안한 날이 시작될 것이다. 그것도 사랑이었다고 생각하셨다면 착각은 이제 그만하시죠, 정세환 씨. 입으로 뭐라고 뭐라고 중얼거리며 찾아간 동사무소에 팩스로 서류를 신청해놓았다.

"아가씨, 서류는 금방 오죠?"

금방 올 줄 믿고 이제 됐다, 하고 민원창구 앞 빙글의자에 앉아 여직원에게 물으니 맙소사,

"예, 금방 옵니다. 한 세 시간 정도 걸릴라나."

여직원은 사뭇 편안하게, 세 시간 걸려 오는 것도 사실은 아주 빠른 것이라는 듯이, 당신이 직접 가지 않고 신청만 해놓으면 단 세 시간 만에 이 자리에서 서류를 받아볼 수 있는 이 놀라운 서비스에 당신은 감사해야 하지 않겠는가,라는 투가 역력한 표정으로 문희를 빤히 건너다보았다. 오늘 일을 마무리짓고 싶었지만 내일로 미룰 수밖에 없었다.

하루에 한 번 낮잠을 자는 태수는 아까 법원에 갈 때 잤으므로 집으로 돌아올 때는 자지 않는다. 좁은 차 안에서 나대는 태수를 단속하느라 피곤한데다가 계획한 대로 일이 되지 않자 힘이 쭉 빠져버렸다.

"내일 아침 밥먹자마자 서류 떼어서 법원에 갑시다."

"그러세."

세환이 경쾌하게 대답한다. 시내를 벗어나 국도로 접어들자 세환은 포도밭 옆에 차를 세운다.

"내리소."

그는 담배를 피우고 태수는 포도밭 고랑으로 내려선다.

"저놈을 저래 놔야 잠을 자지."

"낮에 한 번 자면 밤이 돼야 자요."

"피곤하면 자게 되어 있어."

"저앤 안 그런다니까!"

"두고 보라니까!"

"누구 말이 맞나 봅시다!"

"그래!"

태수는 포도밭에서 무심하다.

"그런데 우리가 왜 이렇게 됐어?"

"몰라서 물어? 모든 것이 당신 어머니 때문이야."

세환이 입을 다문다. 얼굴 피부가 금방 굳어지는 게 눈에 보인다. 당신 어머니, 말하자면 시어머니 때문이라고 해놓고는 바로 그 부분에서 생각의 꼬리가 길어지기 시작한다. 시댁으로부터 환영받지 못할 며느리라는 걸 알기는 알았지만 문제는 바로 남편 정세환이 아닐까. 그는 시어머니를 위시한 시댁 식구들에게서 문희가 받는 냉대, 질시, 배척, 소외, 억압, 모멸, 모욕 따위들에 대한 방패막이가 되어주지 못했다. 바로 그것이 문희를 화나게 했다.

"당신은 당신 식구들로부터 나를, 당신의 아내를 보호해야 할 의무가 있어."

"어이, 이리 오소, 아들!"

때마침 포도 가지에 찔려 찡찡대는 이녁 아들을 부르며 세환이 포도밭 속으로 들어가버린다. 화가 나면 그가 선택하는 가장 빠른 행동유형 중의 하나, 무조건 딴전 피우는 것. 또 그것이, 그의 딴전 피우기가 문희의 가슴에 불을 붙여놓는 건 정해진 순서. 분노는 비등점까지 달아오른다. 이래서는 안된다는 걸 잘 아는 문희다. 이렇게 해서는 결국 계획대로 '외롭지만 편안한' 생활로 돌아가기 어려워진다는 것을. 그렇지만 꾸역꾸역 터질 듯이 밀고 올라오는 온갖 잡탕덩어리의 감정들을 어떻게 해볼 수 없다. 분노를 위시한 슬픔, 한탄, 증오, 심지어는 살의까지도 그 잡탕덩어리의 감정 속에 묻어 올라온다.

"흥, 죽음, 부활, 정의, 평화? 소외와 억압과 분노와 저항? 가난과 눈물과 위안과 기도?…… 양의 탈을 쓴 이리, 늑대…… 정세환 너, 가, 너 우리집에 오지 말란 말야. 태수도 만지지 마, 너만 가, 너만 너희 엄마한테 가란 말야."

맞는지 안 맞는지 따질 것도 없이 이 모든 나의 말들이 다 저이에게 가 저주의 화살이 될진저, 문희는 악을 쓴다. 고상하기 이를 데 없는 그 단어들이 성난 문희의 입에서 나오는 순간 독침이 되어 세환의 가슴에 날아가 꽂힌다.

무거운 구름장이 비가 되어 옷 벗은 포도나무를 적시기 시작하고 세환은 잠든 태수를 안고 그림같이 차 안에 앉아 있다. 문희는 문득 울음을 멈추었다.

집에 와보니 손님들이 와 있다. 소설가가 된 문학회 후배와 그녀의 선배라는 '민들레 글방' 선생님이다. 후배는 한때 '노동소설'을 쓰다가 최근 신춘문예에 당선되어 그녀 말대로라면 '본격소설'을 쓰기 시작한 지는 얼마 되지 않았다. 글방 선생님은 몸이 좀 불편하다. 그들에게 손님 대접을 해야겠기에 심란했음에도 부엌으로 들어가 딸각거리는 동안에 세환은 손님들에게 이 집안의 고충을 털어놓고 있다. 문희는 세환의 그런 행동이 마음에 들지 않는다. 내색은 않고 세 사람 앞에 후배가 사온 롤케이크와 사과와 커피 한잔씩을 놓는다. 세환에게 눈총을 주고 싶은 것을 꾹 누르고 다소곳이 앉는다. 어른들이 손대지 않는 빵접시에 아이들이 손을 댄다. 세환이 인상을 쓰며 아이들에게 무색을 준다. 손님들이 세환을 만류한다.

"아이고, 애들한테 너무 그러지 마세요. 자자, 이리 와서 사과도 먹어라."

"손님이 오면 저희들이 잘못을 해도 부모들이 뭐라고 하지 못하는 것을 알고는 더 그럽니다. 손님이 있거나 없거나 내 집 식대로 해야지……"

"호호호, 그건 그래요. 영악한 애들이 아둔한 어른 속을 더 훤히 들여다볼 수도 있죠."

"아까 하던 얘기 계속하죠. 그래서 이 집에서 저는 늘 들어온 사람, 쌈이 나면 제일 먼저 나가야 될 사람으로 취급되고 있다는 거지요. 그런 분위기를 지 에미가 조장하고 있어요. 그러고 보니 처음에

74

는 쌈도 못했습니다. 문희나 애들이나 싸움 자체를 무서워했어요. 발전을 위한 싸움을 하면서 사는 것이 아니라 싸움을 아예 안하고 살거나 싸움 자체를 이혼으로 곧장 받아들이는 겁니다. 제대로 싸움하고 산 지도 얼마 되지 않그만요. 물론 저도 나이만 퍼먹었지 아부지 노릇이 뭔지도 모르고 아부지 노릇하다가 새끼를 직접 낳고 보니 아하, 내가 다 큰 애들에게 한 것이 제대로 된 아부지 노릇이 아니었구나, 갓난이 키우면서 알아가고 있습니다요…… 시댁문제는 저도 문제가 있다는 것을 알지만 어떡하겠습니까. 제 어머니가 좀 강하신 분이긴 하지만 그것을 이제 와서 어떻게 뜯어고칠 수도 없는 것 아니겠습니까. 그분은 그분이고 저희가 할 도리나 그저 하는 거지요."

"저어기이, 시댁문제에 있어서는 도란이 아빠가 중간에서 잘하셔야 해요. 말하자면 어머니 앞에서는……"

세환과 글방 선생님 사이에 자연스럽게 상담이 이루어지고 있다. 날이 저물어 저녁을 해야겠기에 부엌으로 나온다. 문희 속이 상해 있는 걸 눈치빠른 후배가 알아채고 부엌으로 따라나온다.

"언니, 걱정 말아요. 선생님은 언니가 걱정 안해도 될 사람이야. 저 불편한 몸으로 온갖 시난고난을 다 겪은 분이라 도움을 줬으면 줬지 해를 줄 사람은 아니야. 언니, 뭐 걸게 할 필요 있수? 그냥 김치에다가 간단하게 먹지 뭐."

후배가 제집처럼 주섬주섬 저녁상을 놓는다. 안방 쪽에서는 간간이 웃음소리도 들리나 문희 속은 여전히 편치 못하다.

"호호호, 사실은 도란이 엄마가 도란이 아빠한테 많이 미안해하고 감사해야 해. 칠십프로는 도란이 엄마가 잘못했네요. 그렇지만 도란이 아빠한테도 삼십프로의 잘못이 있어……"

밥상머리에서도 세환의 자기변명식 너스레는 이어지고 밥숟가락을 입으로 가져가던 도란이가 느닷없이 악을 쓴다.

"아니야, 아부지가 거짓말하는 거예요. 아부지가 언제 한번 저희들에게 다정하게 해주신 적도 없으면서…… 정말 아부지 때려주고 싶어!"

"맞아, 맞아."

오목이가 맞장구친다. 도란이 눈에 눈물이 핑그르르하더니 이내 밥그릇 속으로 툭 떨어진다. 오목이는 태연자약한 얼굴이다.

"그것도 그렇습니다요. 삼춘 노릇하고 아부지 노릇이 다른 것이 이제 이놈들이 잘되고 못되고는 다 제 책임이라는 생각이 듭디. 저도 아이들 좋아하는 사람이긴 하지만 조카들 대하듯이 좋게만 대할 수가 없어지는 거예요."

"호호호, 참 좋은 아버지네 뭐. 도란이와 오목이와 아빠는 진짜 좋은 관계구만. 아빠 앞에서 불만을 마음껏 얘기할 수 있다는 것은 참 좋은 관계란 증거야. 안 그래?"

후배가 고개를 끄덕인다. 우리 아버지는 우리한테 다정하다고 울지 않고 얘기할 수 있는 그런 관계가 좋은 관계지, 저 어린것들 눈에 눈물나게 하는 관계가 좋은 관곈가, 반발심이 올라오지만 꾹 누른다.

손님들을 보내고 저녁상을 치우고 씻고 마른 빨랫감을 들고 텔레비전 앞에 모인 식구들 옆에 앉는다. 조용하다. 기괴할 정도로 조용하다. 다들 입을 꾹 다물고 아홉시 뉴스를 본다. 오목이는 하품을 하고 있다. 태수도 엄마젖을 찾으며 찡찡거리는 것이 젖꼭지만 물려주면 잘 태세다.

"내일은 일찍 일어나요. 토요일이라 오전만 할 건데 서류 떼고 어쩌고 하다보면 늦을 수도……"

문희 말이 채 끝나기도 전에 세환이 텔레비전을 탁 끈다. 이제 그만 자라고 하시려나보다, 미리 짐작한 아이들이 주섬주섬 잠옷으로 갈아입는다.

"도란이 오목이, 이리 앉아봐라."

목소리가 심상치 않다. 두 아이가 쭈뼛쭈뼛 무릎을 꿇고 앉는다. 아까 밥상머리에서 눈물을 매달고 불만을 토로한 것이 켕기는 도란이.

"좋게 앉아."

"저는 이게 편해요."

"너희들도 집안분위기로 대충 알고는 있겠지만 요즘 너희 엄마하고 나하고 사이가 좋지 않다. 고래싸움에 새우등 터진다고 엄마 아빠 사이가 좋지 않으니 너희들도 별로 이쁨을 받지 못한다. 아까 손님은 너희들이 울면서 아부지가 너희들한테 다정하게 대해주지도 않는다고 말하는 것이 너희들과 내가 좋은 관계라고 말하더라마는 나는 그렇게 생각하지 않는다. 너희 엄마 말씀이 어른들 싸움은 어른들 싸움이고 아이들은 아이들일 뿐이라고, 어린아이들을 무조건 보호해야 하는 것이 어른의 의무라고 하지마는 너희들도 이 집안의 구성원이고……"

"그런데 아부지, 구성원이 무슨 뜻이에요?"

오목이의 돌출성 질문.

"구성원이란, 가족이면 가족, 학급이면 학급, 모둠을 만드는 한사람 한사람이라는 뜻이다. 우리 가족은 어떻게 이루어져 있나? 엄마,

아부지, 언니, 오목이 너, 태수 이렇다. 이 한사람 한사람을 그 가족의 구성원이라고 한다. 그건 그렇고, 이 가정의 구성원인 너희들도 같은 구성원인 엄마 아부지가 겪는 어려움을 알아야 한다는 것이다. 아무리 어리다고 엄마 아부지는 힘들어하는데 나 몰라라, 하고 신나 있는 너희들이 한편으로는 고맙기도 하면서 한편으로는 서운하더라……"

"죄송해요."

도란이가 죄송하다고 머리를 조아린다. 그것이 문희 속을 뒤집어 놓는다.

"도란이 고개 들어. 그놈의 눈물 좀 그쳐라. 도대체 뭐가 죄송하다는 거니? 너 죄송한 것 하나 없어!"

"죄송해요."

이번에는 죄송한 것도 없는데 죄송하다고 해서 죄송하다는 조아림이다. 어미 아비 앞에서 극심한 혼란을 겪는 도란이. 에미가 안 겪어도 될 일을 새끼한테 겪게 하는구나, 저 어린 영혼에 내서는 안될 상처를 내고 있구나, 싶어지는 게 어미인 문희의 인내심을 무너뜨린다.

"애들 앞에서 이게 무슨 짓이에요. 잠 안 재우기 고문하는 거예요?"

문희의 악쓰는 소리에 살풋 잠든 태수가 눈을 한번 떴다 질끈 감고 세환은 질끔 감았다가 뜬다. 자신도 인내하고 있다는 표시리라.

"너희들이 아부지를 때려주고 싶을 만큼 아부지가 너희들에게 다정하게 대해주지도 못하는 이런 상황이 왜 오게 되었느냐, 왜 우리 집이 너희 엄마 입에서 이혼하자는 소리가 나올 수밖에 없는 상황까

78

지 오고야 말았느냐, 그것은 아파트에 살고 계시는 우리 어머니와 너희 엄마와의 사이가 좋지 않았던 것으로 시작되었다고 본다. 복잡한 어른들 세계에 너희들을 끌어들일 생각은 없다만 우리 가정이 깨지려고 하는 판국까지 온 마당에 너희들과도 이야기를 할 필요가 있다고 생각해서 그러니 오목이는 몸 똑바로 하고…… 자아, 이제부터 아부지 말을 잘 들어주기 바란다."

찢어지게 나오는 하품을 얼른 손으로 가리는 오목이. 졸음이 오기는 도란이도 마찬가지. 아이들이 고통스러워하는 모양을 더는 못 견딘 것이 화근이었다. 문희는 제 발 앞에 놓인 베개를 냅다 세환에게 집어던졌다.

"애들한테 그만 하라고 했잖아."

세환이 벌떡 일어났다. 그리고 그 사태는 정말로 순간적으로 일어났다. 세환이 방바닥에 깔아놓은 이불을 문희에게 집어던졌고 도란이가 우리 엄마 때리지 말라고 문희 몸을 감쌌다. 어느 순간 세환이 도란이 몸을 집어들어 이불 위로 패대기치면서 아이 몸을 짓밟았다. 오밤중의 아수라장이 그렇게 펼쳐졌던 것이다.

자신이 맞는 것도 못 참지만 자식이 맞는 것에는 거의 눈이 뒤집혀지는 문희다.

"야, 정세환, 왜 내 새끼 때리는 거야, 왜. 니가 우리 엄마 아버지 없다고 날 우습게 보더니 이제 불쌍한 내 새끼까지…… 으으으으으……"

눈앞에 아무것도 보이지 않는데 손에 잡히는 것은 모두 세환을 향해 던진다.

"그래애, 제발 장인 장모님 좀 살아 계셔서 이 심정 좀 알아달라고 애원을 하고 싶은 사람은 바로 나다!"

그 사단에 태수가 깨어나서 그애가 아는 오직 한 단어인 어마, 어마를 연발하며 버둥거린다. 그 와중에도 문희는 태수를 안아 젖을 물린다. 새끼를 품어안는 어미닭의 본능으로.

부엌방 문을 열었다. 이불은 얌전히 개켜져 있고 세환은 보이지 않았다. 그 난리를 쳐놓고도 언제나처럼 아침 산보를 나간 세환에 대한 증오가 새삼 들끓어올랐고 이런 남자와 더이상은 함께 살 수 없다는 결심을 입술을 깨물어 재확인했다. 도란이와 오목이가 비칠비칠 일어나 부엌 옆 목욕탕으로 들어간다.

"도란이 아프지 않니?"

"괜찮아요."

"학교 가서도 아프면 전화해. 물파스 발라주까?"

"괜찮대도요."

도란이는 안쓰러워서 저를 졸래졸래 따라다니는 문희를 다소 귀찮아한다.

"엄마, 아부지는요?"

"글쎄, 산보 나가셨나보다."

세환이 밉다고 아이들 앞에서까지 차마 막말을 할 수는 없는 일. 속으로야 욕을 하지만 존칭을 쓴다.

"히잉, 아부지 없었으면 좋겠다. 그치? 언니. 엄마는 왜 우리한테 물어보지도 않고 새아빠 만들었어? 더 좋은 아빠 만들어주지 히잉."

"오목아, 그러는 거 아냐!"

더 좋은 아빠 만들어주라고 찡찡대는 동생에게 도란이가 따끔하게 야단을 친다.

아이들이 학교를 가고 한참 지나서도 세환은 들어오지 않는다. 또다시 화가 머리끝까지 치솟아오른다. 어제 법원에 간 것은 순전히 쇼였단 말인가. 아무리 이혼을 하러 간대도 해야 할 것은 또 해야 하기에 언제나 같은 일들, 습관처럼 해야 하는 일들인 청소와 빨래를 한다. 오전 시간도 다 지나갈 무렵 전화벨이 울린다.

"아이구우, 이녀러것아, 시대가 워떤 시댄디, 이원은 이원이여어! 식구들끼리 똘똘 뭉쳐도 살까 말까 허는 아임프시대여어! 그런 시대에 이원이라니, 그것이 뭔 말이다냐, 시방. 느그 오빠들 위신도 생각해야제애. 정실아, 그러는 것이 아니다이! 알겠지야? 시방 여그 정 서방 와서 울고 있다. 내가 생야단을 쳐놨어. 이원이라니, 내가 한동네도 아니고 삼동네에다 우리 문희가 좋은 사람 만나서 인자 잘살고 있다고 자랑자랑을 허고 다녔더니, 이것이 시방 뭔 소리여어!"

생전 찾아가보지도 않았던 친정 큰어머니로부터 온 전화다. 친정 부모님 살아 계실 때도 그다지 우애있게 지낸 편은 아니었던 큰댁이다. 그런 사정을 전혀 모르는 것도 아닌 그가 하필이면 그곳을 가서 이녁 집 돌아가는 이야기를 했다는 사실이 문희를 기막히게 한다.

터질 것 같은 폭폭증을 참을 수가 없어 수첩을 펼쳐들고 누군가 하소연할 사람을 찾는다. 동병상련이라고 아무래도 이럴 때는 이혼을 경험한 사람이 제격이다. 최근에 이혼한 친구의 전화번호를 누른다. 장순희는 마침 집에 있다. 세상에, 우리집 남자가 이렇다고, 우리집에 지금 이런 일이 벌어지고 있다고 문희는 양동이의 물을 쏟아내듯 쏟아내기 시작한다.

"정세환씨가 느이 친정 큰집에까지 간 것은 이해하겠다."

"지가 왜 나서서 내 우세를 사게 해? 그런 바보짓이 어딨어! 그들이 나하고 무슨 상관이 있다고!"

"급했던 거야. 사람이 급해지면 무슨 짓을 못해. 이성이 마비되는 거야. 하지만 애들한테까지 그럴 수는 없는 일이지. 아니, 세상에 어떻게 애들한테 그럴 수가 있어? 어떠한 일이 있어도 어른은 아이를 보호해야지. 문희야, 가만 생각해보면 남자는 모르더라. 엄마가 제 새끼 보호하려는 동물적인 본능을 그네들은 모르는 것 같더라구. 어쨌든 부부싸움을 했으면 했지 왜 애들한테 지랄이야, 쌍!"

막말이 막 나오는 게 장순희는 흥분한 것이 틀림없다.

"나 어떻게 할까? 난 헤어지고 싶어. 외롭고 힘들어도 난 애들만 있으면 돼. 가난해도 애들하고 맘 편하게 살고 싶어. 지금 상황은 내 새끼들이 못난 에미 만나서 욕보는 꼴밖에 더 돼? 우리 같은 여자들은 아무래도 남자 만나서 살 팔자들이 아닌 거 같애."

"처음에는 어떻게 시작했건 결과적으로 정세환이가 상처 만져주겠다고 나서서는 더 덧나게 한 꼴이지. 그런데 문희야, 난 말야, 난 찢어졌어. 하지만 남들도 나처럼 찢어지라고는 말 못해. 왠 줄 아니? 니 처음 이혼은 너무 어려서 멋모르고 했던 거라 생각도 안 난다고 하더라만 찢어지는 건 예나 지금이나 너무 아퍼. 그러지 않니?"

"그렇지만 난 함께 살아서 아픈 것보다 혼자 살아서 아픈 쪽을 택하고 싶어. 나의 발전을 위해서도 그게 훨씬 나아. 이건 아무것도 아냐. 정말 화탕지옥일 뿐이야!"

"너의 말도 일리가 있긴 하지만 그래도 문희야, 난 말 못해. 찢어지라곤 못해. 난 찢어졌지만."

"그런데 이제 들으니 니 목소리가 좀 안 좋다."

"어젯밤 술을 너무 많이 마셨나봐."

"그래? 몸 생각도 해야지. 이제 니 아들 니 혼자 책임져야 하는데, 엄마가 그래서 쓰겠니? 야 순희야, 잠깐만, 우리 태수가 똥 쌌나봐. 똥 좀 치우고 다시 전화할게."

태수가 손에 잔뜩 오물을 묻혀서는 커튼자락에 바르고 있다. 시늉으로 아들을 야단치고 있는데 큰 아이들이 학교에서 돌아오는 소리가 들린다. 옜다, 니 누나들한테나 가라, 하고 태수를 도란이한테 안긴다. 도란이는 책가방도 벗어놓지 않고 태수를 마당의 수돗가로 데려가 냄새나는 밑을 씻긴다. 오목이는 행여 제 손끝에나 묻을까 코를 싸쥐고 있다.

"아부지는?"

"안 오셨다."

"이히!"

오목이가 기성을 지르며 제 비밀장소에 놓아둔 인형을 보듬으러 가고 도란이는 씻긴 애기 닦아주려고 빨랫줄에 걸린 수건을 걷다 말고 수건 옆에 걸린 세환의 러닝셔츠에 코를 묻는다. 셔츠는 누렇게 바래고 두어 개 구멍도 나 있다.

"엄마, 아부지 옷에서 아부지 냄새 나."

하도 기가 막혀서,

"뭣이 어쩌고 어째? 아부지 냄새?"

"응, 아부지 냄새 맡으면 아부지가 곁에 있어도 아부지가 그리워져."

문희 입에서 썩을년 소리가 절로 나온다.

"시 쓰고 있네! 이년아, 너는 그래, 그렇게 맞고도 정을 못 다시고……"

"나는 원래 그렇게 착한 애예요오."

이젠 아예 애교 섞인 코맹맹이 소리다.

"야, 착한 것이 그런 것인 줄 아냐? 진짜 착한 것이란 말야, 불의와 폭력 앞에 저항하고…… 야, 우리나라를 딴 나라가 침략했는데 우리나라 사람들이 원래 착한 사람들이라서 가만히 있어봐라. 어떻게 되겠냐? 니가 착하다고 하는 건 진짜 착한 게 아니라……"

그건 바보라고 단정을 지어버리는 것이 또다른 폭력일 것 같아 얼른 입을 다물어버린다.

"엄마느은, 자꾸 나한테 미워하는 마음을 심어주려고 하지 말란 말이에요!"

내가 언제 저한테 '미워하는 마음'을 심어주려고 했나? 어라, 그건 아닌데, 그것이 아니었는데. 가만, 가만있어봐라. 아니, 그럼 애한테 그게 생겨난 것일까. 언제부터 그랬을까, 언제부터 그것이, '피 같은 정'이 생겨난 것일까. 하릴없이 태수를 당겨안아 젖을 먹이려고 고개를 숙이는데 무엇인가 아주 민망한 것이 투둑 떨어진다. 마루 밑에 누렁이가 끙, 하고 잠깐 짖으려다 마는 기색에 예감이 들어 대문간을 바라보니 세환이 커다란 곰인형을 손에 들고 나타난다. 또작거리며 놀던 인형을 얼른 뒤로 감추려다 말고 아빠 없이 살자고 언제 그랬냐는 듯이 오목이 입이 함박만하게 벌어지고 있다.

〔문학사상 1998년 4월호〕

# 어미

실업자 남편은 늘 영례를 두들겨팼다. 예전에 공장에 다닐 때 단 자반 김영례는 절단반 이영식의 휘파람 소리가 가슴 떨리도록 좋았다. 운때가 닿느라고 어느 눈 내리는 겨울밤 야간작업을 마친 퇴근 길의 포장마차 안에서 그들은 눈이 맞었다. 그날 밤 여인숙에 가서 둘은 잠을 잤다. 그리고 동거에 들어갔고 식을 올리지는 못했지만 혼인신고를 끝마쳤다. 그들의 신혼은 그런대로 행복했다. 자전거를 타고 같이 귀가하는 저녁엔 몸은 피곤해도 더할 수 없는 행복감이 가슴 가득 차오르곤 했다. 영례가 임신을 하고 공장을 그만둘 때까지는 행복한 신혼이 지속되었다. 그러다 남편이 사고를 당했고 그들의 행복한 신혼은 그때부터 산산이 깨지기 시작했다. 외팔뚝이 남편은 사나운 폭군으로 변해갔다. 잘린 팔뚝 보상금은 술값으로 날아가고 그들의 밥상다리는 일주일이 멀다 하고 부러졌다.

영식의 팔뚝 잘린 보상금을 조금이라도 얻어써볼까 하는 내심을 가지고 온 것이 분명한, 그전에는 한번도 와보지 않던 그의 의붓어미가 왔다. 눈깔사탕 한봉지를 사들고. 부러진 밥상다리와 윗목에 뒹구는 술병만 보고도 자기가 얻어갈 만한 건더기가 없음을 알아챈 그의 의붓어미는 의붓아들 욕을 실컷 퍼붓고 돌아갔다.

"그놈이 얼마나 악독한 놈인지 아는감? 지 애비 곤조를 그대로 이어받아설랑 아무리 의붓이라도 명색이 에미더러 씨비씨비 허지 않나. 참말로 개라 개. 지 몸 다쳤단 소식 듣고 사흘 밤낮을 통곡헌 그 사정을 지가 알면 이레 빗깜을 안할 수가 없는 거라고."

실업자 남편은 예전에 자신이 몸담았던 뒷골목 깡패조직으로 외팔뚝이 이름을 얻어 들어갔고 어느날 술집여자 하나 꿰차고 도망을 갔다. 술집여자와 영식이 작당을 해서 빼간 일숫돈을 받으러 날마다 일수쟁이들이 영례 가슴을 뒤흔들고 갔다. 두번째 임신의 징후를 알아차린 것은 남편이 소식을 끊은 지 한 달이 지나서였다. 영례는 아이를 떼어내지 않았다. 사람들이 미쳤다고 했다. 영례는 미쳤다고 하는 사람들의 말을 듣지 않았다. 그것은 고집이 아니었다. 그렇다고 오기도 아니었다. 뱃속에 생명을 담고 있다는 그 사실 하나만으로 슬프고 삭막한 가슴을 다독일 수 있음이 영례는 좋았다.

"몹쓸 서방에다가 없는 살림에 하나도 아니고 둘씩이나 퍼지르려는 심보가 도대체 뭐여?"

옆방에 사는 과부 점쟁이 재순네가 설레설레 도리질을 했고 집주인 할미는 끌끌 혀를 찼다. 어느날 밤에 남편이 왔다. 남편의 몸에서 독한 향수내가 풍겼다.

"새끼를 뱄다고? 너, 누구 죽일 일 있냐? 이런 난세에 너는 한가하게 새끼 날 생각까지 하고 앉아 있었냐?"

영례가 묵묵부답으로 방바닥만 문지르고 있자 제 분을 못 이긴 남편은 영례 배를 걷어찼다. 이제 막 자궁 속에서 터를 잡은 생명이 요동쳤다. 영례는 지그시 눈을 감았다. 아무 죄 없는 불쌍한 생명아, 살아나거라, 부디 살아나거라. 남편은 방세 내고 양식을 살 수 있는 돈이 아닌 비싼 양주병을 영례 앞으로 던져주고 그 밤에 다시 황황히 떠나갔다. 남편은 그 뒤로도 몇번 더, 영례가 한번도 맛본 적이 없는 양주병을 두고 갔다. 영례는 그 술들이 어디서 나는지 한번도 남편한테 묻지 않았다. 영례는 술병을 들고 동네 슈퍼마켓으로 갔다. 가서 절반값으로 팔았다. 양주병 판 돈으로 쌀 두 되와 연탄 다섯 장과 간고등어 한 족과 센베이과자 한 갑과 설탕 한 봉지를 샀다. 아이가 칭얼대면 어떤 날은 센베이과자 한 개를 내주고 다른 날은 설탕물 한 그릇을 내주고 그러면 일주일 나는 것이 해결되었다. 영례는 가끔 오밤중에 딸애를 재워놓고 집주인 할미네가 경작하는 밭으로 갔다. 방세가 싼 곳을 찾느라고 산밑 깊숙한 동네로 들어왔었다. 영례는 여러모로 이 동네로 들어오길 잘했다고 생각했다. 들판 여기저기 아파트들이 들어서고 있는 사이사이에 푸성귀 밭이 널려 있었다. 주인집 뒤로 늘어선 푸성귀 밭들이 전부 집주인 거라고 했다. 영례는 푸성귀 살 돈이 없었으므로 도둑질을 했다. 만날 간고등어만 먹은 얼굴이 간고등어 빛깔로 윤기를 잃고 거무튀튀해가 세살쟁이 딸아이나 자신이나 갈수록 볼품이 없어져가는 게 싫었을뿐더러 입덧이 서느라고 정말로 신선한 야채가 먹고 싶었다. 밤에는 도둑질을 하고 낮에는 도둑질한 그 밭에서 일을 했다. 할미는 밭에 널려 있는 시래기 한줌도 그냥은 주지 않았다. 부엌문을 걸어잠그고 한밤중에 도둑질해온 시래기들을 불도 켜지 않고 씻어서 흙물이 제대로 가시지 않은 걸 우적우적 고양이처럼 씹어먹었다. 아이가 자다가 깨어나 무슨 맛난 것을 에미 혼자 먹어치우는가 하는 표정으로 동그란 눈을 뜨고 영례를 멀뚱히 쳐다봤다. 영례는 배춧잎의 하얀 줄기를 아이 입속에 넣어주었다. 아이는 눈을 감은 채 토끼처럼 에미가 넣어준 것들을 야금야금 맛도 모르고 씹어보다가 그대로 잠이 들곤 하였다.

집주인 할미한테는 술주정뱅이 아들이 하나 있었다. 낮에는 골방에 틀어박혀 진창 술을 마시고 밤이 되면 하얀 구두를 광내어 신고 여자를 사러 갔다. 애를 낳아주지 못하는 며느리를 할미가 내쫓았다고 했다. 주정뱅이와 할미는 하루도 빠짐없이 싸웠다. 그 할미에 그 아들이었다. 며느리 내쫓은 할미 죄도 크고 아들이 어미 앞에서 술이나 처먹고 망나니짓이나 하는 꼴도 보기 안 좋았다. 이 세상에서 돈밖에 모르는 할미가 어느날 밤 영례 앞에 돈을 내놓으며 은근하게 다가들었다.

"서방도 없는 새끼를 뭣에 써. 낳아서 우릴 도고. 우리 아들 니 서방 삼아도 내 암말 안할 거여."

다음날 숟가락까지 꽂아 건 방문이 덜컥거리며 흔들렸다. 눈이 내린 천지에 달빛이 쏟아져내렸으므로 바깥은 불을 켠 것처럼 환했다. 비명을 지를 수도 없는 공포가 가슴을 옥죄어왔다. 그때 문고리를 잡은 사내 뒤로 구부정한 어깨를 한 사내가 소리없이 다가오고 있었다. 모든 상황은 눈 깜짝할 새에 이루어졌다. 구부정한 어깨의 사내가 누구인지는 그림자만 보고도 알 수 있었다. 다음날 아침 초상이 났다. 주인집 술주정뱅이 아들이 왜 죽었는지, 누가 죽였는지 아무도 몰랐다. 비밀을 알고 있는 사람은 영례 한 사람뿐.

꼽추는 점쟁이 재순네하고 툇마루를 함께 쓰는 방에 살았다. 이집 사람들은 꼽추가 몸은 비록 병신이어도 영례 남편 영식이와는 달리 인정이 있는 사람이라고들 했다. 꼽추는 노래도 그럴싸하게 잘 불렀다. 생긴 몰골과는 달리 목젖을 떨어가며 굵은 목소리로 부르는 노래를 가만히 듣고 있노라면 영례는 공연히 눈물이 다 나올 정도였다. 꼽추는 그날도 일 끝내고 돌아와서 몇날 며칠 밀린 속옷과 양말들을 몽땅 내와 빨아대며 술주정뱅이 아들을 잃고 상심에 젖은 집주인 할미는 상관 않고 태연하게 노래를 불렀다.

"눈물을 보였나요. 내가 울고 말았나요. ……어차피 떠난 사람……"

꼽추에게도 사랑이 있었던가. 어차피 떠난 사람을 향해 눈물을 보이고야 말았던 사랑 말이다. 영식이는 어차피 떠난 사람인가. 밤이 제법 깊어져서야 꼽추의 흥얼거리는 소리는 잦아들고 그리고 문득 누군가의 발자국 소리가 들렸다. 발자국 소리는 영례네 방문 앞에서 멎었고 그리고 기저귓감 보퉁이를 들고 꼽추가 소리없이 들어섰다. 인정 많은 사람이라고만 여겼다. 그런데 꼽추가 손을 뒤로 돌려 문고리를 걸어잠갔다. 그리고 내보이는 것이 있었다. 저금통장이었다.

"돈도 안 벌어다주는 서방 뭣하러 기둘려. 나 돈 많어. 나랑 도망치자고."

꼽추가 점점 영례를 향하여 다가섰다. 영례의 비명소리가 온 집안 사람들을 깨웠다. 꼽추는 다음날로 꼬장꼬장한 집주인 할미로부터 나가달란 소리를 듣고 그 집을 떠나갔다. 떠나가면서 영례한테 돈을 주고 갔다. 저금통장도 주고 갔으면 하고 속으로 바랐지만 그 생각이 죄받을 생각임을 영례도 알았으므로 차마 입밖으로 내지는 못했다. 꼽추가 가고 나자 영례는 왠지 허전해졌다. 그래서 일부러 꼽추가 일한다는 시내로 나가보았다. 꼽추는 여전했다. 사람들이 오가는 큰길에다 좌판을 벌여놓고 좀약도 팔고 양은냄비 광내는 약도 팔고 어디서 갖고 오는지는 몰라도 죽은 지네 노래기 불개미 같은 것을 팔았다. 영례는 그냥 먼발치서 제 몸을 드러내놓지 않고 물끄러미 바라보다가 돌아오곤 했다. 날씨가 추워지자 꼽추가 걱정되었다. 그러나 그만큼에서 영례는 더이상 꼽추 생각을 하지 않았다. 더이상 생각한다는 것은 화냥년 짓일 터였다. 남편이 바람 피우는 짓이 역겨웠다. 역겨운 그런 짓은 절대로 하고 싶지 않았다. 차비를 하려고 꼽추가 주고 간 돈을 쓰지 않고 아꼈다. 방세 낼 돈을 마련할 길이 없었으므로 남 사정이야 어찌 됐든 돈에는 인정사정 없는 집주인 할미 얼굴 보기가 무서웠다. 입던 옷 그대로 아이 옷하고 애기 기저귓감 싼 보퉁이만 들고 서울로 가는 완행열차를 탔다.

영례가 자기 딸애만한 어린애였을 때 영례엄마는 밤도망을 쳤다. 아버지는 노름쟁이였다고 했다. 술담배도 안하고 오입질도 안하고 정말로 다른 건 다 좋은데 딱 한가지 그놈의 화투장만은 손에서 떼어내지 못했다고 했다. 눈이 펑펑 쏟아지는 한겨울 밤, 주막집 뒷방에서 자기 것도 아닌 큰집 암소 한 마리를 걸고 도리짓고땡을 벌이던 아버지는 끝내는 싸움질을 하다 사람을 다치게 하여 감방엘 갔다고 했다. 아버지가 감방에 간 사이에 엄마는 영례, 영님이 두 계집아이를 큰집에 놓아두고 쪽지 한장 남기고 떠나갔다.

"돈 많이 벌어서 웃음꽃 피우며 살 그날을 기약하며 어미는 눈물을 머금고 너들을 큰집에 두고 간다. 부디 큰아부지 큰엄니 말씀 잘 듣고 공부 열심으로 하고 있거라."

아직 영례가 학교에 들어가기 전인데도 엄마는 공부 열심으로 하라고 써놓고 시골 마을을 떠나갔다. 큰집에서 사는 동안 내내 영례는 큰엄마가 제 엄마를 독살스런 년이라고 욕하는 소리를 듣고 살았다. 그년이 바람이 났던 게라고. 큰집 전재산인 암소가 엄마 떠난 그 밤에 없어졌다고 했다. 동회관에 불을 넣어주며 살던 떠돌이 홀애비도 그 밤에 사라졌다고 했다. 엄마가 바람이 나서 갔는지 어쨌는지는 모르지만 나중에 커서 생각해보니 엄마가 그때 가길 잘했다 싶기도 했다. 아버지는 감방에서 나온 이후에도 내내 노름질만 하다가 결국은 감방 가기 전에 지은 죄로 하늘에서 벌을 내렸던지 같은 노름꾼끼리 싸우다 눈밭에 넘어져 뇌진탕으로 죽어버렸으므로.

아이들을 들여다보았다. 세살짜리 아이와 아직 이름도 얻지 못한 핏덩이. 밤새 아이들 얼굴을 들여다보며 예전에 엄마가 그랬던 것처럼 영례도 아이들 앞으로 쪽지를 썼다.

"에미가 내 살 같은 너들을 떼어두고 갈 제 눈물이 앞을 막는도다. 때마침 새벽닭이 홰를 치며 울고 그 울음이 그치기 전에 떠나야 할 운명을 어쩌지 못해 에미는 차마 발길을 돌리지 못하고 복받치는 설움을 갈아마시며 한없이 한없이 울기만 하노라."

정말로 눈물이 앞을 가로막았다.

겨울이 오면 사내애들은 정월보름 때까지 내내 쥐불놀이를 했다. 계집아이들한테는 그 신나는 불놀이가 금지되어 있었다. 사내애들 쥐불놀이를 보고 좀이 쑤신 동생이 큰집 뒤안 짚더미 옆에서 불장난을 하다가 한겨울 내내 소먹이로 쓸 짚들을 다 꼬실라버렸다. 큰엄마가 동생을 마당 귀퉁이 두엄자리로 내어던졌고 동생이 두엄 속에 얼굴을 파묻고 버둥거렸다. 영례 눈에 파란 불꽃이 일었다. 아무것도 눈에 보이지 않았다. 보이는 것은 다만 두엄 속에 얼굴을 파묻고 버둥거리는 동생과 큰엄마가 입고 있는 까만 몸뻬뿐이었다. 영례는 큰엄마를 향하여 돌진했다. 허공에 별이 튀었다. 그날로 영례는 불지른 동생과 함께 큰집을 나와야 했다. 먹이고 입히고 재워준다는 고아원이 있는 도시로 향하는 신작로를 걸었다. 차들은 모두 도시로 간다고 여겼다. 그래서 아무 차나 얻어타기만 하면 그래서 고아원을 찾아 들어가기만 하면 살 수가 있을 거였다. 발이 부르트도록 걸었는데도 차는 한대도 지나가지 않았다. 날은 어두워지고 있었다. 배도 고프고 무섬증도 일고 그래서 서글퍼져서 영례는 노래를 불렀다.

"백두산 뻗어내려 반도 삼천리 무궁화 이 강산에 역사 반만년……"

월남에 가서 돈 잘 번다는 삼촌을 생각하며 '그 이름 백마부대 백마부대 용사들아'도 소리 높여 불렀다. 기러기떼가 어두워오는 하늘을 날아 산 너머로 사라졌다. 영님아, 우리는 엄마 잃고 헤매는 외로운 기러기인 게라. 틀림없다. 우리는 참말로 외로운 신세인 게라.

어차피 세상에 내던져진 목숨들이니 어미가 없어도 살 목숨들은 살아낼 수 있을 거였다. 그러나 제 새끼들을 어떻게 외로운 기러기 신세로 만들 수 있단 말인가. 그때 생전 처음으로 영례는 자기들을 버리고 간 엄마를 향해 된욕을 한마디 했다.

"개 같은 년."

제 어미한테 '년'자를 붙이기가 좀 망설여졌지만 큰맘 먹고 욕을 해버리고 나자 그때서야 결심이 섰다. 나는 절대로 '개 같은 년'은 되지 말아야지. 그리고 꼽추의 유혹에 넘어가지 않았던 것이 새삼스럽게 다행으로 여겨져 두 손을 모두어 가슴을 한번 후루룩 쓸어내렸다.

서울에는 하나밖에 없는 피붙이 동생 영님이가 살고 있었다. 서울에 떨어진 새벽길로 봉천동 꼭대기 동생의 자취방을 찾아들어갔다. 동생 방에서는 독한 화장품 냄새와 술내가 진동했다. 갔던 그날로 영례는 다시 내려오는 완행열차를 타야 했다. 동생 방은 영례네 모녀가 함께 살기에는 너무도 비좁았고 동생은 이미 남자와 살림을 차려 살고 있었다. 그래도 동생은 피붙이 노릇을 하느라고 영례한테 제 남자 몰래 넣었던 저금통장 턴 돈을 몽땅 쥐여주었다.

"도둑팽이처럼 살짝 어디를 갔다 오누?"

할미가 의심스런 눈초리를 굴려가며 영례 몰골을 요리조리 살폈다.

"방세 만들어왔어요."

만삭의 한겨울을 동생 영님이가 준 돈으로 났다. 남편은 이제 영영 소식조차 주지 않았다.

'개 같은 놈.' 아이들은 나중에 저희들이 엄마만큼 커서 어른이 되었을 때 제 아비를 두고 그렇게 말할 수도 있을 것이다. 영례는 그리되리라는 걸 의심하지 않는다. 영례 자신이 제 어미를 개 같은 년이라고 서슴없이 욕했던 것을 보면 그것은 확실하다. 사람이 사람 같은 이 아니고 개 같은 이 소리를 듣기는 그다지도 쉬운 것이다. 엄마가 그렇고 남편이 그렇고 또 누가 그럴까.

꼽추가 살지 않는 셋집 안은 조용하였다. 도시의 끝 변두리, 영례가 살고 있는 집 둘레에 펼쳐진 들판을 휘돌아 거친 바람이 불어왔다. 휘이잉 휘이잉 말울음을 우는 바람.

라디오도 텔레비전도 없었다. 찾아주는 친구도 없었다. 유일한 말동무였던 재순네마저 요즘은 오지 않았다. 할미 말로는 꼽추가 재순네의 기둥서방이었던갑다며 혀를 찼다. 그래서인지는 몰라도 영례는 재순네 방 뒤쪽에 있는 할미네 김장독으로 김치를 훔치러 갈 때마다 재순네의 울음소리를 듣고 흠칫흠칫 놀라기도 했다. 바람이 흐느꼈다. 과부 재순네가 흐느꼈다. 담장 밖 시누대가 흐느꼈다. 영례는 얇은 카시밀론 이불 하나 뒤집어쓰고 온갖 것이 흐느끼는 소리를 들으며 훔쳐온 김치를 우두둑 씹어 먹었다. 그렇게 뱃속의 아이를 키웠다. 한겨울 내내 뱃속에서 훔쳐온 김치쪽만 얻어먹고도 잘 자란 아이는 봄이 되자 이 세상에 태어났다.

첫애 때처럼 산파의 손을 빌릴 만한 돈이 없었으므로 혼자 낳기로 작심하고 준비를 했다. 볏짚 대신 요때기를 깔고 물은 데워서 윗목에 미리 갖다놓고 가위도 뜨거운 물에 펄펄 끓여서 무명실과 함께 제 손 잘 닿는 곳에 두고 아이더러 엄마 손 꼭 잡으라 하고 힘을 쓰기 시작했다. 영례는 자신이 혼자서도 틀림없이 애기를 잘 낳을 수 있으리라고 믿었다. 왜냐하면 제 엉덩이는 뚱뚱한 재순네의 그것보다 어림짐작으로 두 뼘 가량이나 더 컸으므로. 용을 쓰는 엄마를 따라 아이도 버둥거렸다. 흥건한 핏속에서 영례는 아기의 탯줄을 끊었다. 아기가 태어난 때는 포근한 봄밤이었다. 노랑이 집주인 할미도 그날은 비록 고깃덩이 대신 멸치를 넣긴 했어도 최고로 굵은 왕멸치 듬뿍 들어간 미역국을 끓여왔고 재순네는 제집에도 간동간동한 연탄을 열 장이나 갖다주었다. 애를 낳은 그 밤은 남편이 없어도 행복하였다.

　세상의 살아 있는 것들이 죽기를 작심하지 않은 이상은 살아내기
그 자체가 발등에 떨어진 불이다. 영례는 발등에 떨어진 제 삶의 불
을 끄기 위하여 오늘 셋집 안 누구보다 빨리 일어나 부엌으로 나갔
다.

　시립 부녀아동상담소를 찾아가는 길은 멀고 아득했다. 공원 입구
에서 버스를 내린 영례는 갓난아이를 안고 세살 난 딸애더러 제 치
맛자락을 꽉 붙들게 하고 가파른 아스팔트길을 오르기 시작했다. 부
녀아동상담소는 공원으로 오르는 아스팔트길의 꼭대기에서도 한참
을 내려가야 하는 공원 깊숙한 곳에 들어앉아 있었다. 불볕 더위가
아스팔트 위에서 자글자글 끓었다. 아이는 어미 치맛자락을 한번도
놓지 않고 땀범벅 된 얼굴로 자박자박 잘도 따라왔다. 큰애의 얼굴
이 복숭앗빛으로 발갛게 익어 있었다.

　"애, 니 볼따구 한번 묵어보까? 익었는가 안 익었는가."

　영례가 우스갯소리를 해도 아이는 웃지 않고 엄마 얼굴을 말갛게
쳐다볼 뿐이었다. 영례는 그런 딸이 짠해져서 저도 모르게 괜찮다,
괜찮다 했다. 영문도 모르고 어미를 따라나서긴 했어도 아이는 이미
제 삶의 급박해진 상황을 눈치채고 있는 듯이 보였다. 그래서였는지
는 몰라도 동네 구멍가게를 그냥 지나치는 법이 없던 아이가 공원
입구에 늘어선 가게의 하드통을 보고도 아무 소리도 하지 않았고 풍
선장수가 손짓해도 못 본 척 입을 앙다물고 부지런히 걷기만 하는
거였다. 갓난아이는 포대기 속에서 태열기 오른 빨간 얼굴을 조그맣
게 드러내놓고 새근새근 잠만 잤다.

연 이틀 동안의 행군이었다. 어제는 뙤약볕이 내리쬐는 골목 어귀 공중전화 박스 옆에 큰애를 세워놓고 미끄러운 다후다 포대기 속에서 자꾸만 밑으로 처지는 애기를 한손으로 추슬러 올려가며 지린내 나는 유리관 속에서 전화통을 붙잡고 씨름을 했다.

"여보세요? 하루종일 애기들 보아주는 탁아소 맞나요?"

"몇살인데요?"

"세살짜리 하나하고 갓난아인데요."

"세살짜리는 가능해도 갓난아이는 곤란한데요."

큰아이 하나만이라도 우선 맡길 수 있다는 게 영례는 반가웠다. 갓난애는 이웃 할머니들 중에서 돈을 주고 맡길 수도 있을 것이었다. 아직 말썽부릴 줄도 모르고 쌀 축내지도 못하는 핏덩이이므로 개인한테 맡겨도 그리 신경쓰이지는 않을 것이었다. 일단 아이들을 어디 안전한 곳에 맡겨야 돈을 벌든 도둑질을 하든 좌우간 아무 일이나 할 수 있을 것 같았다. 탁아소를 찾아가는 시내버스는 이곳이 종점인가 싶은 곳을 대여섯 번이나 지나치고도 한참을 달려서 먼지 부연 시골마을 입구 점방 앞에 영례네 세 모녀를 내려놓았다. 블록 담벽이 이어진 골목을 지나자 논둑길이 나왔고 논둑길로 접어들자 짙은 농약내가 풍겨왔다. 탁아소는 피난민수용소를 연상시키는 파란 함석건물이었다.

"주 하나님의 종으로서 사회에 다소나마 봉사코저 유아원을 열었는바, 금번 사업확장으로 부녀직원을 대거 채용하야 그들의 가장 큰 애로사항이 보육문제로 초점이 모아져설라무네 에또 불원천리 먼길을 한걸음에 달려오신 아주마니 사정은 충분히 이해허고 있습니다마는 영아를 맡는다는 게 시설적 인력적 제조건의 미비함으로 인하

96

야……"

탁아소 원장노인의 장광설은 엿가락이 늘어지듯 끝이 없을 듯하여 영례가 노인의 말허리를 자르고 얼른 한마디 한다는 게 오히려 노인의 일장연설에 빌미를 보태는 꼴이 돼버렸다.

"혹시 그럼 갓난애 맡아줄 탁아소가 어디 있는지 아시나요?"

"하이고, 자꼬자꼬 탁아 탁아 허지 마시고 내 말을 조께만 더 인내심을 가지고설라무네 들어보시랑께요. 에, 또 아주마니는 어떠헌 의견을 갖고 계신가는 모르겠지만서도 탁아소라는 것의 개념이 다분히 공산주의사회에서 상용되는 개념이란 거를 아셔야 하요 이. 그래설라무네 에, 또……"

큰애가 오줌이 마렵다고 칭얼대었고 아기가 쉬아를 했는지 상을 찡그리며 버둥거렸다. 영례는 서둘러 두 아이를 데리고 밖으로 나왔다. 연설을 하고 싶어 안달하는 노인이 안됐지만 할 수 없는 노릇이었다. 함석건물 옆으로 벽돌공장이 보였다. 부녀자들이 흰 모자를 쓰고 공장마당을 부지런히 오가고 있었다. 안채 마당에서 피둥피둥 살이 찐 여자가 고개를 쑥 내밀고 영례 세 모녀 행색을 위아래로 천천히 한참 동안을 살피다가 이쪽으로 걸어왔다. 마침 잘됐다 싶었다. 인정 많은 사람인 척 결국 자기 좋을 말만 하는 노인 같은 사람보다는 상대방한테 꼭 해야 할 말만 할 것 같은 차가운 인상이 오히려 영례 쪽에서 말을 쉽게 꺼내게 했다.

"벽돌공장에서 사람 쓰나요?"

"그래요."

"월급은 얼마나 줘요?"

"하나라면 모르까 공장 품삯 가지고 두 애기 건사 못해요."

한마디로 공장 품삯이 별것 아니라는 것이었고 결국은 할 수 없이 집으로 돌아가서 두 아이를 데리고 어떻게든 살아낼 다른 방도를 찾아내야만 한다는 결론에 이르기까지는 그리 많은 시간이 필요치 않았다. 다리에 힘이 쭈욱 빠지는 기분이 들었고 기대를 품고 오던 길에서는 느껴지지도 않던 허기와 피로가 한꺼번에 몰려왔다. 그러나 그대로 주저앉을 수도 없이 현실은 절박하였다. 찻길을 향해 긴 논둑길을 되돌아나오는 영례 뒤를 살찐 여자가 숨이 턱까지 차서 달려왔다. 여자가 영례 앞에 요구르트와 초코파이가 든 비닐봉지를 내밀었다.

"두어 달만 기다리면 식당아줌마 자리가 빌 텐데 그때 연락해줄 수 있겠수?"

영례에게 두 달은 까마득한 기간이다. 그동안에 어디서 뭘 먹고 살아야 할지 대책이 없었다. 영례는 그냥 아무 말 없이 돌아섰다. 뜨거운 햇볕 아래서 큰애는 끈적이는 단물로 온 얼굴을 분탕치며 어미를 졸졸 따라왔다.

그리고 오늘, 시립 부녀아동상담소를 찾아가는 이 덥고 가파른 길을 세살짜리 아이는 흡사 고지를 점령하러 가는 병사처럼 맹렬한 투지로 어미를 따라붙고 있다. 부녀아동상담소라는 곳이 있는지조차 몰랐던 영례한테 어젯밤 옆방에 사는 과부 점쟁이 재순네가 일러준 바로는 그곳에서 영례처럼 불쌍한 부녀자들한테 파출부 자리 같은 직업을 알선해준다는 거였다. 그래서 어제는 탁아소를 찾아서 오늘은 일자리를 찾아서 강행군을 하고 있는 것이다.

드디어 상담소 문을 열고 쭈뼛쭈뼛 들어섰다. 잡담을 하며 노닥거리던 상담소 안 직원들의 눈이 일제히 영례 쪽으로 쏠렸다. 상담소장이라는 늙은 여자가 혀부터 끌끌 차며 대뜸 말했다.

"이혼했수?"

"아니요. 집 나가서 소식이 없어요."

"신랑이 바람 피웠구만."

"………"

"집 나간 지 얼마나 됐수?"

"칠개월쯤이요."

"그애는 신랑 씨가 확실허우?"

"예에."

상담소 직원들이 까르르 웃었다.

"여기 뭣하러 왔수?"

"일자리 하나 마련해주십사 하구요."

"취직할 생각에 앞서 애들 문제부터 생각허슈."

갓난애가 자지러지게 울었다. 포대기 밑이 축축이 젖어왔다. 퉁퉁 불은 젖가슴에서 젖이 흘러나와 옷섶을 흥건히 적셨다. 상담소장 여자가 앞책상에 앉은 남자한테 눈짓을 했고 남자가 공책을 챙겨들고 자기를 따라오라고 말했다. 아기에게 젖을 물릴 새도 없이 남자를 따라 일어섰다.

삐걱이는 계단을 올라 언젠가 남편 때문에 가본 적이 있는 경찰서 취조실 같은 방으로 들어갔다. 남자는 공책을 앞에 두고 나무의자에 털썩 주저앉으며 다짜고짜로 말했다.

"갓난애 친권을 포기하슈."

"그게 무슨 말씀이세요?"

"남편이 칠개월간이나 아무 소식이 없다는 건 이미 남편으로서,

아이들 아버지로서 권리와 의무를 포기했다는 말 아니겠소. 아주머니가 굳이 그런 남편의 아이를 맡아 기를 하등의 이유가 없지 않아요?"

"친권을 포기하면 아이는 어떻게 되는 거죠?"

"그건 이쪽에서 알아서 해줄 겁니다. 아마 아주머니 밑에서 크는 것보다 훨씬 나은 곳에서 자랄 수 있을 거요."

쉬파리 한 마리가 뜨거운 유리창에 끊임없이 부딪쳐왔다. 마룻방은 조용했고 큰애는 지나치게 조용한 방안이 이상한지 마룻장을 발바닥으로 쿵쿵 치며 연신 맴을 돌았다.

"오늘은 일단 돌아가셔서 잘 생각해보시고 내일 다시 오세요. 그런 뒤에 아주머니 취직문제를 생각해도 늦지 않아요."

아기가 발간 볼을 옴찔거리며 영례 품속에서 방싯거렸다. 아이의 얼굴 위로 영례 눈에서 나오는 뜨거운 눈물이 투둑 떨어져내렸다.

"아이를 제가 키우겠다면 취직은 안 시켜줄 건가요?"

"이봐요 아주머니, 상식적으로 생각을 해보세요. 그 갓난애를 데리고 어디서 일을 할 수 있겠어요. 다 아주머니 신상에 좋으라고 하는 소립니다."

상담소를 나와 비탈길을 타박타박 내려오는 영례 뒤에서 남자가 소리쳤다.

"아주머니, 잠깐만 기다리슈."

남자가 호주머니를 뒤져 하얀 알사탕 한움큼을 꺼내 큰애 손에 쥐여주었다.

"아주머니 앞날을 위해서라도 생각 잘해보슈."

아이는 알사탕을 입에 물고 가늘고 조그만 다리를 제 딴에는 최대한으로 부지런히 놀려 어미를 따라왔다. 그렇게 부지런히 따라붙지 않으면 제 인생도 끝장난다는 것을 자기는 이미 알고 있다는 듯이. 그래서인지는 몰라도 아이의 표정은 영례가 보아도 세살 나이에 도무지 어울릴 것 같지 않은 비장한 감이 없지 않았다. 제 새끼의 그런 표정에 영례는 몹시 가슴 아팠다. 그래서 공원 입구 구멍가게에서 팥물 얼음과자를 하나 샀다. 아이는 뜨거운 햇볕 아래 녹아내리는 얼음과자 물을 제 옷에 묻히지 않으려고 허리를 꺾어 걸으며 얼음과자를 후룩후룩 핥았다.

밤도망이라도 치고 싶었다. 이리 될 줄 알았으면 진작에 꼽추라도 따라갈걸 후회가 되었다. 아침이 되자 영례는 아기에게 젖을 양껏 빨렸다. 시립 부녀아동상담소 남자직원이 고개를 깊이깊이 끄덕이며 영례를 반갑게 맞이했다. 상담소 안에 어제는 보이지 않던 아이들이 들끓었다. 버려진 아이, 잡혀온 아이, 주워온 아이 들. 영례는 사정하였다. 마지막으로 울애기가 가는 곳까지 따라가게 해달라고. 상담소 남자가 화를 내었다. 이제 이 아이는 아주머니 애가 아니라고. 영례는 통곡하며 사정했다. 드디어 겨우 허락을 받아내었다.

"아주머니, 그애는 그곳에서 영원히 사는 게 아님을 아셔야 해요. 그곳은 일시보호소일 뿐이라구요."

일시보호소. 이제 아기는 일시보호소에서 일시적으로 보호되다가 어디론가 떠나갈 것이다. 다른 건 다 있는데 아이 하나 없는 것이 집안의 근심인 어느 부잣집으로, 또는 바다 건너 먼먼 코 큰 사람들의 나라로.

일시보호소로 오르는 길은 가팔랐다. 일시보호소 사람들은 영례 행색을 살피더니 큰아이까지 자기들한테 주고 가는 게 어떻겠느냐고 물어왔다. 영례는 그럴 수는 없다고 했다. 보호소 안의 아이들이 처음 보는 영례 옷자락을 잡고 늘어졌다. 한번만 안아달라고. 제 아기를 내려놓고 한 아이를 안아주었다. 내려놓으려고 하자 아이가 떨어지지 않으려고 바동거렸다. 큰애가 앙앙거렸다. 아기는 그런 난리 속에서도 고요히 잠만 잤다. 영례는 간이침대 위에다 아기를 뉘어놓고 돌아섰다. 큰애가 왜 아가를 두고 가느냐고 또 한번 울었다. 보호소 사람들이 영례와 아이를 내쫓다시피 몰아내었다. 하늘이 노랬다.

아기에게 물리지 못한 젖가슴이 퉁퉁 불어올랐다. 아기의 울음소리가 온 밤내 귓전을 아프게 때렸다. 아직도 방안에 감도는 애기냄새가 코끝을 후볐다. 새끼 잃은 어미소가 울듯이 영례는 울었다. 울다가 큰애를 둘러업었다. 한밤중이었다. 영례는 인적 끊어진 골목을 달리기 시작했다. 일시보호소 문은 꼭 잠겨서 열리지 않았다. 영례는 아이를 업은 채로 보호소 쇠창살문을 타고 넘었다.
"상담소 사람들도 차암 웃기는 사람들이야. 어차피 애를 버리기로 한 사람한테 아무리 인정도 좋다지만 왜 여까지 알려줘설라무네 사람 귀찮게 하는지 몰라."
보모들이 돌아가면서 한마디씩 툴툴대었다.
영례는 당장에 아기를 데려가겠다고 말했다. 보호소 사람들은 그럴 수 없다고 말했다. 보호소 사무실 사람들이 출근하는 아침까지 기다려야 한다는 거였다. 하루종일 어미젖을 빨지 못한 아기는 코가 납작해지도록 간이침대 시트에 엎드려 울다 잠이 들어 있었다.
아침이 되어도 보호소 사람들은 아기를 금방 내어주지 않았다. 서류를 작성하고 영례 손도장을 찍고 아기 안은 사진을 박은 다음에야 그들은 영례아기를 내주었다. 아기를 안고 나오면서 영례는 그들이 뒤에서 하는 소리를 들었다.

"미친 여잔가봐."

그들이 욕하는 소리를 들어도 영례는 좋았다. 영례는 아기를 업고 큰애를 안고 정신없이 걸어갔다. 어제와 똑같은 하루가 시작되어 있었다. 영례는 길가에 주저앉아 아기에게 젖을 물렸다. 젖을 물리며 영례는 앞으로 또다시 두 아이를 데리고 살아갈 날을 곰곰이 생각하였다. 사람들과 차들이 영례 앞을 부지런히 오가고 있었다. 길 건너 은행건물 앞에서 꼽추가 자리를 잡고 있는 모습이 보였다. 구경꾼들이 꼽추 둘레를 삽시간에 에워쌌다. 젖을 다 물린 영례는 그냥 무심하게 꼽추 앞을 지나쳤다.

〔금호문화 1996년 6월호〕

# 그 푸른 바다 눈에 보이네

그날 아침 엄마가 닭과 개와 강아지 들을 버스에 실으려고 한 것은 아무래도 무리였다. 암탉이 두 마리, 수탉이 한 마리, 어미개 한 마리, 이제 막 젖을 뗀 강아지가 다섯 마리였다. 마을 앞 구멍가게 여자가 엄마더러 그 많은 짐승들을 시장에 내다팔 거냐고 물었다. 구멍가게 여자의 물음에 엄마는 그게 아니라고 간단하게 대답해도 충분했다. 왜냐하면 구멍가게 여자는 그냥 인사치레로 물은 것이 분명했기 때문이었다. 그 여자는 개숫물 동이를 들고 돼지막으로 가는 중이었다. 개숫물 위에 누런 보릿잎이 동동 떠 있었다. 나는 그것을 무심히 한번 건너다보고 먼데, 들판 저쪽을 바라보았다. 들판 저쪽을 바라보며 울고 싶은 기분을 죽였다. 엄마의 그것이 아니라는, 구멍가게 여자의 인사치레에 대한 대답이 그날 아침 나를 숨막히게 했다. 엄마는 약간 새된 음성이었다. 자신의 목소리가 자신이 듣기에도 좀 이상했던지 간밤에는 "나이가 먹으니까 목소리도 내 것이 아닌 것 같어야" 했었다.

"그것이 아니여. 다 팔 것은 아니고 닭 한 마리는 우리 애기 선생님 갖다줄 것이여. 큰 개는 갑(교미)붙이고 닭 두 마리허고 강아지들만 팔 것이여. 강아지 한 마리도 선생님이 달라면 줄 것이여."

구멍가게 여자는 괜한 인사치레를 했다가 구정물 동이를 들고 벌서는 꼴을 하고 엄마의 장황한 설명을 하릴없이 다 듣고 있어야 했다.

"새끼 젖뗀 지 며칠이나 됐다고 갑을 붙이는 거여, 숭악허기는."

여자가 팩 쏘듯이 하며 돼지막이 있는 텃밭으로 종종종 달음질을 쳤다. 구멍가게 여자는 엄마의 장황한 설명을 다 듣고 서 있었던 것에 새삼스럽게 화가 났는지도 몰랐다. 나는 엄마와 신작로 가에 심어진 미루나무 한 그루를 사이에 두고 서 있었다. 간밤에 비가 와서인지 날씨가 쌀랑하였다. 아직 일철이 아닌 이른봄이라서 들에 나가는 사람이 눈에 띄지 않는 아침이었다. 날씨가 추워서인지 장에 가는 사람도 이웃에 사는 째보 할미 빼고는 없었다. 째보 할미의 찢어진 윗입술이 파랗게 얼어 있었다. 나는 그것을 바라보기가 민망했다. 째보 할미는 더러운 손수건으로 찢어진 곳을 건성으로 가렸다. 버스는 굼실굼실 왔다. 나는 냉큼 버스에 올라타서는 맨 뒷자리로 쏜살같이 가 앉았다. 닭 세 마리와 강아지 다섯 마리와 어미개 한 마리를 추스르고 있는 엄마에게 버스운전사가 화를 냈다.

"탈라요, 말라요?"

운전사의 채근에도 엄마는 굼뜨게 짐승들을 챙겼다. 나는 먼지 낀 차창 밖으로 엄마의 하는 양을 못 본 척 훔쳐보았다. 붉은 월남치마가 자꾸 퍼런 비닐슬리퍼에 밟히고 있었다. 보다 못한 운전사가 운전석에서 일어나 차문 입구에 놓인 강아지가 든 밀감박스와 보자기에 쌓여서 모가지만 내놓은 닭들을 차 보닛 옆으로 올려놓고 다시 운전석에 앉을 때까지도 엄마는 올라오지 못하고 있었다.

"아, 뭣하요?"

운전사는 이제 붉은 월남치마에 퍼런 슬리퍼를 신은 아줌마 때문에 신경질이 나서 더는 못 견디겠다는 표정과 말투였다. 구석자리에 앉은 내 가슴은 금방이라도 터져버릴 것만 같았다. 면사무소에 배급 식량을 타러 가는 째보 할미는 자신의 찢어진 입술을 낯 모르는 이들에게 차마 보이기 싫어 엄마를 거들지는 못하고, 손수건으로 입을 싸매서 웅웅거리는 말소리 깐에는 잔뜩 힘이 들어가서 내 이름을 불러젖혔다.

"야이, 굼천아이."

나는 고개를 외면했다. 그리고 좀더 먼 데, 아주 먼 데만 바라보기로 굳게 결심하였다. 붉은 월남치마가 퍼런 비닐슬리퍼에 밟히는 엄마 따위는 절대로 돌아보지 않으리라고, 짐승을 싸맨 부대자루를 지키고 서서 한기어린 신작로 가에 오들오들 떨고 서 있는 그런 여자를 내 어머니로 다정하게 부를 일은 다시는 없을 거라고.

짐승들에게서 나는 오물냄새가 차 안에 진동하기 시작했다. 그래도 엄마는 꿈쩍하지 않고 난간을 붙잡고 서 있었다. 서 있는 그녀의 얼굴이 치마빛깔처럼 붉어오고 있다는 것을 나는 맨 뒷좌석에서도 눈치챌 수 있었다. 이제 조금 지나면 그녀는 차바닥에 털썩 주저앉게 될 것이다. 째보 할미가 불안정한 엄마의 기미를 알아챘는지 자신의 자리에 앉으라고 엄마를 불렀다.

"굼천네야."

그래도 엄마는 손사래 한번 치고 꿈쩍 않고 서 있었다. 엄마의 가슴이 큰 진동으로 요동치고 있었다. 달아오른 열에 숨이 가빴던 것이다. 읍내가 가까워올수록 차 안은 사람들로 가득 찼다. 사람들에 가려서 이제 엄마는 보이지도 않았다. 차 안의 사람들은 한결같이 얼굴을 찌푸리고 있었다. 오물냄새 때문이었다. 엄마도 찌푸리고 서 있을까. 그녀는 말없이 열이 잔뜩 올라서 가슴의 진동을 가까스로 진정시키며 사람들 틈에 끼여 있을 것이다. 차가 학교 앞에 멎자 나는 신속하게 차에서 내려 뒤돌아보지 않고 학교로 들어가버렸다.

그것이 전부였다. '그날 아침'의 전부였다. 그날 아침 왜 나는 그다지도 엄마를 미워했을까.

나는 딴데를 쳐다보고 그는 나만 쳐다보고 있을 때가 좋았다. 처음에는 그랬다. 얼마 동안의 시간이 흐른 지금 나는 나도 모르겠는 딱딱한 물리책 같은 것을 건성으로, 그러나 코를 박고 쳐다보고 있고 그는 내 가슴에 얼굴을 파묻고 있을 때가 좋다. 그가 어린애같이 내 블라우스 단추를 끄르고 파고들 때 이상하게 눈물이 찔끔 나오곤 했다. 왠지 모르겠다. 왠지 모르지만 울고 싶어진다고 내가 말하면 그때부터 그와 나는 걷잡을 수 없는 사랑의 행위에 빠져들곤 했다.

그는 나에게 파고들었다. 나는 물리책 대신 칡꽃을 바라보았다.

"칡꽃이 꼭 팥꽃 같아."

"으응."

그가 건성으로 대답했다. 더운 바람이 토굴 밖으로 불고 지나갔다.

"비가 올지도 몰라."

"상관없어."

칡나무 잎사귀들이 우쭐우쭐 공중으로 귀를 세웠다. 뭉게구름이 짙어지고 있었다. 접혀진 오금에서 끈적한 땀이 배어났다.

"엄마 얘기할까?"

"해."

눈앞의 풍경은 간단했다. 구름에 덮인 하늘은 흰 도화지였다. 흰 도화지 같은 공중에 칡나무가 넝쿨 져서 시야를 엉성하게 가렸다. 그의 입술이 지나가는 자리에 붉은 반점이 꽃처럼 피어나고 있었다. 나는 내 열 손가락으로 그의 머리카락 속을 후벼파거나 빗처럼 쓸어 내렸다. 그의 머릿내가 비릿하게 올라왔다. 비가 듣기 시작했다. 칡 꽃이 파르르 떨었다.

"어땠는데?"

"으응, 엄마랑 그때 살던 곳이 언덕빼기였어."

나는 자꾸 말이 끊겼다. 그는 거칠다, 비처럼.


바닷가 선착장 주변은 수산물시장이 서서 늘 사람들로 북적거렸다. 살아 있는 물고기와 죽어 있는 물고기에서 나는 냄새와 사람 몸 냄새, 바다냄새 같은 것들로 어지러웠다. 선착장에 들어서던 배가 엎어져서 사람들이 혹은 죽고 혹은 살아서 선착장은 아우성이었다. 엄마와 나는 손을 꼭 잡고 그것을 구경했다. 소금기 섞인 물보라가 내 뺨과 머리카락을 적셨다. 나는 바람에 나부끼는 엄마의 무명원피스 자락으로 물기를 닦아냈다. 배사고가 난 다음날 언덕빼기 골목을 한달음에 달려 내려온 나는 선착장으로 갔다. 수산시장은 여전히 시

108

끄러웠다. 목이 긴 장화를 신은 어부들이 어저께 죽은 사람들을 끌어올리던 방파제에서 오늘은 한가로이 그물 손질을 하고 있었다. 나는 한가로움이 적이 실망스러웠다. 나는 뛰어서 시장통 안으로 들어갔다. 차일이 쳐진 시장통로는 생선들을 담은 함지박에서 쏟아낸 물로 미끄러웠다. 생선장수가 함부로 쏟아낸 물 때문에 내 빨간 융(絨) 원피스가 젖어서 검은 색깔을 냈다. 나는 물을 밟지 않으려고 폴짝 뜀뛰기를 했다. 세번째 뜀뛰기를 할 때 엄마 목소리를 들었다.

"가오리 한 마리 주세요."

나는 뒤돌아보았다. 밑단에 나팔꽃이 그려진 흰 원피스에 흰 코고무신을 신은 엄마, 우리 엄마였다. 내가 입은 융 원피스는 물에 젖어서 무릎에 척척 달라붙었고 엄마가 입은 무명원피스는 가볍게 살랑거렸다.

우리는 바다가 보이는 언덕빼기 집에서 살았다. 바람이 많은 집이었다. 비가 한번씩 오면 우리집, '금천 수예점'이란 붉은 페인트 글씨가 쓰인 유리문은 온통 빗물에 흥건히 젖곤 했다. 빗물이 쉴새없이 흘러내리는 '금천 수예점' 사이사이로 바다가 요동치는 모습을 볼 수 있었다.


"계속해."

"괜찮어?"

"상관없어."

치마 후크가 툭 뜯겨졌다.

"가오리 산 날은 날씨가 어땠어?"

그의 목소리는 좀전보다 약간 부드럽다. 칡나무 등걸에 빗물이 톡 톡 튄다.

"햇볕이 쨍쨍했지. 사실 그 지방에는 해 나는 날이 많아. 바람도 많고."

"해양성 기후라는 게 원래 그래."

나는 그를 빤히 쳐다본다. 그도 손놀림을 멈추고 나를 들여다본다.

"아버지가 학교 졸업하면 소를 사준다고 했어."

"소를?"

"응, 샛골 논 옆에다 집을 지을 거야. 소도 키우고 표고버섯을 하면 충분히 살 수 있어."

그는 어느 때보다 신중하게 말한다. 그가 신중해지면 질수록 나는 움츠러들었다. 그는 그런 나를 세게 감쌌다. 그가 말하기를, 우리가 벌써 스물이라 했고 나는 말하기를, 우리가 이제 겨우 열아홉이라 했다. 그리고 엄마는 열아홉에 나를 낳았다.

엄마는 뚜껑이 손잡이에 매달린 양은주전자를 내 손에 들려서 막걸리 심부름을 시켰다. 가오리채를 하려면 맨 먼저 가오리를 막걸리에 씻어야 한다는 것을 일곱살인 나도 알고 있었다. 나는 바닷가에서 산 지 만 일곱해가 되었고 그동안 쭈욱 가오리채를 먹어왔다. 주전자에 막걸리를 받아오는 길에 길가 아무 밭에나 들어가 무 움에서 무 한 개를 꺼내들고 집으로 향했다.

"또 가오리채 하냐고 아줌마가 무도 주셨어."

엄마는 내 말에 깜빡 속아서,

"심부름도 잘하는 네가 이뻐서 그러는 거야."

하고 흡족해했다. 엄마가 가오리채를 비빌 때는 뺨이 가오리채 색깔로 불그레했다.

"금천아, 주막 아줌마 한 접시 갖다주고 오려무나."

미나리가 들어간 가오리채 한 접시를 들고 가다 무 움 뒤에서 다 먹었다. 가오리채는 시고 맵고 달고 짰다. 어느새 내 눈에서 눈물이 쏙 빠졌다. 주막집 여자는 막걸리를 퍼주며 나를 은근한 눈초리로 내려다보았었다. 나는 그녀의 반쯤 벌린 입속의 금니를 쳐다보았다.

"느이 집 오늘 손님 오시냐?"

"몰라요."

나는 퉁명스레 대답했다.

"지 에밀 닮아 요망하기는……"

그녀는 깔깔거렸다. 술청의 남자들은 쿨쿨거렸다. 그런 주막집에 가오리채를 갖다줄 수는 없었다.

가오리채를 먹으러 와야 할 아저씨가 오지 않았다. 꼭 그 아저씨가 오는 날만 엄마는 가오리채를 만들었으므로 아저씨가 가오리채 먹으러 온다는 것을 나는 알고 있었다. 그러나 아저씨는 영영 오지 않았다. 기다리면 기다릴수록 오지 않는 것 같았다. 낮에 햇볕이 그렇게 좋더니 저녁 무렵이 되자 수평선 쪽에서부터 구름이 몰려오기 시작했다. 밤이 되면서는 천지가 검은 구름으로 가득 덮여서 답답하였다. 엄마는 낮에 가오리채 만들다 남은 막걸리를 조금 따라 마시고 아무도 손대지 않은 상을 치웠다. 유리문이 덜컹거릴 때마다 엄마는 잡고 있는 수틀을 떨어뜨릴 정도로 놀라곤 했다. 이웃의 누군가가 우리 가게에서 좀 팔아달라고 놓고 간 건어물들을 생쥐처럼 야금야금 내다먹어도 엄마는 뭐라 하지 않았다. 말린 홍합에서 찐득찐득한 습기가 묻어났다. 나는 누워서 그것들을 잠이 들기 직전까지 깨물어 먹었다.

"비가 갰어."

후크가 뜯겨나간 치마 말기를 붙잡고 나는 절망적인 어조로 말했다. 이제 비는 개었고 너는 가야 할 것이고 나는 내 아버지를 이야기해야 할 차례가 되었다고.

"말린 홍합으로 미역국도 끓여먹을 수 있는데."

그는 풀어헤쳐진 셔츠를 바지 속으로 오므려 넣고 바지 지퍼를 올리고 혁대를 채운 다음에 불안정하게 앉은 내 옆에 안정감 있는 앉음새로 다가앉으며 홍합으로 미역국도 끓여먹을 수 있다고 했다.

"가오리 가지고는 무엇도 해먹을 수 있어?"

"그것은 가오리채 하나뿐일걸, 아마."

나는 깊게 고개를 끄덕였다. 나는 엉거주춤 일어섰다. 완전히 몸을 세우기엔 굴의 높이가 너무 낮았다. 조금 있다 내려가자고 그가 속삭이듯이 말했다.

"얘기 더 듣고 싶어."

나는 도로 자리에 앉아서 그와 손깍지를 꼈다. 그는 서른살 같았다. 혹은 마흔살이거나.

비가 오면 수예점에 손님이 많아도 구름 긴 날엔 손님이 없었다. 엄마는 날씨가 안 좋다며 앙고라 털스웨터를 꺼내 입었다. 하루종일 엄마와 마룻방에만 있었다. 손님이 오전에 한 번 오후에 한 번, 딱 두 번 있었다. 저녁 무렵에 손님인 듯 아버지가 왔다.

"너의 아버지시다."

엄마가 아버지니까 인사를 해야 한다고 말했다. 나는 낯선 남자에

게

　"아버지 안녕하세요."

하고 너부죽 절을 했다. 아버지는 나를 외면했다. 고개를 외로 튼 아
버지는 한없이 울다가 갔다. 그뿐이었다. 아버지라는 낯선 남자가
가고 난 다음다음날 아저씨가 왔다. 나는 아저씨 얼굴보다 아저씨
손에 들린 인형부터 보았다. 인형을 업고, 안고, 목욕시키고 노는 동
안 방에서 엄마가 아저씨에게 막 화를 내는 소리가 났다.

　나는 인형에 한없이 비누칠을 했다. 엄마가 화낼 때는 방에 들어
가면 안된다는 것을 나는 알고 있었다. 그러고 있는데 방안에서 엄
마가 나를 불렀다.

　"금천아, 가서 막걸리 좀 받아오너라."

　나는 엄마가 또 가오리채를 만들려나보다, 하고 노란 주전자를 챙
겨들고 주막으로 팔랑거리며 뛰어가다가 주막 앞에서 구슬치기를
하는 아이들에게 넋이 팔렸다.

　"세상에, 정자네가 가만히 들으니 필시 본서방이 왔던 거라만."

　"사연이 우찌된 거고?"

　"그것이 그러니까……"

　"뭐라? 그라믄 멀쩡한 신랑 놔두고 도망질을 쳐왔다꼬?"

　"그렇다니까."

　"그 서방이 가만히 놔뒀나?"

　"정자네가 가만히 들으니 남자가 암만하니 돈도 내놓고 감서 막
울드란다."

　"착한 서방 놔두고 뭔 지랄이고."

　"아아니, 자가 금천이 아니라고. 호호, 어서 오니라 금천아."

나는 주막집을 돌아보지 않고 시장통으로 내달렸다. 죽어도 주막
집에는 가지 않으리라, 입술을 깨물어 다짐하며.

비가 한차례 오고 난 저녁에는 지렁이 울음소리가 유난히 구슬프
다. 치마 말기를 손으로 틀어쥐고 집으로 들어선다. 마루를 오르는
데 발밑에서 무엇인가가 꿈틀한다. 미처 제집에 못 들어가고 마루
밑에서 잠든 못난이 닭이다.

"필우야, 필우야."

나는 방으로 들어가 재빨리 옷을 갈아입으며 목청껏 동생을 부른
다.

필우는 대답이 없다. 아랫방에서 텔레비전 만화에 넋이 팔려 있
다. 그런 줄을 알면서 나는 그애를 부른다.

"필우야, 다 큰 자식이 만화가 뭐다냐? 닭이 집에도 안 들어가고
있구마는."

나는 손으로는 연신 옷을 갈아입으면서 입으로는 투덜투덜했다.
어둠이 밀려든 방안 쪽거울에 비친 목덜미에 그가 남긴 열꽃 자국이
아직 그대로다. 그를 잠깐 생각한다. 이상한 한기를 느낀다.

째보 할미가 비닐에 싼 종발을 들고 들어선다.

"니 에미 소식 안죽도 없지야."

종발 안에는 막 절인 상추김치가 들어 있다.

"혼자 묵어도 개미가 있길래 가져왔다. 아부지 상석에 먼첨 올리
놓고 묵어야 쓴다."

입을 가리지 않은 째보 할미가 성한 사람 이상으로 말이 똑똑하
다. 나는 부엌으로 가서 보시기에 상추김치를 덜고 종발을 씻어서

114

건넨다.

"아가, 너는 왜 그러냐. 모가지에 열꽃이 피었구나."

나는 목을 잔뜩 움츠린다.

"니 고생이 많다."

할미는 주저리주저리 말이 많다. 구부린 허리 위에 한 손을 얹고 집안 구석구석을 기웃거린다. 필우 아버지 영호(靈戶) 앞에 가 혀를 끌끌 찬다.

동네 사람들도 말이 많다. 골목을 지나다가 우리집 대문 앞에 멈춰서서는 그냥 지나는 법이 없다.

"니 어매 안죽도 안 왔냐?"

나는 방문을 내다보지 않는다. 아버지 영호 앞에 놓으라고 아침저녁으로 누군가가 반찬 한가지씩을 마루에 놓고 간다. 누군가가 오는 기척이 나도 나는 방문을 열어보지 않는다. 그들은 필시 혀를 찬다. 골목을 지나는 사람들이 속삭이는 소리는 귀를 막아도 훤히 들린다.

마흔이 다 된 여자가 무슨 팔자를 고쳐보겠다고 집을 나가, 나가길.

무슨 소리야, 마흔이면 아직 한창 때지.

아무리 재취라지만 남편 탈상도 하기 전에 바람이 난 건가.

그러게 들어온 여자는 믿을 수가 없다니까.

금천이 데리고 들어올 때 이미 멀쩡한 서방 놔두고 집 나온 여자래지 아마.

도대체 엄마는 그 많은 짐승들을 데리고 어디로 간 것일까.

필우와 필선이는 꼭 지 아버지를 닮았다. 나는 울아버지를 닮았을까. 이제 기억에도 아슴아슴하다. 잘생겼던가, 못생겼던가. 어쩌면 지독히도 못생긴 신랑이라서 엄마는 나를 낳자마자 아버지한테서 도망을 쳤는지도 몰라. 나는 후후 웃는다. 엄마가 나한테 젖을 양껏 먹여놓고 살그머니 방문을 열고 나가려는 순간, 왜 나는 기를 쓰고 울었던 것일까. 그냥 가만히, 엄마가 조용히 집을 나갈 수 있도록, 얌전하게 있을걸.

울엄마 이름은 정옥이. 정옥이는 열아홉. 신랑은 하이칼라의 마카오 신사. 엄마는 노래하듯 이 부분에 음률을 섞었지. 그래도 정옥이는 신사도 아니고 하이칼라도 아닌 그가 좋았대지. 하얀 와이셔츠를 반듯이 입고 펜대 잡고 일을 해서 월급을 타다주는 신랑보다, 그가 좋았대지. 애기를 낳고 또 낳고 적금을 붓고 또 붓고 하는 생활보다 돈 없어도 그의 곁이 좋았대지. 정옥이는 그래서 기차를 탄 거야. 젖을 양껏 먹였는데도 울어쌓는 애기를 둘러업고 저녁 찬거리를 사러 가듯 나가서 기차를 타고 그가 살고 있다는 바닷가로 밤을 새워 달려갔는데, 그랬는데,

너, 미쳤느냐고 그는 펄쩍 뛰었다. 당장 돌아가라고 기차표를 들려서 등을 돌려세웠다. 그가 열아홉 애기엄마 정옥이에게 해준 것은 그것뿐이었다. 기차표 한장이 그가 정옥이에게 해준 전부였다. 정옥이는 바닷가 언덕빼기에 방을 얻었다. 가끔 신랑을 생각했다. 그에게 얘기하면 돈을 좀 줄 것이다. 왜냐하면 신랑은 정옥이를 사랑했으므로. 정옥이와 그의 딸 금천이는 바닷가 언덕빼기에서 만 아홉해를 살았다. 그 사이에 신랑이 한번 왔다 펑펑 울다 돌아갔다. 정옥이는 바닷가에서 아이를 뱄다.

어느날, 바닷가와 산골을 오가며 해산물 장사를 하는 충청도 할미가 정옥이에게 간곡히 타일렀다.

"우선 순차적으로 애기를 지우구, 글루 시집을 가두룩 해, 상처한 남자야. 애는 없구 논밭이 좀 있대나봐."

충청도 할미는 그렇게 정옥에게 친정어미처럼 중신을 섰다. 산골 와서 정옥은 두 아들을 낳았다. 애비를 닮아 통실통실 귀여운 애기들이었다. 딸이 남자를 알기 시작한 기미가 보였다. 정옥의 가슴이 쿵덕 내려앉았다. 딸의 의붓애비가 들을까봐 부엌 구석에서 딸을 다그쳤다.

"엄마도 열아홉에 날 낳았잖아."

딸이 눈을 똥그랗게 뜨고 정옥을 노려봤다. 딸은 거침이 없었다. 꼭 남처럼 말했다.

"멀쩡한 서방 놔두고 도망까지 쳤으면서, 이런 꼴 되려고 도망쳤나."

정옥은 부엌바닥에 쭈그려앉았다.

그 푸른 바다는 아직도 거기 있을까. 무던히도 내 흉을 봐쌓던 주막집 여자는 잘 있는지 몰라.

나는 울엄마 정옥이 생각을 멈춘다. 어쩌면 엄마는 바닷가의 사랑 때문이 아니라 천부적인 바람기 때문에 집을 나왔는지도 모른다는 생각에 고여 있던 분노가 치밀어오른다. 숨이 헉헉거려지게 분노스러울 땐 그가 보고 싶다. 샛골 논에다 집을 짓고 소를 키우고 표고버섯을 재배해서 나를 먹여살리겠다는 그. 그는 홍합으로 미역국도 끓일 줄 안다.

씨 다른 동생을 둘이나 남겨두고 의붓아비 영호(靈戶)를 치우기도 전에 집을 나가버린 엄마를 향한 적의가 솟아오를수록 그에게로 가고 싶다. 엄마도 열아홉에 나를 낳았지 않은가.

비가 온 날 밤엔 지렁이 울음소리는 구슬프고 개구리 울음소리는 명랑하다. 밤은 온갖 벌레와 곤충과 동물 들의 소리로 꽉찼다. 나는 필우와 필선이와 그애들 아버지의 영혼의 집을 쏙 한번 둘러본다. 나, 다시는 이 집에 들어설 일이 없으리라 다짐한다. 그의 집이 있는 샛골을 향해 뛴다. 개울을 건널 때, 어린 필우 울음소리가 환청인 듯 내 뒷덜미를 잡아챈다. 신발 한짝이 풍덩 개울에 빠진다. 별빛도 나지 않은 캄캄한 밤이다. 나는 신발 찾기를 포기하고 그의 집을 향해 달린다. 맨발의 발가락 사이로 진흙이 비져 올라온다. 날카로운 돌부리에 차인다. 피가 난다. 개구리 울음소리가 너무 와글거려서 내 귀에는 이제 개구리 울음소리 따위는 들리지도 않는다. 뜸부기가 이따금 한번씩 울어서 아, 뜸부기가 우는구나, 할 뿐이다. 개울 너머 저수지 둑길에 올라서서 보면 대밭이 보이고 그 너머에 그의 집이 있다. 저수지 둑길을 달리는데 땀이 솟는다. 숨도 차다. 발바닥은 얼얼하다. 맨 먼저 나는 그의 방으로 기어들어가서 밤을 보내고 내일 아침부터 그의 집 부엌에서 앞치마를 두르고 밥을 지을 것이다. 아이를 낳을 것이고 소를 키우는 그의 옆에서 애기에게 젖을 물릴 것이다. 그가 사는 집을 감싸고 있는 대밭에서 구구구 밤새가 운다. 그의 방에는 불이 꺼져 있다. 대문을 가만히 흔들어본다. 견고하게 잠겨 있다. 담장을 휘돌아본다. 돌담 위로 호박잎이 무성하다. 호박잎을 한 장 딴다. 담장 밑에 쭈그리고 앉는다. 그제서야 와와거리는 개구리 울음소리가 들린다. 명랑한 개구리들 속에서 나는 외로움을 뼈저리게 느낀다.

내가 왜 이곳까지 정신없이 달려왔나. 그것을 생각하니, 눈물이 솟는다. 그가 보고 싶어서 왔는데도 지금은 다시 하나도 보고 싶지

118

않다. 나는 쭈그리고 앉아서 호박잎을 잘근잘근 쪼갠다. 무릎에 얼굴을 묻고 엄마와 아버지와 바닷가 아저씨와 필우 아버지를 생각한다. 엄마를 사랑한 하이칼라 아버지, 엄마보다 가오리채를 더 좋아한 바닷가 아저씨, 꼭 사흘에 한번씩 엄마를 두들겨팬 필우 아버지, 그들은 이제 아무도 없다. 엄마는 또 누구를 찾아 길을 떠난 것일까, 그 많은 짐승들을 데리고. 그 짐승들을 다 팔긴 판 것일까. 아니야, 울엄마는 죽었는지도 몰라. 고혈압에 심장병을 앓는 우리 엄마는 지금쯤 죽어서 하수구 속에서 썩어가고 있는지도 몰라. 나는 훌쩍훌쩍 운다. 울면서 일어선다. 발이 기우뚱한다. 나는 그의 집 담장을 짚고 천천히 걷는다. 개구리 울음소리는 어느새 멎었다. 그것들은 일제히 울었다가 뚝 그친다. 나는 한기에 오들오들 떨며 뜸부기 소리도 그친 저수지 둑길을 걸어 내려온다. 돌아오는 길에 물속을 뒤져 신발을 찾아 신는다. 나는 천천히 걸어 필우와 필선이와 그애들 아버지의 영혼이 잠들어 있는 집으로 기어든다.

내 자궁에 맨 처음의 잉태가 이루어지던 날의 밤.


"내림이라…… 쯧쯧쯧…… 다아 내림이고 팔잔 거라."

나는 학교에 나가지 않는다. 유일한 말동무는 째보 할미다. 할미는 연신 혀를 찬다.

"도채비가 도채비 낳지 별수 있간디."

나는 담장 밑의 청청한 머위대만 바라본다. 꿈속에서는 분명히 청청한 머위대가 아니었는데 참 이상도 하다, 싶다. 꿈속에서 그리 많던 참나리들은 다 어디로 갔을까. 눈을 비비고 쳐다봐도 참나리의 주홍빛은 보이지 않는다.

할미가 머위대를 꺾으려고 담장 밑으로 간다.

"할머니, 거기 가죽나무 밑에요."

"여기 말이냐?"

"예, 거기요. 거기가 원래 참나리꽃 많이 피던 자리 아니어요?"

"모올라."

"꿈을 꿨어요. 참나리꽃이 어뜨케나 많던지."

할미는 치마 속에다 머위대를 꺾어 담기 시작한다. 걷어올린 치마 밑으로 붉은 돈주머니가 달랑거린다.

뒤안 담장 밑으로 까만 점 박힌 참나리꽃이 무성하였다. 나는 그 것들을 치마를 걷어올려 정신없이 꺾었다. 문득 담장 위 가죽나무 위를 올려다봤을 때 거기 영락없이 참나리꽃 같은 어여쁜 애기뱀이 달랑 올라앉아 있었다. 나는 참나리꽃을 꺾듯 참나리꽃 같은 애기뱀을 똑 따서 내 치마 속에다 담고 누가 뺏어갈세라 뒤안에서 도망을 쳤다.

"나 다아 봤다. 엊저녁에 개울 건너는 것도 보고 다 봤다. 굼천이 너 애기 섰니라."

"할머니, 진짜 뱀 나타났어요."

"어디?"

"할머니 치마 뒤에요."

할미는 돌아본다. 거기 진짜 참나리꽃같이 어여쁜 꽃뱀 한 마리가 무성한 머위대 속으로 기어드는 중이다.

"희한도 하네. 그나저나 꺾었으니 묵어야 허고 묵을라믄 껍질부터 벗겨야 쓰겄다."

할미는 치맛자락을 풀어 뒤안 토방 가득히 머위대를 쏟아놓는다.

적막 속에 할미와 나는 머위껍질만 벗긴다. 문득 할미가 입을 연다.

"에미 따라 갈래?"

"어머니 어딨는지도 모르는걸요."

내 눈에 핑글 눈물이 고인다.

"니 에미 산 것같이 살라냐고?"

"싫어요."

"그러믄 됐다. 샛골에 아아 애비가 있나?"

나는 고개를 끄덕인다.

오후에 안개 같은 비를 맞으며 선생님이 왔다. 방으로 들어오시라 해도 선생님은 한사코 눅눅한 마루에 앉는다. 나는 커피를 끓여 내놓는다. 마루 밑에서 닭똥냄새가 올라온다. 나는 그것이 부끄럽다. 선생님은 커피를 마시지 않는다. 흰 머리카락 위로 빗방울이 방울방울거린다. 나는 수건을 갖다드린다. 선생님은 수건을 가만히 머리에 갖다댄다.

"어뜨케 된 일이냐?"

나는 바람에 휩쓸려가는 비를 바라보며 짧게 말한다.

"임신했어요."

선생님이 가볍게 한숨을 쉰다. 식어버린 커피를 한모금 마신다.

"어뜨케 할래?"

"같이 살 거여요."

"너는 이제 겨우 열아홉이다."

"우리 어머니도 저를 열아홉에 낳았는걸요."

"이 녀석아, 그 시절하고 지금은 달라. 야물고 똑똑한 녀석이 이게 뭐냐?"

나는 어지럽다. 선생님이 빨리 가주었으면, 하고 바랄 뿐이다. 그는 순차적으로 일을 처리하자고 한다.

"우선 결석계를 내고 산부인과를 가고 남은 학기를 다니고……
그리고 이제 어머니도 안 계시는데 네가 동생들을 책임져야 할 것 아니냐. 아 참, 경찰에 어머니 가출신고는 한 거냐?"

나는 선생님의 일목요연한 말이 산란하기만 하다. 빗속을 걸어서 그가 와주었으면 싶다. 선생님하고 마루기둥을 사이에 두고 앉아서 비를 바라보며 그 생각만 한다.

"저는요, 애기 낳고 소 키우고 표고버섯도 재배할 거여요."

나는 목소리에 잔뜩 힘을 주어서 말한다. 선생님은 어이가 없다.

"이 녀석아, 사람은 도시에서 살아야 한다. 도시에 가야 돈도 많이 벌 수 있어."

나는 조그맣게 웃는다. 저는요, 집에 돈이 없는 것이 걱정스러워 남의 무밭에 들어가서 무를 훔쳐냈던 계집아이예요, 선생님.

"너 선생님 말이 말 같지 않은갑구나."

그는 성이 나서 일어선다.

"선생님, 밥 잡숫고 가세요."

"싫다."

그는 자전거를 끌고 빗속을 간다. 눈물이 또 솟는다.

쓴 머위대를 입에 잔뜩 몰아넣는다. 필우와 필선이도 나를 따라 그렇게 한다. 필우가 밥상머리에서 동그란 눈으로 나를 지켜보며 묻는다.

"누나, 우린 다같이 엄마 새끼들이지?"

나는 그애가 원하는 대답을 해주지 않는다. 그애는 내가 엄마처럼 자기들을 버리고 가버릴 것이 두렵다. 그래서 자꾸 그애들과 나 사이의 끈을 확인해야만 한다. 대답을 안해주는 내가 그애는 야속하다. 눈물이 떼구루루 그애 밥그릇 속으로 떨어진다.

"야, 니들 나 애기 밴 거 모르지."

생글거리는 나.

"정말? 그럼 내 동생이야?"

"아니, 니 조카."

그애들은 밥숟가락을 놓고 와아, 좋아라 한다.

"야, 니들 바다 본 적 있어?"

"책하고 테레비서 봤어."

"나는 직접 봤다. 니들 태어나기 전에 엄마랑 나랑 바닷가서 살았어."

"와아."

"우리 어쩔 때 태어났어?"

"어쩔 때가 아니고, 어떻게."

"우리 어떻게 태어났어?"

"얘기해줄까?"

"응."

아이들에게 악랄하고도 다정한 나.

"감자밭에 북을 주던 엄마가 아이고 배야 하더니 필우 너가 태어나더라."

"와아."

"콩깍지에 도리깨질을 하던 엄마가, 금천아 솥단지에 물 넣고 불

좀 때거라, 해놓고 방에 들어가서 필선이를 낳았고."

"와아, 진짜 엄마 목소리 같다."

그러고 보니 엄마는 나를 데리고 산골에 시집와서 일만 했던 것 같다.

들에서 일하다가 비설거지를 하러 쏜살같이 집으로 달려와서 말린 깻단을 마루 가득 올려놓고 엄마는 기가 막히다고 웃었다. 바닷가에서 나팔꽃 그려진 무명원피스를 입었던 엄마는 산골에서 검은 몸뻬를 입었다. 내가 애기를 업고 논에 가면 엄마는 선 채로 젖을 물렸다. 술을 먹은 남편에게 두들겨맞은 다음날도 엄마는 가뿐히 일어나 일했다. 내가 바라던 대로 필우 아버지는 죽어버렸다. 필우하고 필선이는 지 아버지가 죽었다고 슬피 울었다. 엄마도 남편이 죽었다고 구슬게 울었다. 나는 슬픔에 빠져 있는 식구들 대신 부지런히 일했다. 감자를 캐어다 쪄서 넋을 놓고 앉아 있는 식구들에게 먹였다. 산밭에 가서 옥수수도 따다 한 솥씩 삶아냈다. 산밭에서는 뻐꾸기가 울었다. 콩밭 고랑에 심은 열무를 솎아내고 있는데 그가 밭머리 쪽에서 열무 뽑느냐고 인사했다. 나는 그렇다고 고개를 끄덕였다. 뻐꾸기가 뻐꾹 뻐꾹, 그와 나 사이에서 느리게 울었다. 학교에 가면 산밭만 생각했다. 그도 그랬다고 했다. 엄마는 내가 그를 알게 됐을 때, 그때 이미 떠나기로 작정했던 것일까. 그때가 유월이었는데.

태양은 아침부터 뜨거웠다. 나는 읍내 가는 버스를 기다렸다. 싸들고 나온 염소새끼가 자꾸만 음매애, 하고 어미를 불러댔다. 날씨가 더워서인지 버스 타러 나온 사람이 별로 눈에 띄지 않았다. 구멍가게 여자가 이제 학교에 가느냐고 물었다. 그녀는 구정물통을 들고

124

돼지막 쪽으로 돌아가는 중이었다. 구정물 위로 호박껍질이 둥둥 떠 있었다. 나는 구멍가게 여자가 무거운 구정물통을 들고 있으므로 그 것이 아니라고 간단하게 대답해도 될 것이었다. 그러나 나는,

"아니요. 엄마도 없는데 학교를 어떻게 간대요. 경찰서에 엄마 가출 신고하러 가요. 가는 길에 이 염소 팔아서 애기들 옷도 사고 갈치도 사고 미원도 살라고요. 선생님도 한번 보고 올 거여요."

했다. 버스가 오자 나는 재빨리 염소 자루를 챙겨들었다. 그렇게 하지 않으면 운전기사는 화를 낼 것이었다. 나는 시장 안 보신원집에 염소를 팔았다. 보신원집 남자는 나를 알은체했다.

"아랫샘골 사는 애기 맞지야."

"예."

"지난 봄에 니 어머니가 개를 팔러 왔지 뭐냐. 잘 계시지야?"

"예."

나는 염소값을 받고 서둘러 보신원집을 나왔다. 산부인과 병원은 시장 맞은편에 있었다. 나는 뜨거운 길을 가로질러 산부인과 병원으로 들어갔다. 배가 불러온 여자들이 나른한 자세로 진찰을 기다리고 있었다. 나도 그녀들처럼 긴 나무의자에 등을 기대고 앉았다.

"나금천씨 들어오세요."

간호사가 차트를 들고 서서 뚱한 얼굴로 나를 불렀다.

"나이도 아직 어린데 어떡할랍니까. 수술할랍니까?"

의사는 내 얼굴을 주의 깊게 들여다봤다. 나는 고개를 끄덕였다.

간호사가 커튼으로 수술대 위를 칸막이 쳤다.

"숨을 한번 크게 쉬고 가만히 계세요."

"그게 뭐예요?"

"마취하는 거예요."

나는 수술대 위에서 발작적으로 일어났다.

"그럴 수는 없어요, 그럴 수는 없다구요. 째보 할미한테 갈 거예요. 째보 할미가 더 나아요."

간호사가 작은 눈을 둥그렇게 떴다.

"뭐라 그래?"

"몰라, 째보 할미한테 가야 한대나, 어쩐대나. 어린것들이 웃겨."

간호사들이 수군거리는 소리를 뒤로 하고 병원을 나왔다.

뜨거운 태양이 스러지고 났는데도 거리는 열기로 가득 차 있었다. 나는 따뜻한 물속을 헤엄쳐가는 것 같았다. 편안했다, 어둠이 내리기 전까지는. 밤이 됐을 때, 걷잡을 수 없는 어떤 열기가 내 전신을 휘감았다. 따뜻한 물속 같았던 거리가 뜨거운 용암처럼 부글부글 끓어오르는 것 같았다. 나는 기차역으로 달려갔다. 나는 그 밤 안으로 바다에 가야 했다. 내 몸이 너무나 뜨거워 견딜 수가 없었다. 나는 열에 들떠 꼼짝할 수가 없었다. 가쁜 숨이 가슴에서 요동쳤다. 필우와 필선이가 나를 불렀다. 누나, 어디가, 우리랑 같이 가. 나는 필사적으로 도망쳤다. 싫어. 나는 니들이랑 살고 싶지 않아. 니들이 싫어. 난 울애기랑 살 거야. 니들은 싫어.

산으로 둘러싸인 고장은 꿈결처럼 멀어졌다. 나는 새벽 안개가 퍼진 역전을 빠져나왔다. 바닷가에 사는 건달이 내게 다가왔다. 나는 오랜 친구처럼 그의 팔짱을 꼈다. 그때서야 나는 온몸이 얼어붙는 한기를 느꼈다. 나는 건달에게 기대고 몸을 떨었다.

눈을 떴을 때, 필우와 필선이와 째보 할미가 내려다보고 있었다.

"꿈을 꿨더냐?"

"할머니, 바다 본 적 있어요? 파란 물이 넘실거리는 바다요. 거기로 가고 싶어요, 울엄마처럼."

"누나, 우리랑 같이 가자."

필우 눈이 간절하다. 눈물이 그렁그렁한 필우의 눈. 푸른 바닷물이 밀려와 그애 눈물을 덮는다.

"어쩌를 할꺼나, 어쩌를 해."

째보 할미가 탄식한다. 나는 눈을 꼭 감는다.

[문학사상 1996년 4월호]

# 몸을 위하여

 

난주 나이 열세살에 첫 멘스를 했다. 빨랐다. 온 손가락이 밑구멍을 틀어막느라고 벌겋게 피범벅이 되었다. 어머니가 우세스럽다고 난주의 헝클어진 머리를 모멸스럽게 쥐어박았다. 부끄러운 것, 그것이 멘스였다. 남학생 한 반, 여학생 한 반, 총 육십명인 육학년이 여수 오동도로 수학여행을 간다 하였다. 선생은 곱슬머리에 두꺼운 입술이 붉고 엉덩이 부분이 꼭 끼는 바지를 즐겨 입었다. 그가 어깨를 움츠리는 난주를 바로 세웠다.

"이것 봐, 가슴을 똑바로 펴니까 멋있잖아!"

난주는 선생의 붉은 입술이 이제 막 돋아나기 시작한 자신의 젖을 핥는 것만 같아 소름이 끼쳤다. 부끄러운 것, 그것은 이제 막 부풀기 시작한 젖가슴이었다. 젖가슴이 막 부풀기 시작한 난주는 그해 가을, 육학년들이 쌀을 싸들고 여수 오동도로 수학여행 가기 직전 첫 멘스를 하였다. 그 가을 전체가 수치, 그 자체였다.

"지난번 누에고치 판 돈도 있는디, 수학여행을 안 가야?"

어머니는 난주에게, 있을 때는 가만있다가 없을 때만 조르는 썩을 년이라고 함부로 욕했다. 다 멘스 때문이었다. 수학여행을 못 간 것도, 어머니한테 욕을 먹은 것도. 난주는 조금이라도 피가 덜 쏟아지도록 가랑이를 있는 힘껏 오므리고 논으로 갔다. 논으로 건너가기 전, 움푹한 냇가에서 아랫도리를 씻어냈다. 일본놈들 훈도시같이 밑을 가린 뻣뻣한 광목 기저귀가 선뜩선뜩했다. 날씨는 서글펐다. 해가 희끄무레하고 비가 올 것 같았다. 베어낸 나락을 뒤집을 것이 아니라 아예 거둬들여야만 할 것 같았다. 논바닥에 깔린 나락을 뒤집으려고 허리를 숙이고 힘을 쓸 때마다 피는 뭉클뭉클 나왔다. 밑이 뜨거운 만큼 눈물도 뜨겁게 쏟아지기 시작했다. 엉엉 울면서 볏단을 뒤집었다. 어머니가 미친년 비설거지하냐고 벽력같이 호통치는 소리가 들려왔다. 피가 가랑이를 타고 흘러내리는 기미가 느껴졌다. 난주는 눈물을 흩뿌리며 '나락 뒤집기'를 중단하고 '나락 묶기'를 시작하였다.

"니 에미가 죽었냐 니 애비가 죽었냐, 누가 수학여행 못 가게 했다고 지랄용천을 허냐."

비가 쏟아지기 시작했다. 가을비치고는 무서운 기세였다. 논바닥을 전속력으로 뛰었다. 어머니 머리에 쓴 흰 수건이 눈앞에서 휙 벗겨졌다. 회오리바람이 어머니를 똘똘 감았다. 그것은 현기증이었다. 난주는 논바닥에 스르르 주저앉았다. 뻑적지근하게 주저앉았다. 그제서야, '비야 올 테면 와라, 피야 쏟아질 테면 쏟아져라' 하고 축수하고픈 생각이 났다. 아니게아니라 얼굴로는 차가운 빗물이 쏟아지고 밑으로는 뜨거운 피가 쏟아져서 난주는 꼭 자신이 빗물과 핏물에 익사할 것만 같았다. 그렇지만 하늘에서 쏟아지는 비가 거침없듯이 멘스 피도 지 마음껏 쏟아지게 내버려두는 것이 왜 그리 기분 좋은지, 그래서 더 난주는 죽을 것만 같았다. 논바닥 웅덩이에서 비가 온다고 진짜 지랄용천을 하는 미꾸라지들을 한입에 잡아먹을 수도 있을 것 같았다. 어머니가 숨을 할딱거리며 뭔 해찰을 하느냐고 했다.

"응, 미꾸라지 잡아. 추어탕 끓여먹게."

"멘스를 허더니 저년이 궁뎅이까지 무거져갔고, 인자 저 물건을 뭣에다가 쓰까잉."


난주는 내숙이를 부른다. 내숙이는 제 아이를 업고 또 한 아이를 배가지고도 씩씩하다. 건강미가 철철 넘치는 여자다. 그녀는 여성단체 사무실에 나가지 않는 날엔 꼭 아이를 데리고 다닌다. 그녀는 카레라이스를 뜨겁게 만들어서 제 아이와 난주에게 먹이고 설거지까지 다 하고 나서 난주와 마주앉는다. 전문 카운셀러는 아니지만 심리학과 출신인 그녀는 여성단체가 운영하는 상담실에서 얼떨결이긴 하지만 가끔 전화상담을 해본 적이 있다. 난주가 내숙을 부른 것은 내숙이 그런 상담경험이 있어서라기보다는 그녀가 건강하고 성격이 밝으며 무엇보다 난주와는 오랜 친구기 때문이다. 내숙은 사람에게 어쩐지 신뢰를 주는 외모와 성격을 가지고 있다. 그것이 우선 난주의 마음을 내숙에게 기대게 만들었는지도 모른다. 내숙은 진작부터 난주에게 전화를 걸어, 자동응답기에 메모를 남기곤 했다.

"나야. 고추장 맛있게 익었는데 갖다주랴?"

"나야. 별일 없지? 밥은 잘 먹고?"

"도대체 어딜 싸돌아댕기는 거냐? 조심히 다녀."

문을 열면 어둠속에 전화기 불빛이 저 혼자 하염없이 깜박이고 앉았다. 단추를 누른다. 그럴 때, 적막을 쨍그렁 깨뜨리는 내숙이 목소리. 그녀는 숫처녀로 시집가서 아들 낳고 잘 산다, 지금.

난주는 벽에 등을 기대고 앉는다. 배가 부르자 마음도 한결 훈훈해진다.

"꿀을 넣으니까 더 맛있네."

"입맛 없을 땐 달콤하게 먹어도 좋아."

"그러네."

난주는 편하게 벽에 등을 기대고 평소에 잘 마시지 않는 구기자차를 마신다. 내숙이가 커피는 몸에 안 좋다고 찬장을 뒤져 끓여낸 차다. 그녀가 있는 곳은 어디나 그녀 집 같다. 뉘 집 부엌엘 앉혀놔도 척척이다. 초등학교 사학년 때부터 밥을 해먹었다는 그녀다. 난주는 내숙이가 같은 시골 출신인 점이 푸근하다. 그래서 묻는다.

"너 몇살 때 생리했냐?"

"느닷없이 생리는?"

내숙은 제 아이가 난주 책장의 책들을 모조리 빼내서 동댕이를 치고 서랍을 엎어도 내버려둔다. 난주는 그것이 편하다.

"나는 그 생각만 해도 진저리가 나."

"왜?"

"너는 그러지 않았어? 왜, 그때 시골에는 요즘 거 같은 그런 게 없었잖아."

"맞아."

"근데, 자꾸 그때 생각을 하게 돼."

"왜 그럴까?"

"자꾸 나를 해부하고 싶어져. 생각 같아선 갈가리 찢어놓고도 싶어져. 부끄럽고 창피해서 견딜 수 없었던 것들이 나를 움츠러들게 하고 스스로를 속이는 결과를 낳았던 것 같아."

"그게 무슨 소리니?"

내숙의 왜, 맞아, 왜 그럴까, 그게 무슨 소리니, 같은 단순한 말들이 오히려 난주 마음을 쉽게 열게 한다. 난주는 내숙에게 마음을 기대고서, 한 남자랑 잤다고 말한다.

"나는 그랑 잘해보고 싶었다. 그래서 나는 그에게 다 말하고 싶었어. 근데 그게 잘 안되더라. 그래서 자꾸 거짓말만 하게 됐어. 알고 봤더니 그는 나를 잘 알고 있는 사람이더라. 글쎄, 그 사람이 우리 사촌오빠하고 동창이지 뭐냐. 세상 넓고도 좁데."

난주는 평소 저답지 않게 긴 말을 느리게 담숙담숙 한다.

"그래, 사촌오빠 동창한테 무슨 거짓말을 했기에?"

"몽땅 거짓말을 했으면 사촌오빠 이름도 나오지 않았겠지. 근데 나도 모르게 이름이 나오더라. 말하자면 참말과 거짓말이 마구 섞여서 나도 내가 참말을 하는지 거짓말을 하는지 모를 정도로 재미있더라구."

난주는 넉살좋게 웃는다. 구기자차 더운 향이 자꾸 난주더러 말해, 말 계속하라구, 속삭이는 것 같다.

"잘 생각 안 나지만 거짓말은 대충 유치하고 슬픈 거였어. 나는 아름다운 어머니, 그렇지만 비련의 어머니를 둔 부잣집 막내딸이 되었지. 울엄마 울아버지 다 돌아가셨는데 그가 알 게 뭐야. 그냥 나오는 대로 지껄였지. 그러다가 '사촌오빠 이름이 영훈인데, 그 영훈이오빠가 날 보고 제 색시 삼자 하고 놀았던' 얘기를 했지. 즐겁게 논 얘기까지는 잘했는데, 했는데……"

"했는데 그 사람이 누구요? 영훈이요? 했겠지?"

"아니…… 물론 그랬지. 그치만 정작 나는 그에게 진짜 하고 싶은 말을 못하고 말았어."

"………"

"나는 이제야말로 한 남자랑 잘해보고 싶었는데."

"니 전남편 얘기 말이니?"

"그 얘기를 포함해서 내 남자들 얘기 다 하고 싶었어."

내숙은 구기자차를 자꾸 끓여 내온다. 더운 그 향기가 자꾸 난주에게 말을 시킨다. 아니, 말을 해야 한다고 부추긴다. 내숙은 난주에게 살이 쪄야 한다고 말한다.

"너의 일차 목표는 살이 쪄야 하는 거야. 넌 지금 말라비틀어진 호박오가리 같단 말야. 그런 너를 누가 좋아하냐?"

부엌으로 나간 내숙은 싱크대 서랍을 열고 양념통과 그릇 들을 살피다가 바퀴벌레를 잡기 시작한다. 내숙이 바퀴벌레를 잡는 동안 난주는 남자 얘기를 한다. 그 남자하고 자고, 그 남자하고 놀고, 그 남자하고 싸우느라고 내숙이 니 전화를 못 받았다고. 내숙이 손에 통통하게 알 밴 바퀴벌레가 죽어가고 있다.

"이것 봐라, 이거 한 마리면 이 속에서 말야, 수천마리 바퀴벌레 새끼가……"

"아파트 잔디밭에서 그 남자를 두들겨패줬어."

"야야, 너는 남자만 두들겨패지 말고 요놈의 바퀴벌레나 좀……"

내숙은 눈에 불을 쓰고 바퀴벌레를 잡는다.

"왜 그랬는지 모르겠어. 마구 화가 나더라. 목이 말라서 잔뜩 기대하고 다가간 우물이 이제 더이상은 물이 나오지 않는 빈 우물임을 알았을 때의 느낌이랄까. 우물은 애초에 빈 우물이었는데 말야. 그런데도 나는 나대로 배신감 따위를 느끼고, 그래서 화가 났고 화가 나서 마구……"

"왠 줄 알아? 니가 그 남자랑 잤기 때문이야. 니가 화난 것도, 그 남자랑 니 원대로 되지 않은 것도."

'내숙이 말이 정말일까? 내숙이 말대로 말라비틀어진 호박오가리 같은 내 속에서 어떻게 그런 힘이 넘쳐났을까?'

바퀴벌레가 박멸되고 난 밤의 방은 유달리 적적하다. 난주는 곱씹어 생각한다, 내숙이 말이 맞는 말인지 어쩐지. 부스럭대보기도 한다, 바퀴벌레같이. 내숙이 낮에 끓여놓고 간 구기자 찻물을 마신다. 뱃속이 온통 구기자 찻물로 쿨렁거리는 느낌이다. 벌떡 일어나 체조를 해본다. 아직도 날이 새려면 멀었는데 왜 잠이 오지 않는지, 난주는 서글프다. 옛날 일기장을 펼쳐본다. 그것을 한장씩 찢는다. 부끄러움투성이 제 과거들을 말소시킨다. 그런데 왜 과거들은 매번 부끄러운 것일까? 지나간 과거는 다 부끄러운 것이어야만 할 이유라도 있는 것일까? 왜 남자랑 잘못될 때마다 그때가 생각나는지. 첫 멘스의 참담함이라든지, 그곳 텃밭 피마자 아래에서의 유희 같은 것들이.

햇빛이 자잘히 부서지는 아침녘이다. 채송화 꽃잎은 아직까지 물기를 머금어 싱싱했다. 영훈은 난주보다 석달 앞서 난 사촌이다. 어른들이 일 나간 '큰집'의 '큰 집'은 괴괴했다. 이따금 상할머니의 기괴한 신음소리가 큰집 뒤꼍으로 나지막이 새어나오고 있을 뿐이다. 영훈이 난주 손을 잡고 뒤꼍으로 살금살금 다가간다. 가서는 구멍 뚫어진 창호지에 제 눈을 갖다댄다. 난주도 따라한다. 상할머니의 풀어헤쳐진 머리가 지난번보다 검다. 영훈이가 더운 김을 내며 속삭인다.

"저 봐, 머리카락이 검어지고 좀 있으면 이도 날 거야."

상할머니 눈동자는 동그랗다. 꼭 토끼눈 같다. 할머니는 지금 천장에서 늘어뜨려진 횃댓보를 잡고 일어서려고 용을 쓰는 중이다. 용을 쓰면서 내는 신음소리가 신기하다. 아기 울음소리 내는 고양이 소리 같다. 할머니는 큰어머니가 입혀준 치마를 언제나 벗어버린다. 할머니 아랫도리는 텅 빈 채다. 큰어머니는 그런 상할머니를 누가 볼까 무섭다고 아예 밖에서 문을 잠가버렸다.

아침에 밥먹자마자 큰집에 가면 꼭 뚫어진 뙤창 안으로 상할머니를 훔쳐보는 것이 맨 처음 일과가 되어버렸다. 이제는 상할머니 들여다보기를 하도 많이 해서 그저 무덤덤하다. 뙤창 바로 밑은 가마솥 아궁이다. 큰아버지가 가마솥에 불을 때는 모습을 보고 있을 때는 손에 땀이 쥐어진다. 난주는 큰아버지를 노려본다. 큰아버지는 난주가 노려보고 있다는 것을 영 눈치채지 못한다. 난주는 앞꼍으로 돌아간다. 상할머니 방으로 들어가는 문은 여전히 잠겨 있다. 가만히 귀를 기울인다. 코고는 소리가 낮게 들려온다. 상할머니한테는 밤중에 고양이처럼 울다가 아침이 돼서야 잠드는 버릇이 있다. 큰어머니가 어머니와 콩밭을 매면서 그런 소리 한 것을 난주는 들은 적이 있다. 지금 할머니는 큰아버지가 아궁이 속에 불을 넣고 있다는 것을 아실까 모르실까. 불쌍한 우리 상할머니. 할머니는 이제 곧 큰

아버지가 땐 불에 데어서 죽을지도 모른다.

난주가 슬픔과 공포에 떨고 있던 아침에도 여전히 토방 밑에서는 채송화가 방글거리며 피어났다. 채송화가 핀 그날 아침녘이었던가? 그랬을 것이다.

난주는 웃는다. 할머니가 생각나서 웃는다. '우리 상할머니'라고 발음해본다. 큰아버지는 가마솥에 불을 다 지피고 나서는 불 밑에 하지감자를 두둑이 묻어두곤 했지. 포근포근한 그 하지감자. 이맘때쯤이면 그 감자가 나올 텐데, 싶다. 날이 밝으면 맨 먼저 감자를 사러 가야지, 뇌어본다. 감자를 한 차떼기 사다 저기 부려놓고 내숙이 식구를 불러 솥 안 가득 쪄 먹고, 새 동부 나왔으면 그것도 좀 사다가 껍질 까고 푹 쪄서 감자범벅을 해 먹고, 칼 안 대고 손에서 뚝뚝 쪼갠 새 양파 넣고 풋고추 썰어넣어서 국 끓여 먹고, 갈치 사다 고춧가루 듬뿍 넣어서 조려 먹고, 감자요리만 한도끝도 없이 생각한다. 그것만 생각해도 절로 즐거워진다. 감자를 사려면 돈이 있어야 텐데 그 돈이 좀 있으려나, 싶어져 지갑 속을 헤아려본다. 딱 감자 살 돈만큼이 남아 있다. 날 밝으면 감자 사다 쪄 먹고 나서 일자리를 알아봐야지, 다짐도 해본다. 돈이 떨어져가는 것이 확인되고 나니, 돈 들어갈 것 생각하기는 이제 그만 중단하고 싶다. 내숙이한테 들은 호박오가리 같단 소리가 영 머릿속에서 떨어져주질 않으니, 맨 먹을 것 생각만 하게 되는 것 같기도 하다. 그래서 생각을 돌려 피마자 생각을 한다. 지금쯤 피마자 열매가 익었을까. 유월이니 아직은 파랄게고 조금 있다 가을 오면 피마자씨 발라 갈라진 손등에 바를 수도 있고 손톱에 윤을 낼 수도 있는데. 손을 들여다본다. 손등은 꺼칠하고 손톱에는 가시랭이가 일었다. 겨울에 손등 튼 데 바르려고 피마자

씨를 징하게 발라놓고 왜 그리도 오지던지 가슴 쭈욱 펴고 큰 숨을 들이켜던 시절이 난주에게 있었다. 그런 난주가 지금 오그리고 잔다. 손을 좀 씻고 뭐라도 발라줘야 할 텐데, 그런 생각을 하다가 날이 희붐하게 밝아올 무렵에 잠이 들고 말았다.

'그러면 할머니가 자꾸 치마를 벗은 건 큰아버지가 땐 불 때문에 너무 더워서였나?'

난주는 일어나자마자 그 생각을 한다. 유월이면 이렇게 더운데 큰아버지가 참 못됐다, 싶다. 찐득한 땀이 온몸에 달라붙어 있다. 내숙이를 오라고 하고 싶다. 오라고 해서 먹을 것도 좀 해달래고, 얘기도 좀 들어달래고, 돈도 좀 꾸어달래고, 그러고 싶다. 전화기 쪽으로 다가가는 무릎걸음이 떨린다. 내숙이가 없다. 난주는 싱크대 쪽으로 손을 뻗어 시큼한 구기자 찻물을 마신다. 숨을 한번 크게 내쉬고 아까 하다 만 피마자 생각을 한다. 그리고 난순언니.

토방에 걸터앉은 난순언니가 손가락을 까딱하여 난주를 부른다. 난순언니는 영훈이오빠의 누나, 난주의 사촌언니다. 그녀는 채송화처럼 생글거린다.

"야, 니들 그거 했다면서?"

난주는 난순의 젖꼭지께를 응시하고 있다. 난주가 제 젖꼭지를 바라보고 있음을 의식하고 난순이 반사적으로 어깨를 움츠린다. 난주는 그래도 집요하게 난순의 볼록 나온 젖꼭지를 바라보며 지난번 난순언니 몰래 훔친 그녀의 보석반지를 떠올린다. 그 반지가 꼭 저랬는데. 반지는 난순언니 젖꼭지처럼 동그랗고 붉었다. 그 반지를 잃어버렸다. 방금 전까지 사촌동생 난난이하고 갖고 놀았는데 그게 어디로 가버렸을까. 난난이가 어디다 감춰놨을까. 난순언니가 "야, 난주야" 하니까 반지가 없어졌다. 너무나 놀라 내가 어디다 숨기다가 잃어버렸나. 난순언니는 그 반지가 어디서 났을까. 반지가 없어졌다고 작은어머니가 말하던데, 그 반지가 그 반지일까. 난주는 난순언니 젖꼭지만 바라본다. 속으로 '도둑년!'이라고 해본다.

"너는 쪼그만 년이 못하는 게 없드라. 도둑질에다 텃밭에서 영훈이랑 뺑까지 하고, 지집년이."

난주 눈에서 투둑 눈물이 떨어진다. 겨우 속으로만 되뇔 뿐이다.

'지도 도둑년이면서.'

속없는 난난이가 할랄라거리며 대문을 들어선다. 난순언니가 난난이 등짝을 한대 갈기고 반지를 빼앗는다. 난난이는 난주 눈치를 보며 순순히 반지를 내놓는다. 아직 큰집에서 제금을 나지 않은 작은어머니가 물동이를 이고 대문을 들어서고 있다. 난순언니가 반지를 뒤로 감춘다. 난난이와 난주가 어깨동무를 하고 텃밭으로 간다. 영훈이오빠가 텃밭 한켠 양계장 쇠철망에 매달려 있다. 난난이도 매달린다. 난주도 매달린다. 고개를 있는 힘껏 뒤로 젖힌다. 철망에 매달린 손을 놓아버린다. 그대로 뒤로 자빠진다. 흙과 풀과 꽃이 일제히 세 아이의 입과 코와 눈으로 들어온다.


"왜 또?"

현관을 들어서며 내숙이가 묻는다. 뭣 땜에 전화 자동응답기에 메모를 남겨서 자기를 다시 오게 하느냐는 얘기다.

"감자가 먹고 자퍼서."

"감자? 하긴 요새 한창 감자 나오는 철이데. 어저께 사무실 갔다 오면서 차에서 팔길래 한 박스 샀는데 아주 싸더라."

138

아닌게아니라 내숙은 감자 한 봉지를 덜어왔다. 난주는 내숙에게 기대어 목놓아 울고 싶은 기분을 꿀떡꿀떡 삼킨다. 내숙은 자꾸 잊어버리라 한다. 잊어버리고 돈 벌라 한다. 그래서 살이 쪄야 한다고.

"어젯밤에는 피마자 생각했다."

"멘스 생각은 이제 끝났냐?"

난주는 웃는다. 그러게, 그 생각은 이제 끝났냐?

"피마자 속씨로 손등을 발라본 적 있니?"

"으응, 피마자기름 말이냐? 머릿기름으로도 쓰잖아."

"맞아."

내숙은 감자를 씻는다. 보얀 감자들. 하지감자들.

"영훈이오빠가 그걸 내 손등에랑 얼굴에다 잔뜩 발라주면서 나를 피마자 밑에 뉘어놓고 내 위로 올라타더라."

"올라타?"

난주는 머뭇거린다. 다시 그 소리를 하기가 민망해진다. 내숙이가 쳐다보는 품이, 그래서 했냐고 다그치는 것 같다.

"모르겠어. 그때는 했는지 안했는지, 하는 것이 무엇인 줄도 몰랐겠지."

채송화같이 생글거리던 난순언니는 그날을 기억할 것이다. 난주는 난순언니 보기가 부끄러워 큰집엘 못 간다. 무섭다. 영훈이오빠는 기억할까. 내 등에 느껴지던 보드라운 흙의 감촉, 등 밑을 간질이던 개미들의 꼼지락거림들, 피마자 냄새, 눈앞에 피어오르던 뭉게구름들, 담벼락에 너울거리는 구름의 그림자들.

감촉들, 무늬들, 향기들, 그런 것들이 왜 나쁘고 부끄러운 것일까.

"너한테 남자 얘기 조금만 더 할게."

"그 남자 말이냐?"

포근포근하게 익은 감자를 내숙이 껍질을 벗겨 난주 손에 쥐여준다. 난주는 내숙이 잘 익은 감자처럼 포근포근하다고 절실히 느낀다. 남자 얘기를 조금만 더 하고 그 다음에 돈얘기를 해야지, 마음속으로 정리해둔다. 난주에게 내숙이는 포근포근하므로, 그러므로 난주는 그 모든 얘기를 수월히 해낼 수 있을 것이다.

"울엄마 돌아가셨을 때 기억나니?"

"응, 벌써 십년도 넘었네. 딸기는 한물 가고 수박 막 나올 철이었으니까 아마 오월이었지?"

"그래, 밤인데도 그다지 춥지 않더라."

"멘스에서 피마자로 이제 니 첫사랑 얘기냐?"

내숙은 부지런히 감자껍질을 벗겨 난주 앞으로 내민다. 껍질 벗겨진 감자들이 난주 입으로 들어가길 기다리며 밀려 있다. 난주는 숨을 한번 고른다. 그 얘기를 할 수 있을까. 해도 되나. 아무리 포근포근하다고 느낄 만큼 좋은 내숙이지만 난주는 겁이 난다. 밀려 있는 감자를 한 개 베어문다. 내숙이 소금접시를 밀어준다. 난주는 손가락에 소금을 발라 혀로 핥는다. 내숙이 핀잔을 준다.

"먹는 것도 어째 그리 각단진 것이 없고 부실하냐?"

시범을 보이듯이 제가 소금을 찍어 한입 가득 깨문다. 뜨거운 김이 내숙이 입속에서 화아 퍼진다. 먹는 것이 실패한 내숙이, 그래서 사는 것도 실패할밖에 없는 내숙이다. 그런 내숙이니 난주는 마음 푹 놓고 말해도 될 것이다. 난주는 두번째 숨을 고른다. 세 남자애가 쫄래쫄래 따라오더라는 말부터 꺼내본다. 그래, 그날 밤에 세 아이가 나를 그렇게 따라왔다고. 그날 밤하늘의 별이 꼭 어머니 빤짝이

한복에서 나는 빛 같았다.

"엄마 장례 치르고 처음 학교 나와서 니가 끌려갔다는 소식 듣고 술을 한잔 했던가 어쨌던가, 그랬어."

내숙이 문득 "술 있냐?" 한다. 난주는 턱으로 냉장고를 가리킨다. 거기 오래 전에 뚜껑을 열었다가 한 모금쯤 비우고 넣어둔 김 빠진 소주가 한 병 있을 것이다. 내숙은 냉장고 문을 연 김에 아주 안주까지 챙긴다. 제 손으로 술을 챙기면서 "술이나 먹고 사니 살이 찌냐?" 한다. 주저주저하던 난주 마음이 조금씩 풀어지기 시작한다.

첫번째, 두번째, 그리고 세번째 아이 차례가 왔을 때에야 마구 떨렸다. 첫번째 아이가 난주 살을 파고들었다. 그때는 무감각했다. 난주는 반듯이 누운 채로 하늘이 꼭 어머니 빤짝이 치마 같다고만 생각했다. 두번째 아이가 부스럭대며 바지 혁대를 푸는 소리를 들으면서는 빤짝이 치마 생각을 했다. 세번째 아이가 눈앞에 다가왔을 때에야 사지가 떨렸다. 무감각한 통증 같은 것이 전신을 아프게 찔러댔다. 난주는 비틀거리며 교정을 나섰다. 새벽이 오고 있었다.

"너는 놀라운 일이랄지 모르지만 나는 내게 무슨 일이 일어났는지 그날 아침으로 까맣게 잊어버렸어."

내숙은 말하지 않는다. 술만 마신다.

"왜 그래? 나는 정말 아무렇지도 않았다구."

"그러면 좋기라도 했단 말이냐?"

"그런 것도 아니야."

"어쨌든 너 다시는 이런 얘기 누구한테 하지 마라. 니가 나한테 그런 얘길 하는 걸 보니 잊어버리지 않았어. 이 순간부터 정말로 잊어버리자. 알았지?"

내숙이 눈에 눈물까지 어린다. 난주는 그것이 싫다. 그래서 이제
는 함부로 말해버리고 싶다. 마구 나오는 대로 쏟아내버리고 싶다.

"나는 지금도 아무하고나 자. 그래도 아무렇지도 않아. 봐, 술도
마시지 않잖아. 오히려 '삶의 용기' 같은 것이 치솟을 때가 많은걸."

난주는 일부러 '삶의 용기'라는 말에 힘을 주어 말하며 최대한으로
뻔뻔한 표정을 지어본다. 내숙이 요령부득의 표정으로 일어선다. 그
녀는 무섭다고 한다. 세상 탓인지도 모른다고 그녀다운 진단도 내린
다.

"세상이 하 수상했거든. 왜 그런 말도 있잖냐, 그 사람이 현명하지
못해서가 아니라 고통에 익숙하다보면 불행 같은 것도 쉽게 받아들
인다는. 어쨌거나 너는 앞으로 누구에게도 이런 얘기 절대 하지 마
라. 남자는 남자들대로 여자는 여자들대로 너를 곧이곧대로 보아주
지 않아, 이것아."

질겁하며 물러나는 내숙이를 난주는 어쩌지 못한다. 내숙이 제집
으로 가버린 후에야 돈얘기 못한 것이 생각난다.

밤은 또 어김없이 왔다. 길게까지는 아니어도 한 주일은 갈 것이
다, 쓰린 속의 상처가 아물기까지는.

난주는 전화 수화기를 든다. 아프지 않았느냐고 묻는다. 내가 잘
못했다고 우는 시늉을 내본다. 실은 거짓말쟁이가 절대로 아니라고
해본다. 그러나 겁쟁이라고 해본다. 다이얼이 늦었다고, 다시 걸어
달라고 저쪽에서 대꾸한다. 오밤중에 빗소리를 듣는다. 열린 창 틈
으로 비가 들어와 난주 머리에 방울방울 떨어진다.

"비가 오는 밤이면 상할머니가 고양이 울음소리를 안 냈었지. 우
리 상할머니, 빗소리를 듣느라고, 빗소리에 온 정신을 쏟느라고, 빗

소리가 다정해서 할머니는 울지 않아도 되었는지 몰라. 노인네가 어찌 그리 밑이 습한지 모르겠다고 혀를 차던 큰어머니, 한번쯤 문을 열어 그 습한 밑을 햇볕에 쬐어주었어도 좋았으련만 무에 우세스러울 것이 있었다고."

중얼거림과 서성임의 속도가 빨라질수록 난주의 옷 입는 속도도 빨라진다. 레인코트를 입고 스카프를 쓴다. 진홍의 루주를 두껍게 바르고 하이힐을 신는다.

밤거리는 촉촉하게 젖어 있다. 한없는 습기, 습기는 사람을 유혹한다. 까페 '동굴'의 마담은 여전히 검은 실루엣. 검은 아이라인, 검은 원피스, 검은 스타킹의 그녀가 남자는 오지 않느냐고 묻는다. 난주는 말한다. 그는 이제 다시는 오지 않을 것이라고. 난주는 덧붙인다. 왠 줄 아세요? 우리는 같이 자버렸기 때문이에요.

검은 실루엣의 마담이 난주를 동정하여 푸른 모자를 쓴 남자에게로 인도한다. 까페의 붉은 등불 아래서 남자는 이 밤 안으로 자신과 같이 바닷가에 가줄 수 있느냐고 속삭이듯 물어온다. 난주는 그럴 수 있다고 대답한다. 푸른 모자의 남자는 테이블에 엎드려 잠든 마담의 머리맡에 술값을 놓고 난주의 어깨를 감싼다. 이 밤 두 남녀가 타고 갈 자동차가 까페 동굴 앞 차도에 오는 비를 그대로 맞으며 서 있다.

"저 닭들을 다 어떻게 할 작정인가요?"

"어떻게 하긴요. 다시 닭장 속에 처넣어야죠."

푸른 모자를 쓴 양계장 남자를 따라 난주는 닭을 잔뜩 실은 트럭에 오른다.

"저렇게 비 맞아도 닭들은 감기 들지 않나요?"

"감기 들 새가 어딨어요. 감기 들기도 전에 저 세상으로 갈 건데."

비에 젖은 닭 냄새가 트럭 앞좌석으로 스멀스멀 풍겨온다.

"밤인데 왜 모자를 써요?"

"버릇이에요."

남자는 전속력으로 달린다. 가끔 닭들이 푸드덕거리는 소리가 들려온다.

"바닷가 양계장에서 도시까지 맨날 이 길을 다니나요?"

"그런 셈이지요."

"동굴엔 자주 들르나요?"

"아니오. 오늘 처음이오."

그 말을 하고 난주가 입을 다물자 양계장 남자도 침묵한다. 트럭은 빗속을 뚫고 고개를 넘고 소읍을 지나고 가로수가 무성한 신작로를 지난다. 신작로를 지나고 신작로보다 더 좁은 소로로 접어든다. 소로가 끊기는 곳에 산길이 있고 산길은 검은 산속으로 숨어들다가 이제 영영 길이란 길은 끊길 것이다. 난주는 비와 산냄새를 맡는다. 비에 젖은 산 냄새와 산비둘기들의 날갯짓 소리가 정령처럼 그녀 주위를 에워싼다. 난주는 차창문을 열어젖힌다. 차가운 빗물이 선득선득 얼굴에 달라붙는다. 난주는 양껏 입을 벌린다. 빗물이 달콤하다. 달콤한 빗물이 양계장 남자의 비린 타액과 섞인다. 남자는 서두른다.

"이봐요, 저 소리가 무슨 소린 줄 알아요?"

"자동차 소리."

"이봐요, 저 냄새가 무슨 냄새지요?"

"이 근방 어디에 고깃집이 있나봐."

144

남자는 자동차 소리와 고기 타는 냄새로 비오는 밤을 기억할 것인가. 이곳이 불편하냐고 남자가 묻는다. 난주는 고개를 끄덕인다. 남자가 차의 시동을 걸면서 차문을 닫으라고 말한다. 난주는 차문을 붙잡고 땅으로 홀쩍 뛰어내린다. 풀밭에 고인 물이 첨벙 튀어올라와 종아리를 적신다. 난주는 춤추듯 경쾌하게 코트를 벗고 스카프를 풀고 하이힐을 벗고 스타킹을 벗고 셔츠를 벗는다.

남자가, 야이 미친년아,라고 나지막이 부른다. 난주는 춤추듯 뛰어간다.

"야이 미친년아."

남자가 이번에는 볼륨을 높여 미친년이라고 고함치며 난주를 부른다. 난주는 산속으로 산속으로 숨어든다.

"야이 미친년아, 잘 먹고 잘 살아라."

남자의 차가 떠난다. 난주는 다리를 양껏 벌린다. 비와 바람과 산비둘기 울음소리가 그녀의 자궁 속으로 스며든다. 그 여자, 난주의 벗은 몸이 어둠속에서 밝게 빛난다.

〔현대문학 1996년 6월호〕

# 뭘 먹고 살까

소설의 초고는 이렇게 시작된다.

가을볕이 따가웠다. 고요했다. 햇볕에 콩꼬투리 터지는 소리가 적막한 산밭의 고요로움을 더했다. 바람은 서늘했다. 산국이 하늘거렸다. 코스모스 씨가 야물게 여물어 검불 밑으로 떨어졌다. 검불 밑은 어둡고 축축했다. 씨앗은 어둡고 축축한 그곳에서 안식을 찾았다.

스무 개의 둥글둥글한 체를 등허리에 진 유난히 귀가 길쭉한 체장수가 콩꼬투리 터지는 산밭 옆을 지나가고 있었다. 할멈은 막 새참으로 싸온 밥주발을 펼치는 중이었다. 할멈이 체장수를 불렀다.

"거 누구요? 누가 지나가고 있소?"

"체장수요."

"이리 와보시오. 체 팔아줄 것은 없어도 목이라도 축이고 가시오."

체장수는 할멈이 내미는 탁주 한 사발을 염치 불고하고 받아마셨

146

다.

"혼자 묵는 것은 맛이 없소."

체장수가 미안해하지 말라고 할멈이 얼른 말막음을 하였다. 체장수는 밥도 얻어먹었다. 꿀맛이었다. 뜻하지 않게 술과 밥을 얻어먹은 체장수는 그냥 물러날 수가 없었다. 그래서 먹은 값을 하느라고 할멈의 콩 거두는 일을 도왔다. 그러느라고 날이 저물었다.

"날도 저물었으니 우리집에서 하룻밤 유하고 가시오."

그래서 또 체장수는 할멈을 도와 까치동을 만든 콩깍지를 할멈의 오두막으로 날랐다. 갈 길이 바빴지만 할멈의 인정을 거절할 수가 없었다. 사람의 훈김이 아쉬운 할멈을 내칠 수가 없었다. 체장수는 할멈의 오두막에 체를 부리고 까치동을 만든 콩깍지를 져다날랐다. 일찌감치 산그늘이 내려앉았다. 집을 찾아 날아드는 산새들 소리로 오두막 주위가 부산했다. 할멈과 체장수는 저녁으로 콩밥을 해먹고 참으로 콩을 볶아먹었다.

저녁을 잘 먹고 불도 넉넉히 넣은 방에서 잘 자고 일어난 체장수는 다음날 길을 떠나려고 할멈을 불렀다. 아무리 불러도 대답이 없어 할멈 방문을 열었다. 동쪽으로 난 봉창으로 아침놀이 환하게 들어와서 할멈의 잠든 얼굴을 비추었다. 잠을 자듯 할멈은 눈을 감았다. 마을 사람들에게 기별을 하여 할멈의 장례를 치렀다. 할멈의 기력이 쇠한 것을 이미 알고 있던 마을 사람들은 할멈의 마지막이나마 마을 사람으로서의 도리를 하게 해준 체장수에게 얼마간의 고마움을 표시하였다. 마을 사람들이 고마움의 표시로 거두어준 팥과 보리와 서속을 지고 체장수는 길을 떠났다. 얼마의 세월이 흘렀다. 어느 해 봄에 체장수가 산밭 옆을 지나고 있을 때 어디선가 그를 부르는 소리가 들려왔다. 할멈의 목소리였다. 산밭 너머로 가야 체를 받아 올 수가 있었던 체장수는 자기를 부르는 할멈의 목소리에 이끌려 산을 넘지 못하고 말았다.

콩밭은 망초밭이 되어 있고 오두막은 산짐승들의 거처가 되어 있었다. 산을 넘지 못하고 체를 받아오지 못한 체장수는 그만 할멈의 집터에 제 몸을 부리고 말았다. 콩밭의 망초를 뽑아내고 오두막의 짐승들을 몰아내고 체장수는 담배를 피워물었다. 멀리 산 너머로 흰 구름이 지나가고 있었다.

처음에는 짐승들만의 거처인 줄 알았던 오두막에 사람이 살고 있음을 안 것은 체장수가 종이에 잎담배를 싸서 침으로 말아붙이고 불을 댕겼을 때였다. 방안에서 밭은 기침소리가, 사람의 것이 분명한 소리가 난 거였다.

"할멈!"

아닌 줄 알면서도 어쩐가 보려고 불러봤다. 밝은 빛이 들어오자 생쥐들이 사방으로 도망갔다. 생쥐들과 놀고 있던 사람은 여자였다. 체장수는 여자에게 은행알과 뽕나무 껍질을 먹였다. 여자의 기침에 차도가 보였다. 그리 몹쓸 병은 아니었던가보았다. 여자가 웬만큼 회복되자 콩밭을 일구러 밭에 나갈 때 같이 가지 않겠느냐고 물었으나 체장수의 극진한 보살핌에 맛이 들린 여자는 따라나오지 않았다. 긴 봄날 체장수는 그 넓은 콩밭을 혼자 다 일구었다. 그러는 가운데 오두막도 사람 사는 집답게 손을 보았다. 체장수 혼자 동분서주하는 동안 여자는 아무것도 안하고 그저 가만히 있었다. 제 동무들인 생쥐들을 체장수가 내쫓은 것에 화만 내었다. 그래서 체장수도 화가 났다. 둘이는 싸웠다. 체장수의 힘도 보통이 아니었지만 건강을 회복한 여자도 만만치 않았다.

그해 봄이 다 갈 무렵에 여자가 헛구역질을 하였다. 그리고 이듬해 눈이 온 세상 가득 내린 아침에 아기가 태어났다. 제 엄마 옥단을 닮아 눈이 초롱초롱한 여자아기였다.

여기까지 써놓고 나는 더이상 소설을, 아니 엄밀히 말해 황옥단 할머니가 구술한 할머니의 이야기를 진척시킬 수가 없었다. 내가 할머니의 이야기를 소설로 쓰게 된 내력을 말하기 전에 우선 할머니의 육성을 좀더 적어보겠다.

누구요? 다 저문녘에 누가 왔소? 체장수요? 체장수가 아니고 책장수라고? 우리집에 와봤자 책 팔아줄 암것도 없는데, 목이라도 축이고 가시오. 비록 삼간 누옥이나 자고 가시든지. 땔감은 넉넉하오. 우리 아들이 장돌뱅이라 장사하는 사람은 다 남이 아닌 것 같아 그러니 너무 괘념 마시오. 눈도 어둔 사람이 날 저무는 것은 어찌 아냐고요? 소리로 아요. 눈이 보이지 않은께 대신 소리가 밝아졌소. 저녁이 되면 맨 먼저 지렁이가 우요. 띠릭띠릭띠리릭, 허는 소리 들리지요? 내가 이 자리에 누워 있은 지가 가만있거라, 그것이 그러니까 작년 동짓달 스무여드렛날이었소. 그날, 서설이 살큼 내린 흙바닥이 참 미끄러웠소. 그날 따라 어째 요강 부시는 것을 잊었는지 모르겠소. 일이 그렇게 될려고 그랬는가. 변소길 다녀오는 길에 그놈의 것을 부셔오리라, 하고 내 딴에는 조심조심 방문을 열고 신발을 꿰 신고 지팡이를 짚고 치마를 걷어올리고 한발짝 한발짝 땅을 내딛었소. 그것이 화근이었던갑소. 사람이 너무 조심하다보면 꼭 실수를 하는 법. 그렇다는 것을 잠시 잠깐 잊었던 것이 이리도 큰 재앙을 가져다 줄 줄이야 생각도 못했소.

옛날에 누가 그랬답디다. 저 아래 사는 할멈이여. 시집을 왔는데 시엄씨가 어찌나 호랭인지 그 앞에서 잘해야지 허고 뭐든지 조심조심, 지 딴에는 겁나게 허니라고 했다지요. 물어보나마나 조심허면 헐수록 실수는 꼭 그만큼 허게 되는 것 아니요? 행여나 밥에 돌 들어갈까 조리질 잘해서 쌀을 안쳐놓으면 느닷없이 콧물이 통 떨어진다든가. 그런디 꼭 그때 시어마니가 들어온다 말이요. 가만 생각해보면 코를 빠뜨릴 때 시어마니가 들어온 것이 아니고 시어마니가 들어왔기 때문에 지가 코를 빠뜨린 것이 아닌가 하요. 일껏 상 좋게 봐서 오진 맘으로 시부모 앞에 들고 가는데 하필이면 그때 치마폭 묶은 끈이 풀어질 게 뭐요. 지는 치맛단에 발이 걸려 그대로 오지게 본 상과 함께 엎어져 코방아를 찧고 말았제. 조심하면 실수하는 법이라고 해놓고 본게 생각이 나서 허는 소리요. 어쨌거나 그날, 동짓달 스무여드렛날 저녁참에 내가 이 지경이 되고 말았소. 변소까지 가기는 잘 갔소. 변소에서 일을 잘 보고 마당귀 샘에서 내가 시집올 때 가져온 난초무누 요강도 곱게 부셔서 내 방으로 걸어오는디 뭣이 내 앞으로 획 지나갑디다. 벽력같이 소리를 질러봤제. 마침 집에 와 있는 아들 방문이 열리면서 아이고 어무니 간 떨어지겠소, 허는 아들 말에 아야, 뭣이 내 앞으로 획 지나간다, 했소. 아들이 도둑괭이요, 도둑괭이 하더란 말이요. 뭣이 도둑괭이여, 아니그만. 아니랑께요, 도둑괭이랑께. 아니여, 도둑괭이 아니여. 아니여요 어무니, 도둑괭이여요. 어허, 도둑괭이 아니랑께.

내가 참, 아들 앞에서 뭔 말이 하고 자퍼서 그랬던가 자꾸 도둑괭이를 도둑괭이 아니라고 억지를 부렸소. 가만, 그러고 보니께 그것이 화근이었던가도 싶으요. 아들허고 한참 실갱이를 허다가 아들 부축 받아서 내 방까지 잘 왔제. 내 방에 들어와서 가만히 생각해보니께 암만 생각해도 아까 그것이 진짜 도둑괭이였는가 아니었는가 영 의심이 가더란 말이요. 은근히 역정이 나면서. 지 에미가 아니라면 아닌 것이제 지가 우겨? 싶어지는 것이 심기가 사나워지기 시작허고 가만 앉아 있을 수가 없었소. 그래서 치마를 불끈 거머쥐고 밖으로 다시 나왔제. 따순 밥 좋게 묵고 그것이 뭔 굿이었던가 싶으요. 내 방을 나와 아들 방 앞에서 요리 갔다 조리 갔다 허다가 그만 요 지경이 되어부렀소. 그날부터 요날 요때까지 내가 아들을 죄인으로 만들어부렀제. 천하 몹쓸 에미도 다 있소, 여기. 그러고 봉께 그것이 암만 생각해도 도둑괭이는 아니었던 것 같기도 허고 말이요. 그것이 뭣이었으까.

처음에는 조끔 접질린 줄 알았제. 그날 이후로 아들 며느리 손주들 고생만 시키고 있소. 병원서 포기를 해주니께 인자 조금 편허요, 마음이. 눈 안 보이제 걸음 못 걷제 누가 보면 영락없이 산송장이제, 내가. 눈은 언제부터 이리 됐냐고? 흐흠, 그 내력을 이야기헐라고 봉께 웃음부터 나오요. 하도 기가 맥혀서. 가만 뭔 소리 안 나요? 여섯 신갑소. 박새 집으로 돌아오는 소리 나는 것 봉께. 거기 라지오 좀 틀어봇쇼. 뉴쓰 좀 들어보게. 이 라지오를 우리 딸이 사다줬소. 가만 있거라, 오늘은 또 뭔 소식을 전할라나. 아이고, 누가 바닷괴기를 묵고 죽어부렀다고 허네, 뭔 비브리 어쩌고 허는 균 때문에. 소리가 왜 안 나 이놈의 라지오가. 잘 나다가 이 지랄이여, 에라이. 아, 나네, 나. 저것이 누가 부르는 노래여? 이미잔가? '동백 아가씨'그만. 노래는 이미자여. 만담은 장소팔 고춘자, 축구는 차범근, 농구는 박신자.

내 평생에 난리를 세 번 겪었소. 중국놈 쳐들어가, 일본놈 쳐들어가, 반란군 쳐들어가. 마산, 신마산서 뚜부장수를 허고 살 적에 중국놈 쳐들어갔는디 비단장시 왕서방이 그 좋은 비단 다 풀어 남 좋은 일 시키고 울며불며 제 나라로 돌아갈 때 나는 그 비단 한 쪼각도 내 것으로 허지 않았소. 남들은 서로 가져갈라고 눈에 불을 쓰고 온몸에 비단을 감고 나오드만. 일본놈 돌아갈 때도 일본여자 다마야마 하네꼬가 제집에서 쓰던 기물들 다 내놓고 울며불며 제 나라로 갈 적에 나는 담 너머로 구경만 했제. 손 안에 암것도 넣지 않았소. 어쩌다 얘기가 샛길로 빠지요마는 저놈의 라지오에서 들리는 소리가 날마다 난리나는 소리뿐이여. 아이고, 우리 아들은 오늘 바구리를 얼매나 팔았을꼬.


"할머니 성함이 어떻게 되세요?"

"내 이름? 내 이름 알아서 뭐에 쓸라고요? 지끔까지 살았어도 내 이름 써묵을 데라고는 암데도 없었는디. 내 이름은 옥댄이여, 황옥댄이."

책장수는 노트북에다 황옥댄이라고 쓰고 각주를 붙인다. 황옥댄—황옥단이라고.

"그래, 집이는 뭔 책을 팔고 댕기시오? 책도 여러 찔인디."

"예에, 책을 팔아서 먹고살기는 합니다만 직접 팔지는 않고 쓰지요. 제가 이야기를 쓰면 책 만드는 사람들이 그 이야기를 사다가 책으로 만들어 책장사하는 사람들한테 팔면 책장수가 다시 제 이야기

산 사람들한테 돈을 주고 제 이야기 산 사람은 저한테 돈을 주고, 그렇습니다. 그러니까 이야기를 쓴 저는 소설가고 제 이야기를 산 사람은 출판업자라고 하지요."

"내끼, 숭헌. 나를 아조 멍챙이 취급을 헐라고 허요."

"아이구 죄송합니다."

"클클클클……"

장난으로 벽력같이 소리를 질러논 것이 고소했던지 옥단이 웃었다. 책장수, 아니 작가가 안절부절못하였다.

"그러면 소설개씨가 내 이 얘기를 사면 내가 소설개가 되겠소?"

"아이고, 할머니는 굳이 소설 쓰지 않아도 있는 그대로가 다 소설입니다요. 아니, 소설보다 더하지요."

"내 얘기 잘 들어서 소설개 양반이 잘 한번 써보시오. 내 한평상을 쓰면 책으로 열 권도 넘을 것인께."

시골 양반들이 거개가 다 그랬다. 아이고, 내 한평생 살아온 얘기를 책으로 쓰면 열 권도 넘을 것이라고. 황옥단 할머니의 경우도 그런 수많은 시골노인네들 중의 하나였다. 뭐 특별할 것도 없는, 그렇다고 전혀 특별하지 않은 것도 아닌, 남이 들어주기에는 지겹고 본인에게는 눈물겨운, 그런 얘기들 중의 하나 말이다.

딱히 남편과 사이가 좋지 않았다기보다 현재의 남편과 전남편에게서 난 내 딸들과 그리고 현 남편에게서 난 아들과 나, 이렇게 다섯이 이룬 가족이 어떤 불화감 내지는 불행감에 시달리고 있는 것을 말로 표현해내지 못하는 어린아이들이 그 불행감을 말로 표현 못하고 어린애다운 생생함을 잃고 갈수록 시들시들해가고 있는 것을 내가 못 견디고 있었다고나 할까. 아무튼 그때 내가 그랬다. 그리하여 이혼한 선배 한분순에게서 '떠나자'는 제의가 왔을 때 나는 분연히 따라나설 수가 있었다. 그러지 않고는 그 시절을 배겨낼 수가 없었다.

그렇게 나 최강미는 이혼한 선배 한분순과 붙어다녔다. 그때 그 한 시절을. 우리는 한 패거리가 되어 강원도 협곡에서 남도 땅끝까지 말을 잘 듣지 않는 고물 갤로퍼 한대 몰고 다니며 주유천하 하였다. 실로 막 갔다. 도시의 어린 범죄자집단 막가파란 우리들을 두고써도 무방할, 그런 한때였다. 그렇게 막 가지 않았다면, 남편이고 새끼들이고 나 몰라라 하고 그렇게 막 가지 않았다면, 그러지 않았다면 모를 일이다. 우리가 어떻게 그 시절을 견디며 살아냈을지. 떠남은 삶을 견디는 한 방법이 될 수도 있다는 것을 그때 알았다. 주유천하 하는 도중에 여러 사람을 만났다. 남편과 사별을 하고 혼자 다섯 남매를 키우고 사는 식당 겸 주막집 여자도 그중 한 사람이었다. 그녀는 우리에게 어쩌네 저쩌네 해도 새끼들 데리고 먹고살 걱정만 없어도 복이라고 말했다. 그랬다. 서방이 맘에 안 든다고, 서방이 없다고 살지 못하는 것은 아닌 것이다. 이녁이 세상에 내놓은 새끼들하고 먹고살아야 하는 판국에 언제 죽음을 생각할 겨를이나 있겠는가, 라는 주막 여자의 말에 나는 깊게 고개 숙여 동의하였다. 바로 나 최강미, 작가 최강미가 그랬으니까.

삶은 혹독했다. 어른보다 아이들에게 더. 첫남편과 아무런 삶의 대책도 없이 이혼을 하고 아이들 먹여살릴 방도가 없어 애비 잃은 아이들을 아동일시보호소로 보내야 했던 시절이 작가 최강미에게 있었다. 그런 시절도 있었는데 무엇을 못 견디나, 싶어지면서 그래도 사람은 밥과 돈만으로 살 수 있는 존재가 아니어서인지, 말하자면 사랑 그놈의 것이 있어야 하는 것인데, 새로 꾸민 가정에 그것이 없어 먹고살기 위하여 헤매던 시절하고는 또다른 시련이 그녀 가족들을 덮친 거였다.

고물차는 말을 잘 듣지 않았다. 온갖 소리를 다 냈다. 기계가 사람 겁주는 소리였다. 내가 겁먹은 눈으로 운전하는 선배를 바라보면 선배는 눈만 끔벅끔벅하였다.

"냅둬."

"어떻게 손 좀 봐봐."

남도땅 보성 강변길을 달리다가 결국 일이 나버렸다. 이번에는 소리가 아니고 냄새였다. 시각과 청각 중에 사람 겁나게 하는 것은 청각 쪽이 더 우세하고 청각과 후각 중에는 단연 후각 쪽임을 경험이 있는 사람은 알 것이다. 소리만 날 때는 참을 만하다가 코를 파고드는 바퀴 타는 냄새에는 도저히 어떻게 해볼 수가 없었다. 결국 우리는 차를 멈추었다.

"이놈의 것을 어째?"

오른쪽 앞바퀴 쪽에서 역한 냄새와 함께 연기가 피어오르고 있었다. 선배가 차 궁둥이를 기도 안 차게 발로 한번 걷어찼다. 히힝거리지도 않는 것이 차는 말이 아니었다.

"어떻게 좀 해봐봐."

"냅둬."

선배는 태평했다. 아, 한분순 같으면 내 생활을, 우리집 같은 생활을 견뎌낼 수도 있을 것이다. 왜냐하면 그녀는 모든 것을 그저 냅둬, 할 수 있으므로. 그렇지만 그녀는 이혼했다. 한분순이 강가로 내려

섰다. 강이라기보다 습지 같았다. 갈대가 우거지고 물길은 꼭 골목
길 같았다. 우리는 키 큰 개밥나무 아래 철퍼덕하니 주저앉았다. 엉
덩이 밑은 축축했으나 개의치 않았다.

"왜 멈췄을까?"

태평스레 담배를 피워무는 선배에게 여전히 겁먹은 내가 물었다.

"저도 힘들었나부지."

"어떻게 할까?"

나는 사실 돈이 없었다. 저 또한 돈이 없는 선배의 비씨카드 한 장
에 모든 것을 의지하는 형편이었다. 나는 카드 한 장도 없었다. 나는
잊혀진 작가였고 책을 내도 출판사 손해만 입히지 않으면 다행인 작
가였다. 나는 내가 그렇게 된 연유가 다 남편을 잘못 만난 때문인 것
만 같았다. 정말로 나는 남편을 잘못 만난 것일까. 내가 글을 못 쓰
는 이유가 워낙에 혼자 살며 글쓰는 버릇에 익숙해서였던 것은 아닐
까, 하는 생각도 안해본 바는 아니지만.

나는 개밥나무 밑, 담배 피우는 한분순이 옆에 앉아 이혼을 생각
하였다. 아이들 데리고 혼자 살고 싶었다, 정말로. 한분순은 무얼 생
각할까. 제발 차를 어떻게 해볼 생각을 좀 해주었으면 싶은데. 염천
이었다. 휴가철이었고 강 여기저기에서 가족들의 행복한 소음이 꽃
처럼 피어났다. 어쩔 수 없이 식구들이 생각났다. 더군다나 이십개
월인데도 젖을 떼지 못한 아들놈에게 빨리지 않은 젖은 퉁퉁 불어
있었다. 젖은 조금만 건드려도 몹시 아팠다. 잘못하면 염증이 생길
것이다. 며칠째 갈아입지 못한 속옷에서 땀내와 함께 젖내가 진동했
다. 옷을 벗고 물속으로 들어가고 싶었다. 실제로 저 앞쪽에서 투망
질하는 남자들은 웃통을 활짝 벗고들 있었다. 그것을 보면 못할 것

156

도 없겠지만 그러나 참는 수밖에 없었다.

"나 빨래하고 싶어."

"해!"

"옷 다 벗고."

"해!"

"어떻게?"

"이렇게!"

한분순이 옷을 벗어젖히기 시작했다. 나는 사색이 되어 말렸다. 결국 옷을 입은 채로 물속에 들어갔다. 그런대로 기분은 좋아졌다.

"여성의 육체에 대해서 글을 쓴 적이 있어. 아니, 써보려고 했는데 잘되지 않았어. 왜 여자아이들은 성징을 보이면 부끄러워해야 하고 남자아이들은 자랑스러워하는 거야? 왜 어린 여자나 늙은 여자나 그것을 감추어야 하는 거야? 속이 상한 상태에서 글을 썼는데 잘 쓰지 못해서였는지, 평론가들한테 잘 전달이 안되어서였는지 왜 여자 몸을 가지고 장난질치느냐고 호되게 욕을 먹었어."

사람이 말을 했으면 무슨 반응이 있어야 할 건데 한분순은 조용했다.

"헤이!"

눈을 감고 물위에 누워버린 한분순.

"이봐, 물위의 여자!"

한분순이 흐흐 웃었다.

"가만있어봐, 나 지금 꿈꾸는 중이거든."

"알았어."

나는 물 밖으로 나왔다. 아무도 안 보는 틈을 타 아랫속옷을 벗어 물에 빨았다. 그것을 탈탈 털어 꿰어입고 나서 발을 씻었다. 엄지발

톱에 딸이 발라준 주황색 매니큐어가 얼룩덜룩 벗겨지고 있었다. 어쩐지 참담했다. 한분순은 계속 꿈꾸는 중이었다. 나는 발을 씻고 나서 모가지를 씻었다. 득득 문질러 씻었다. 그렇게 씻은 목을 모가지라고 하는 것은 추억 때문이다. 추억. 어머닌 늘 우리들 몸을 씻어줄 때 그랬다. 이놈의 모가지 때 좀 보라고. 목만 모가지가 아니었다. 손은 손모가지, 발은 발모가지였다. 나는 벅벅 씻었다, 더러운 기분으로 더러운 모가지를, 손모가지와 발모가지를. 그래도 그때, 어머니가 내 모가지들을 씻어줄 때는 행복했다. 지금은 불행하다. 극도의 불행감에 나와 내 가족들은 익사했다. 다슬기가 물살에 휩쓸리고 있었다. 치마폭을 걷어쥐고 다슬기를 잡았다. 잡은 다슬기를 어떻게 하면 가장 좋을까. 물론 먹는 것이다. 가족들이 맛있게. 강가 모래밭에 남편과 아이들이 불을 피우고 내가 요리를 하여. 야생적인 하루가, 그렇게도 행복한 하루가 다슬깃국 한그릇으로 가능한 것이다. 된장을 푼 다슬깃국이든, 호박 감자 숭숭 썰어넣고 밀가루 반죽 뚝뚝 떼어 넣은 다슬깃국이든, 혹은 엄청나게 맛없게 끓인 다슬깃국인들 대수랴.

등허리가 후끈후끈했다. 눈도 어질어질했다, 멀미가 날 것처럼. 그래서 다시 강물에 아랫도리를 담그고 알을 품는 닭같이 가만히 앉았는데 남자들이, 웃통을 벗어던지고 투망질을 하던 남자들이, 아프리카 토인들같이 우악스럽고 짐승스럽게 생긴 남자들이 으아아, 하면서 내 쪽으로 달려오는 거였다. 정확히 말하자면 한분순 쪽이었다. 왜 그런지를 몰랐다. 그래서 가만히 그냥 지켜보고만 있었다.

"이봐아, 여자 죽었어!"

물을 먹은 한분순의 얼굴은 하얬다, 낮달같이.

"이봐아, 여자가 아직 살았어!"

아프리카 토인 같은 남자들 중의 누군가가 소리쳤다. 그리고 또다른 토인이 자신의 숨을 한분순의 입속에 불어넣었다. 한분순의 입에서 물이 왈칵 쏟아졌고 낯달같이 하얬던 얼굴에 핏기가 돌았다. 119 구급차의 경적소리가 다가오고 있었다.

저녁 무렵에 비가 쏟아졌다.

면 이름을 알 수 없는 면소재지에 있는 의원의 병상은 낡고 지저분했다. 병상이라기보다 그냥 낡고 지저분한 간이 매트리스였다. 한분순은 그 위에 누워 있는 참이었다. 그녀가 자는 내내 나는 창을 통해 의원집 마당을 내려다보고 있었다. 그곳은 그야말로 오래된 정원이었다. 블록 담벼락을 흰 장미넝쿨이 감싸고 있었고 오래된 정원이 흔히 그러듯이 손질이 되지 않은 채로 황량하고 무성한 그런 정원이었다. 황량하고 무성한 그 정원에 안개에 실린 비가 내리고 있었다. 따로 병상을 두지 않은 의원이었던지라 의사는 다른 조치는 필요없고 몇시간의 안정이 필요한 환자 한분순을 위해 그가 침대로 사용하고 있는 낡고 지저분한 매트리스를 내어주었다는 사실을 안 것은 그 의사 입을 통해서였다. 의사가 들어섰을 때 나는 놓칠세라 얼른 정원에 대하여 물어보았다.

"좋은 정원을 가진 집에서 사시네요."

"아닙니다. 그 정원은 이 건물 주인의 것이고 저는 이 방에서 삽니다."

말하자면 그는 뜨내기 의사였다. 한분순이 뜨내기 환자인 것처럼. 아닌게아니라 병실은 병실이 아니라 원룸식 자취방 분위기가 났다. 초간편식 살림살이들에서 풍기는 어쩔 수 없는 무책임성. 의사는 어쩌면 이 지방으로 휴가를 왔다가 돈이 떨어져 며칠간 아르바이트를 하고 있는지도 몰랐다. 다섯 시간이 지났는데도 한분순은 여전히 코만 골고 있었다. 바짝 겁이 났다.

"아저씨, 우리 딴 병원으로 갈래요. 차 있어요? 우리 그곳으로 태워다주세요."

의사선생님도 아니고 아저씨, 소리가 막 나왔다. 내 말에 대답한 사람은 정작 의사가 아니라 한분순이었다.

"어디? 어디로 간다고? 야 이년아, 같이 가."

"어째, 괜찮습니까?"

"여가 어디야? 아저씨 누구요?"

"언니, 나야 나. 언니가 물에 빠져가지고 일일구 차에 실려서 여기로 온 거야. 언니 이제 살았어."

"밖에 비오냐? 내가 날궂이했던갑다. 물이나 한잔 다오."

"아까 그렇게 물 많이 먹고 또 물 먹어?"

나는 의사를 바라보았다.

"괜찮습니다."

의사는 깍듯했다. 그는 이제 진료를 마칠 시간이었다. 이루 말할 수 없이 깍듯한 품으로 보아 이건 시간외 근무다,라고 속으로 계산하고 있음이 틀림없었다. 더군다나 우리가 차지한 방은 바로 그의 살림방이 아닌가. 치료비는 차치하고라도 우리는 시방 그의 방에서 머문 값, 방값을 지불해야 할 형편이 아닌가. 사정이 그러할진대 한시라도 그 방을 나와주어야만 할 것 같았다. 급한 내 마음에는 아랑곳없이 이제 정신이 말짱하게 돌아온 한분순은 사뭇 느긋하게 굴었다. 그녀는 도통 자신이 차지한 의사의 침대를 내어줄 생각을 하지

160

않았다. 그녀는 한정없이 누워 있었다. 낡고 지저분한 매트리스가 좋은가보다, 나는 그렇게 생각하였다. 혹은 설마,라는 생각을 하면서도 그래도 혹시, 하는 생각이 들지 않은 것은 아니었지만 그냥 내버려두기로 하였다. 침대에 누운 여자는 의사에게는 명백하게 환자일 뿐이므로. 혹시 하는 마음이란 그러니까 한분순이 이혼한 여자라는 것이다. 그녀는 이혼했고 '여자'였다. 남자 냄새가 좋을 수도 있는 것이다. 그것을 나쁘다고 할 수는 없다. 그러니 그냥 웃고 말 뿐인 내 생각이었다. 그 생각은.

아저씨, 하고 퉁명스럽게 나오는 걸 자제하고 의사선생님! 하고 공손하게 불러서는 황량하고 아름다운 정원이 안 내려다보이는 쪽에 난 출입문 밖으로 나섰다. 그 출입문 밖 층계참에 이런저런 잡동사니들이 쌓여 있었다. 약품상자, 문짝 하나가 떨어져나간 싱크대, 고장난 것 같아 보이지 않는 토스터기, 그런대로 쓸만해 보이는 수석 몇점, 바퀴가 고장난 유모차, 등등. 그런 것들이 쌓인 층계참에 서서라도 나는 의사에게 우리들의 처지를 말하고 싶었다. 간단히 말해서 우리는 돈이 없는 사람들이라는 사실을. 그러나 의사는 한사코 계단 밑으로 내려가 낡았지만 그런대로 푹신한 소파에 나를 앉혀두고 커피를 끓여 내놨다. 나는 뭔가 급박한 어조로 말하고 싶었는데 의사가 푹신한 소파에 앉히고 커피까지 끓여 내놓는 통에 그만 돈 없다는 소리가 쏙 들어가고 말았다. 정식으로 의사와 환자보호자 간의 대화가 시작될 것만 같은 분위기가 단박에 조성되고 만 거였다. 나는 의사가 이렇게 말할 것만 같았다.

"환자분하고는 어떻게 되시죠? 가족이든 친구든 상관은 없죠. 지금 유일한 환자보호자시니까. 그건 그렇고 환자분 말입니다. 물만 먹은 줄 알았는데 그게 아니더군요. 약까지 먹었어요."

그게 아니면,

"저기, 저기 말입니다. 환자분이 위암이군요."

그것도 아니면 단도직입적으로,

"치료비 주시죠."

할까봐 나는 숨이 딱 멎는 기분이었다. 그런 판국에 한분순이 남자 냄새 좋아서 그러고 있다는 별 시답잖은 생각이나 한 내가 자책스러웠다. 나는 의사가 타다 준 커피를 마시지도 않고 온몸이 굳은 채로 가만히 있었다.

"커피 왜 안 마시세요?"

생각보다 부드러웠다. 나는 얼른 식은 커피를 한모금 마셨다. 그 걸 안 마시면 내가 생각한 세 가지 중 한 가지 말을 의사에게서 듣게 될 것만 같았다.

"불편하시지 않다면 오늘은 환자분이랑 여기서 같이 주무시고요. 별다른 이상은 없겠지만 만약에 무슨 일 생기면 요 앞 랑랑여관으로 연락 주십시오. 저는 거기 가 잡니다. 문은 안에서 잠그십시오. 시골이라 안 잠가도 상관은 없지만 여자분들이라. 그럼 안녕히 주무십시오."

저 편한 맛이 그 침대에 눌어붙어 있었던 것일까. 그래서 한분순이 그러고 있었던 것일까. 그랬던 것일까.

다음날 새벽 우리는 인사도 없이 '기독의원'을 빠져나왔다. 우린 막가파가 아닌가.

배가 고팠다. 고통스러웠다. 더군다나 한분순은 환자가 아닌가. 어디 가서 한분순에게 미음이라도 먹이고 나는 밥을 먹고 싶었다.

밥다운 밥은 먹어본 지가 오랬다. 매운 김칫국에 밥을 말아먹고 싶었다. 라면국물이라도 상관없었다. 그렇지만 우린 일단 그곳 면소재지를 벗어나야만 했다. 기독의원 의사에게 들키지 않고 말이다. 그곳을 벗어나려도 차가 있어야 하는데 우리 차는 이미 고장이 나 있지 않은가. 차를 고치는 일을 먼저 해야 했다. 한분순을 차 있는 곳에 데려다놓고 카센터를 찾아야겠다고 생각했다. 차 있는 데까지 가기도 용이하지가 않았다. 그렇게 우왕좌왕하고 있는데 랑랑여관에서 의사가 나오는 것이 보였다. 몸을 숨겨야겠는데 여의치가 않았다. 대로변이었던 것이다. 우리를 발견한 의사가 다가왔다.

"괜찮으십니까?"

그는 미소를 띠고 말을 걸어왔다.

"괜찮지 않으면 어떻게 해주실 건데요?"

한분순이 사뭇 도발적으로 물었다.

"어떻게 안 좋으십니까?"

의사는 누가 의사 아니랄까봐 바짝 긴장해서 물었다.

"배가 고파요."

"하하하하. 가십시다, 밥 먹으러. 그러잖아도 아침을 먹으려던 참이었습니다."

의사가 유쾌한 웃음을 웃으며 우리를 식당으로 안내했다. 밥까지 얻어먹으니 슬그머니 도둑놈 심보가 생겨났다. 친절한 의사양반, 밥을 사주셨으니 차까지 고쳐주셔야겠는데요, 하는 생각이 드는 것이 도둑놈 심보가 아니고 무엇이겠는가. 물에 빠진 사람 건져놓으니 보따리 내놓으라는 것하고 별반 다를 바 없는 수작이 아니겠는가. 나는 나한테 욕했다.

"에끼 순!"

"예?"

"아, 아니요. 흐흐흐."

나는 기묘하게 웃었다. 의사도 속없이 따라 웃었다, 끼끼끼, 하고. 그 웃음소리에 한분순이 클클클 웃었다. 그녀가 왜 물에 빠졌는지, 고의였는지 실수였는지, 의사나 나나 아직 묻지 않았다. 나는 어쩐지 묻고 싶지 않았고 물을 필요가 없을 것 같았다. 그냥 물에 빠진 것은 물에 빠진 것일 뿐, 고의인가 실수인가는 중요하지 않았다. 그것은 의사에게도 마찬가지일 것이다. 아니, 의사에게는 더욱더 환자의 현재 상태만이 중요할 것이다. 그가 정신과 의사가 아닌 한은.

밥을 먹고 나서 의사와 우리는 헤어졌다. 치료비에 대해서는 가타부타 말이 없었다. 그쪽에서 말을 않는데 돈도 없는 우리 쪽에서 치료비 이야기를 꺼낼 수는 없었다. 어쨌거나 다행한 일이었다.

밥을 먹고 나자 카센터 찾는 것은 일도 아니게 느껴졌다. 카센터는 면소재지 대로변 끄트머리쯤 그다지 멀지 않은 곳에 있었다. 물론 밥을 먹지 않은 상태였다면 그 거리도 천리 같았을 거지만. 카센터 종업원 총각은 아침부터 '여자손님' 든 것이 기분 나빠 그러는지, 눈으로는 째려보고 입으로는 툴툴거렸다. 그래도 우리는 면소재지에 단 하나 있는 카센터 이외에는 매달릴 곳이 없는 처지라서 총각이 툴툴거리면 툴툴거릴수록 사근사근해야만 했다. 우리는 툴툴거리는 총각을 강변까지 '모시고' 갔다. 그는 그곳에서도 끊임없이 툴툴거렸다. 정말이지 지겨웠다.

"아짐씨들 간도 크요. 길바닥에서 목숨 버릴라고 환장들을 하셨구만."

그래도 우리는 총각의 한없는 툴툴거림을 통해서 고물 갤로퍼의 총체적인 난맥상을 확인할 수는 있었다.

"차에 대해서 뭣도 모르는 것들이 차는 타고 다닌다고, 끌끌끌."

에라이 순, 소리가 목구멍 안에서 홰를 쳤다. 그래도 꾹 눌러삼키고 우리는 총각에게 브레이크 오일이 어쩌고, 라이닝이 어쩌고 하는 자동차 구조에 대한 강습을 묵묵히 청강하였다. 차를 카센터로 끌고 와 고치는 한나절 동안 한분순과 나는 카센터 한쪽, 속이 터져나온 소파에 앉아 잠을 잤다. 우리가 잠을 자는 동안 하염없이 툴툴거릴 것만 같던 총각은 묵묵히 우리 차를 고쳐주었다. 비가 오락가락하는 사이사이 해가 났고 땀이 온몸에 친친 감기는 날씨였다. 돈을 탈탈 털어 차 고친 값을 지불하고 카센터를 나올 때 청년은 땀이 번들거리는 얼굴로 씩 한번 웃어주었다.

"강 너머에도 마을이 있나요?"

"길 있는데 마을이 없겠소?"

"거기 민박도 해요?"

"가서 한번 물어봇쇼."

목소리는 여전히 퉁명스러운 총각을 뒤로 하고 우리는 강 너머로 가보기로 하였다. 무엇보다 강 이쪽을 빨리 벗어나고 싶었고 그러자면 저쪽으로 가야 하는데 먼 여행은 한분순에게 무리가 될 듯싶어서였다. 우리는 길을 따라 강 이쪽에서 저쪽으로 갔다. 자꾸자꾸 갔다. 길이 끊어진 곳에 차를 세우고 마을을 찾아 기어들 생각이었다.

날이 저물고 있었다. 농부들이 우리가 가는 반대방향으로 귀가하고 있었다. 코뚜레를 꿴 소도 이따금씩 지나갔다. 우리 차가 가까이 가면 농부와 소가 이만큼 길을 비켜서서 사람이나 소나 순한 눈으로 우리를 바라보았다. 마을을 지나고 또 지났다. 드디어 길은 끊어졌다. 사람 사는 집은 더이상 보이지 않았다. 우린 너무 멀리 왔다. 황옥단 할머니 집은 그렇게 사람의 마을과 멀리 떨어진 곳에 있었다. 그 집은 마치 오래 전부터 사람을 기다리고나 있었다는 듯, 길 잃은 사람이 기어들기에 안성맞춤이었다. 우리는 그곳에서 밥을 해먹고 잠을 잤다. 그리고 눈이 어두운 황옥단 할머니의 이야기를 들었다.

옥단은 첫아기로 여자아기를 낳고 그 다음에 남자아기를 낳고 그 다음에 또 여자아기, 남자아기를 낳고 낳고 또 낳았다. 도합 열을 낳고 다섯을 건졌다. 자식농사 반타작이었다. 노인은 말이 많았다. 말이 강물같이 흘러나왔다. 우리는 듣고 듣고 또 들었다. 그래도 질리지가 않았던 것은 황옥단 할머니 소리가 계곡을 흘러내리는 물소리나 숲속을 날아다니는 새소리 벌소리나, 들판을 휘돌아 부는 바람소리나 한가지로 들렸던 때문이리라.

"할머니, 이상해요. 왜 할머니 목소리하고 물소리하고 새소리하고 벌소리하고 바람소리하고 똑같이 들리는지 모르겠네요?"

"그려? 쿡쿡. 죽을 날이 가까운 사람소리라 그런가부지 뭐. 아침에는 신선소리 냈다가, 저녁에는 귀신소리 냈다가, 인자는 또 물소리, 새소리, 바람소리여? 쿡쿡."

이따금씩 그곳이 떠오른다. 그해 여름 한분순과의 한때, 막 가던 한 시절이. 그 노인은 지금도 그곳에 살고 있는지, 어쩌는지. 한분순은 그때 정말로 카센터 총각 말대로 죽으려고 환장해서 물에 빠졌던 것인지.

불행한 속에서도 아이들은 컸다. 커버린 아이들과 남편과 나는 이

제 그다지 큰 불행감을 느끼고 있지는 않다. 그렇다고 행복한 것 같지도 않다. 삶은 그저 흐를 뿐이다, 죽음을 향해. 한분순은 여전히 헤매고 있고 나는 여전히 팔리지도 않을 소설을 쓰며 그렇게 흘러간다.

……옥단을 닮아 눈이 초롱초롱한 여자아기였다. 뒤에 올 문장을 나는 더 잇지 못하고 있는 중이다. 아무래도 이 소설도 완성되지 못할 모양이다. 다음 문장이 떠오를 때까지 그 시절을 좀더 추억해볼까, 아니면 길을 떠나볼까. 황옥단 할머니를 모델로 한 소설을 쓰려면 몇몇 부분에 대한 취재가 더 필요하다. 가령, 황옥단 할머니의 말투를 보면 순전한 남도사투리는 아니었다. 할머니가 쓰는 말은 모래밭에 뒹굴면 모래가 묻고 재밭에 뒹굴면 재가 묻듯이 그곳에 살면서 묻은 말들임에 틀림없다. 그렇다면 할머니가 그 오두막에 오기 전에는 어디서 어떻게 살았는지 그 오두막에는 무슨 사연으로 들게 되었는지를 알아볼 필요가 있다. 한분순에게 전화를 걸어보자. 그녀는 오늘 헤매지 않고 집에 있다. 전화를 받는 것이.

"나야."

"응."

"우리 떠나볼까?"

"어디로?"

"그 할머니 집 어때? 왜 강 너머 먼데 있던 그 집, 황옥단 할머니 집."

"그 할멈네 갔다 온 지 사흘 됐어. 장례 치르고 왔다. 나 이사가, 그 집으로. 이제 더이상 헤매지 않을 거야. 그곳에서 살다 그곳에서 죽을 거야. 이제야 내가 살고 싶은 삶을 찾았어. 내가 살고 싶은 삶을 살다 죽는 게 내 오랜 꿈이었어. 이제 내 꿈을 이룬 거야."

"그곳에서 뭘 해 먹고살려고 그래?"

나는 사뭇 걱정스레 묻는다.

"뭘 해 먹고살라냐고? 해먹고 살 것 마안치! 콩 심어 먹고살고, 팥 심어 먹고살고, 밤 따 먹고살고, 꿀 따 먹고살고…… 그렇게 살다 죽으면 뭐가 되는지 알아? 바로 콩이 되고 팥이 되고 밤이 되고 꿀이 되는 거야, 호호호."

전화기 저편 한분순의 웃음소리가 영롱하다.

〔잊혀진 자의 고백, 오늘의 선택 1998〕

# 술 먹고 담배 피우는 엄마

온 세상은 그저 땡땡 얼어 있다. 밤의 열차는 지금 칼날 같은 냉기를 가르며 어둠속을 달리고 있다. 내가 앉은 자리는 녹두색 융단의 자 두 개가 서로 마주보고 있다. 내 왼편에는 스포츠머리를 한 젊은 치가 내 오른편에는 털북숭이 사내가 앉아 있고 마주보는 앞자리에는 노부부가 앉았다. 나는 앞자리의 노부부가 누구인지를 알고 있다. 그들은 나를 모를 것이 당연하고. 영감님은 중절모에 구두를 신었고 부인은 양단한복에 코고무신을 신었다. 아주 윤택하고 평화로운 부부 모습이 밤 완행열차에 어울리지 않긴 하지만 어쨌든 보기 좋았다. 부부는 줄곧 서로의 손을 꼭 잡고 뭔가 스산하고 허름한 밤 기차 여행을 즐기고 있는 듯이도 보인다. 영감님은 바로 내 초등학교 시절의 교장선생님이다. 그때나 지금이나 그다지 변하지 않은 모습이 그 교장선생님임을 나는 한눈에 알아보았다. 그러나 알은체는 하지 않았다.

　내가 처음부터 이 자리에 앉고자 해서 앉은 건 아니다. 아니, 처음에 나는 아무도 앉아 있지 않은 빈자리를 찾았다. 서울역에서 탄 밤의 완행열차, 종착역 목포까지 가는 비둘기호 안은 내가 찾는 '아무도 앉지 않은 자리' 따위는 없었다. 누구나 알다시피 완행열차 비둘기호란 지정좌석 같은 건 없지 않은가. 그저 자리가 있으면 앉는 사람이 임자이지 않은가. 그렇다고 아무도 앉지 않은 빈자리를 찾아 첫칸에서 마지막칸까지를 훑고 싶지는 않았다. 그러기에는 몸이 피곤했다. 그래서 한자리에 세 사람이 앉게 되어 있는데 두 사람만 앉은 자리에 나는 내 몸을 끼워넣었다. 다행히 아래로 내려올수록 타는 사람보다 내리는 사람이 더 많다는 것을 피부로 느낄 수가 있어서 빈자리가 생길 수 있다는 희망은 남았다. 조금 있으면 내 옆에 앉은 작자도 내려줄 것이다. 내 생각은 적중했다. 조치원역임을 알리는 안내방송이 나오자마자 창가 쪽에 앉은 젊은치가 부스스 일어나 선반의 짐을 챙겼다. 나는 모르는 척 눈을 감았다. 이제 얼마 안가 통로 쪽 털북숭이도 익산이나 신태인역쯤에서 일어나줄 것이다. 젊은치와 나누는 말소리에서 어쩐지 그쪽 말투가 배어나왔기 때문이다. 창가 쪽이 비자마자 나는 잽싸게 엉덩이를 그쪽으로 옮겨놓았다. 찬바람이 창문 틈새로 들어오긴 했지만 털북숭이와 허벅지가 닿는 불쾌감에서 벗어난 것이 후련했다. 나는 신발을 벗고 양다리를 의자 위로 올려 세우고 거기에 얼굴을 묻었다. 홍익회 사람의 밀차가 가까이 다가오고 있었다. 나를 사이에 두고 젊은치와 이런저런 대화, 프로야구와 낚시와 등산과 선거 이야기를 재미없게 나누던 털북숭이는 젊은치가 내려버리자 그만 입이 심심했던 모양이었다. 홍익회 밀차를 세운 털북숭이가 왜 소주를 팔지 않느냐고 볼멘소리를 하다가 없는 소주 대신 맥주와 오징어를 샀다. 그가 이빨로 맥주병 뚜껑을 땄다. 오징어를 북 찢었다. 그자가 맥주를 사는 소리, 맥주병 뚜껑을 따는 소리, 오징어를 찢는 소리 따위를 나는 전부 귀로 듣고 있었다.

털북숭이는 애초에 창가 쪽에 앉아 있었다. 여자인 내가 그들 자리에 몸을 부릴 낌새가 보이자 그가 얼른 통로로 나와 내가 들어가기 쉽게, 말하자면 나를 창가 쪽으로 '모시고자' 하는 태도를 역력히 보였다. 그러나 그가 내논 자리에 젊은치가 냉큼 들어가 앉아버리자 털북숭이의 의도는 물거품이 되고 말았다. 그러나 그것이 오히려 털북숭이에게는 더 잘된 일이었는지도 모른다. 젊은치의 행동이 결국 내가 털북숭이 제 옆에 앉게 해준 결과가 되었기 때문이다. 나는 속으로 그런 생각을 하며 양무릎에 고개를 파묻고 있었다.

얼마전부터 내게는 장기적인 생각보다는 단기적인 생각, 단기적이라고 할 것도 없이 당장 눈앞에 보이는 상황에 대한 생각만을 하게 되는 버릇이 생겼다. 미래? 웃기는 거였다. 미래에 대한 설계? 개나 물어가라,였다.

어제 아이들이 있는 그곳 아동일시보호소에 전화를 했을 때 둘째 아이가 몹시 아프다고 했다. 아이가 아프다는데 내려가보지 않을 수 없었다. 생산1과 정주임에게 고향에 한번 내려갔다 와야겠다고 정중하게 말했다. 내일 내 자리에 다른 사람이 투입될 것이고 그는 그 자리를 결코 비켜주지 않을지도 모른다. 나는 그것을 알고 있었다. 그래도 할 수 없는 일이었다. 나는 무엇보다 '애기엄마'이니까. 하지만 애기를 키울 능력이 없는 현실은 나를 애기엄마도 뭣도 아니게 만들었다. 그럼 무엇인가.

애기들을 떼어낸 애기엄마 몸은 처녀보다 더 가벼웠다. 나는 행복했다. 무엇보다 남편이 나와 아이들을 버렸는데, 버리고 저만 살겠다고 어디론가 가버린 참인데 나만 애기 버린 죄를 뒤집어쓸 필요가 있겠는가, 싶었다. 죄는 남편에게 뒤집어씌워버리면 그만이었다. 나는 그렇게 새끼들을 아주는 아니라도 잠시 버려야만 살 수 있다는, 그래야 '우리가' 살 수 있다는 변명이 준비되어 있지 않은가. 그나저나 남편은 어디로 갔을까. 그러나 남편의 행방을 알고 싶지는 않다. 그를 찾아 나설 시간에 나는 아이들과 내가 살 수 있는 공간을 확보할 수 있는 돈을 벌어야 한다. 그리고 나는 결국 애기엄마지, 아무것도 아니다. 몸은 새털같이 가볍게 하고 머리는 애기엄마 의식으로 똘똘 뭉쳐진 나는 고향의 아동일시보호소에 내 애기들을 맡겨놓고 서울로 올라온 지 석달째였다. 석달은 우리의 미래를 확보하기에는 너무 짧은 시간이었다. 석달이 아니라 삼년, 삼십년이 내 앞에 버티고 있을지도 모른다.

이봐요, 하는 소리가 내 옆구리를 찔렀다. 뭐요? 나는 고개를 벌떡 들어 눈으로 물었다. 털북숭이가 맥주병 입구를 제 옷으로 문질러서 내게 내밀었다. 내 시선은 경멸 이외에는 아무것도 아니었을 것이다. 기다려 보슈, 해놓고 털북숭이가 홍익회 밀차를 불러세워 종이컵 두 개를 샀다. 아따, 교양 없는 놈, 하며 그가 내게 맥주를 따라주었다. 숙녀를 창가에 앉혀야지 말이야, 싸가지 없게스리. 나는 털북숭이가 따라준 술을 꿀꺽 삼켰다. 오징어 살점이 내 앞으로 쑥 내밀어졌다. 나는 그것을 받지 않았다. 털북숭이는 난감해졌다. 홍익회 밀차는 이제 또 한참을 기다려야 올 것이다. 다리 잡술라요? 자기는 생각해서 살점을 찢어주었건만 내가 받지 않은 건 살점말고 다리를 더 좋아해서 그런 게 아닌가, 하고 생각한 모양이었다. 나는 반응하지 않았다. 하, 이거 환장하겠네. 그가 환장하게 기다리는 것이 무엇인지 나는 안다. 기다릴 것 없어요. 홍익회 밀차가 아니라 시장 좌판을 통째로 들고 온다 한들 맥하고 어울릴 일은 없을 테니까. 나는 그러나 한마디 말을 털북숭이에게 건네는 것조차 귀찮다. 드디어 밀차 오는 소리가 난다. 오징어 땅콩 있써어, 맥주 음료수 있써어, 무엇무엇 있써어, 하며 다가오는 딸그락거리는 소리. 털북숭이가 주섬주섬 돈을 꺼낸다. 땅콩 하나 주쇼. 뭣 잡술라요? 과자 잡술라요? 과자 한 봉지 주쇼. 이제 땅콩과 과자가 내 앞으로 올 것이다. 나는 고개를 번쩍 들었다.

"아저씨, 왜 그래요?"

사내는 말없이 땅콩봉지를 뜯는다.

"왜 나한테 그리 잘해주지요?"

"잘하는 것 없습니다."

그의 목소리는 무심하다. 나는 무안해진다. 사내는 과자봉지를 뜯어 우적우적 씹는다.

"맥주 남았어요?"

사내는 반갑게, 기다렸다는 듯이 종이컵이 씌워진 맥주병을 내민다. 맥주는 김이 빠져 있다. 밤은 캄캄하다. 차창에 비친 내 얼굴은 눈과 볼이 움푹 파여져 있다. 맥주 한모금을 마시고 나는 내 얼굴을 찬찬히 바라본다. 차창에 비친 내 얼굴이 나를 찬찬히 바라본다. 밤은 춥다. 그러나 조절장치가 없는 완행열차 안은 지나치게 덥다. 나는 화장실을 가기 위해 자리에서 일어난다. 사내가 통로로 비켜서준다.

나는 비닐이 나달나달해진, 그 안은 들여다볼 것도 없이 별볼일 없는 물건들, 이를테면 때가 잔뜩 낀 헌 작업화 작업모 작업복 따위가 들어 있을 그의 가방을 훌쩍 건너뛰어 통로로 나선다. 사내는 내가 기차 칸과 칸 사이에 있는 화장실 문을 열고 들어설 때까지 통로에 그대로 서서 나를 바라보고 있다. 바라보고 있는 것이 느껴진다. 별하찮은 인간이 다 나를 귀찮게 한다, 나는 그렇게 생각한다. 흔들리는 나. 나는 아무것이나 손에 닿는 것을 꽉 붙잡는다.

여전히 흔들리며 내 자리로 온다. 교장선생님 부부는 이제 잠들어 있다. 그리고 자리가 변해 있다. 또 한 사내가 아까 털북숭이가 앉았던 자리에 앉아 있고 털북숭이는 내가 앉았던 자리로 옮겨앉아 있다. 그런데 나는 왜 굳이 이 자리로 돌아온 것일까. 그 사이 그 자리에 익숙해진 것일까. 나는 다시, 어쩔 수 없이 두 사내 사이에 끼여 앉는다. 낡은 비닐가방은 털북숭이와 함께 다시 창가 밑으로 옮겨갔다. 나는 다시 묻는다.

"술 없어요?"

새로 온 사내는 나와 털북숭이가 서로 잘 아는 사이일 거라고 생각할는지도 모른다. 그건 그렇다. 어쨌든 털북숭이는 새로 온 사내 이전의 사람이니까. 환장허겠네. 털북숭이가 털이 부숭부숭한 얼굴을 손바닥으로 쓸어내리며 술이 없는데 술을 찾는 여자 땜에 난감한 심정을 환장하겠다고 표현한다. 나는 속으로 낄낄 웃는다. 이제 털북숭이의 환장허겠네, 소리가 그다지 싫지 않다. 다정한 감이 느껴지기도 한다. 교장선생님의 부인이 교장선생님의 어깨에 머리를 기댄다. 교장선생님 손이 부인의 어깨를 감싼다. 보기 좋은 모습이다. 홍익회 밀차가 온다. 털북숭이가 급하게 밀차를 불러세운다. 맥주를 산다. 새 종이컵도 산다. 맥주병 뚜껑을 이빨로 딴다. 병 입구를 소매 끝으로 슬쩍 문지른다. 종이컵에 맥주를 따라 내게 준다. 나는 받아마신다.

"술 좀 작작해."

"뭐라구요?"

나는 내 귀를 의심한다. 분명 털북숭이가 내게 반말을 한 것이다.

"술 좀 작작 하라고오."

하면서 털북숭이가 두꺼비 같은 제 손을 슬쩍 뒤로 돌려 내 엉덩이 밑을 파고들어온다. 나는 얼떨결에,

"아, 예에."

한다. 그래놓고 나는 축축해진 종이컵을 버리고 맥주를 병째 들이켠다. 오싹한 한기가 심장을 관통한다. 부르르 떨린다.

"추워?"

털북숭이가 묻는다. 나는 고개를 수그린다. 털북숭이가 제가 입고 있던 파커를 벗어 내 무릎을 덮어준다. 나는 가만히 있는다.

내가 화장실에 간 사이 이 자리에 합석한 사내는 왠지 내 가슴을 설레게 하는 데가 있다. 검은테 안경 속의 눈매가 어쩐지 서늘하다. 그의 허벅지와 내 허벅지가 닿을락말락할 때마다 내 가슴 한켠이 서늘해온다. 털북숭이가 제가 덮어준 파커 밑으로 제 손을 집어넣어 내 배꼽 언저리를 배회하고 있다. 나는 넙넙하다.

"술 더 마실래?"

"작작하라며?"

"마셔라."

창가에 맥주병은 쌓여만 간다. 몽롱한 속에서 털북숭이는 내 몸

구석구석을 빠르게 훑고 지나가고 나는 문득 영감님이 내 초등학교 시절의 교장선생님이었던 아득한 한때를 떠올린다.

교장선생님은 내게 앙고라토끼 한쌍을 준다. 토끼는 학교 식물원 옆, 동물우리 앞에 있었다. 동물우리 안에는 공작새와 사슴과 원숭이가 있었다. 아이들은 동물우리 앞 토끼장의 토끼는 천대하고 공작새와 사슴과 원숭이 들을 환호했다. 과자와 라면과 빵부스러기가 환호받는 동물들한테만 갔다. 천대받는 토끼는 천대받는 만큼 집요하게 새끼들을 늘려갔다. 교장선생님은 우등상과 개근상과 정근상을 받는 아이들에게 불어난 토끼를 부상으로 주었다. 그러고도 남아도는 토끼는 졸업생들에게 분양하였다. 그날, 겨울햇살이 쨍쨍 내리쬐던 졸업식장에서 교장선생님한테 토끼 한쌍을 받아들고 졸업생들은 각자 집으로 흩어졌다. 우리 담임선생님 말마따나 산속으로 우르르 기어들어갔다. 읍내에서 통근을 하던 담임선생님은 우리들더러 그랬었다. 산속에서 우르르 기어나와 산속으로 우르르 기어들어간다고.

"이 토끼를 잘 키워 꼭 부농의 꿈을 이루거라."

토끼를 안고 교문을 나서는 아이들에게 교장선생님이 흐뭇하기그지없는 표정으로 가까이 다가오셔서 머리를 쓰다듬어주면서 꼭 부농의 꿈을 이루라고 기원해주었다. 그 토끼로 과연 누가누가 부농의 꿈을 이룬 것일까.

'산속으로 기어들어가는' 길목, 산모퉁이에 옛날 문둥이들이 살았던 토굴이 있었다. 그 토굴 안에서 연기가 솔솔 피어나오고 있었다. 설한필이와 이경섭이 등의 사내애들이 그 토굴 안에서 꼼지락거리며 무엇인가 허연 동물을 막대기에 꿰고 있는 것이 보였다. 선생님 말씀 안 들으면 필시 저것들은 거렁뱅이가 되고 말 것이다,라고 나는 굳게 믿었다. 몇몇 계집아이들이 너희들 선생님한테 가서 일러부러,라고 고함쳤다. 설한필이가 굴 밖으로 침을 탁 뱉으며 나와서 싸가지 없는 년들, ○○을 확 조져부러, 했다. 계집아이들이 아이구 징해라, 하고 내뺐다. 저희 마을과 우리 마을이 갈라지는 배쟁이다리께까지 와서 점이가 내게 물었다.

"야, 너 퇴깽이괴기 묵어봤나?"

"아니. 닭괴기는 묵어봤다."

"닭괴기 안 묵어본 사람이 어딨냐? 나는 퇴깽이괴기 묵어봤는디."

점이는 침을 꿀깍 삼켰다. 그러면서,

"퇴깽이는 어디가 젤 맛있냐면 간이 젤 맛있다. 폭폭 과서 국 끟애 묵으면 둘이 묵다 하나가 죽어도 모른다."

"국 끟애 묵을래?"

점이가 몸을 옴찔했다.

"어치케."

토끼고기가 아무리 맛있다 한들 교장선생님이 주신 건데 어떻게 함부로 끓여 먹어버릴 수가 있느냐는 것이리라. 나는 점이와 다짐했다.

"우리 이걸로 꼭 성공하자. 그래서 중학교도 가고 고등학교도 가자, 꼭."

그렇게 배쟁이다리 위에서 점이와 나는 손가락 걸어 약속하고 각자의 집으로 향했다.

홍익회 밀차가 온다. 털북숭이는 이제 내가 청하지 않아도 맥주를 산다. 검은테 안경은 털북숭이 사내가 술을 사든, 그 옆의 여자가 술을 마시든 저는 고요히 책만 보고 있다. 나는 용기를 내어 묻는다.

"어디까지 가세요?"

털북숭이의 표정이 굳어지는 것을 나는 의식한다. 왜 딴 사내에게 수작이냐는 거겠지. 저하고 나하고 도대체 언제부터 안 사이라고. 무슨 대단한 사이라고.

"글쎄요, 가는 데까지 가지요. 목포가 종착역입니까?"

나는 안경이 '입니까?' 하고 물어주는 것에 속으로 환호한다. 무슨 말인가가 계속 이어질 수 있는 여지가 생긴 것 아닌가. 어떻게든 털북숭이를 나한테서 격리시켜야만 한다. 뻔뻔한 작자.

"그럴 거예요, 아마. 목포까지 가시게요?"

"그러지요, 뭐. 못 갈 게 있겠습니까?"

가만 보니 이 남자가 계속 끝말을 물음체로 하는 것이 저도 나하고 무슨 말인가를 계속 나누고 싶을 만큼 내가 저한테 나쁜 인상은 아니라는 것 같은데, 하고 나는 생각한다. 작은 희열이 가슴에 차오른다.

"목포는 왜 가시게요?"

"왜라고 물으니 할말은 없습니다만, 그냥 여행중입니다. 어디까지 가세요?"

"광주까지 가요."

해놓고 말이 끊어질 것이 두려워 나는 얼른 묻는다.

"지금 보시는 책이 뭐예요?"

"별거 아녜요. 노동해방문학이라는 예전 잡진데, 아세요?"

178

물음체로 끝내주는 것은 좋은데 아세요? 하고 물으면서 흘낏 나를 보는 검은테 안경 속의 눈빛이 어찌 냉랭하다. 저놈의 눈구멍은 어째 저리 서늘한가. 모른다, 어쩔래? 하고 싶은 것을 꾹 참고 나는 입술을 깨문다. 내내 굳어 있던 털북숭이 얼굴이 쭉 펴지고 있음을 나는 안 보고도 안다. 또다시 그놈의 두꺼비 같은 손아귀가 맹렬하게 내 몸안으로 쳐들어오고 있는 것이. 나는 그래도 그 손을 떼어내지 못한다. 손바닥은 뜨겁다. 그 손이 좋은 게 아니고 그 손바닥의 뜨거움이 그다지 싫지 않다.

토끼는 따뜻했다. 그 따스함이 내 가슴을 고동치게 했다. 집 가까이 오자 얼마전 레공닭(레그혼닭)으로 한번 실패를 보고 난 아버지가 이대로 주저앉을 수는 없다고, 논이 없는 우리집이 살길은 오직 축산밖에 없다고 이를 악물고 사일로를 짓고 있는 모습이 보였다.
"그거이 무엇이냐?"
"토끼여."
"퇴낀 중은 안다, 그것을 어디서 가꼬냐?"
"학교에서 졸업선물로 준 것이여."
"졸업했냐?"
"응."
"말을 허제."
말을 해봤자 내 졸업식 따위에 부모님이 오지 않을 것임을 나는 뻔히 알고 있었다. 내 졸업식장에 오실 시간에 아버지는 한시라도 빨리 사일로를 지어야 한다. 사일로를 지어야 군 농협에서 세계은행 차관인가 뭣인가를 타올 수가 있는 거였다. 우리집은 그것을 타와야만 살 수 있다고 아버지는 밥상머리에서 누누이 말씀하셨다.

내 배에서 토끼를, 토끼의 따스함을 떼어내어 아직 토끼장을 못 만들었으므로 임시거처로 병아리집인 어리를 가져다 그 속에 토끼를 밀어넣어놓고 나서 나는 한참 사일로 짓는 데 정신이 없는 아버지 옆으로 진중하게 다가갔다.

"아부지."

"어이."

"토끼를 가지고 연구를 해보면 안되까?"

토끼를 가지고 우리집 식구가 살 연구를 해보면 안되겠느냐는 내 말에 아버지는 픽 웃었다.

"돈이 되까?"

"저것은 품종이 다르당만요."

"그래야?"

"보통 토끼가 아니고 앙고라라는 것인디, 털을 짤라다 판대여."

"핫따아, 그래야?"

아버지는 짐짓 놀라는 표정을 지어 보인다.

"저것이 좀 있으면 새끼를 겁나게 까분당께. 싸이로 짓고 빚 내는 것보담 낫단 말이요."

"판로가 있간디?"

"공장에서 털옷을 만들어 수출헌답디다야. 키워놓기만 험사 어디서 안 가지가겠소. 그렇게만 되면 우리집도 인자 웃음 웃고 살 수가 있단 말이요."

사실 돈이 없는 우리집은 웃음 없이 산 지가 오래되었다. 아버지는 사뭇 미심쩍어하면서 솔깃해한다.

"그래이."

"점심 자싯소."

"그러자."

점심을 먹으면서 식구들한테 토끼건을 상의하고자 나는 일찌감치 점심을 차렸다.

산에서 나무를 해와서 머리에 나무검불이 붙어 있는 수건을 그대로 쓴 채 내 말을 가만히 듣고 있던 어머니는,

"느그 아부지 딸 아니라깨비 너까지 지랄이여?"

팩 퉁을 준다.

"닭알 땜이 실패를 헌 것이 아니고 닭이 병들어 그런 것 아니요? 토끼는 병도 잘 안 든당만. 암거나 잘 묵고. 물만 안 들어가면."

"오살 염불허네."

어머니는 연구하지도 않고 계속 욕만 한다. 어머니의 연구하지 않는 태도가 나는 영 마음에 들지 않는다. 그래서,

"어무니는 살자고 허는 일에 왜 자꾸 꼬칫가리를 뿌리실라고 허요?"

"야가 어른을 갈칠라고 허는 것 보소. 자고로 살라면 가만히 있는 것이 수다. 벨것이 없어. 다 죽을라고 나대는 것이제, 으응. 살라면어서 밥이나 처묵어."

나는 밥을 먹는다. 눈물이 쿡 쏟아진다. '나무하러 가면, 그러면 나 중학교 보내줄라간요?' 소리가 밀려 올라오는 통에 밥이 목구멍에 걸려 잘 넘어가지 않는다. 내가 왜 우는지 어머니는 너무나 잘 알기 때문에 긴말할 것도 없이, 거두절미하고,

"밥 후딱 처묵고 갈퀴 들고 에미 따라나서라."

한다.


꿀럭꿀럭 잘도 넘어가던 맥주가 잘 넘어가지 않는다.

"괜찮어?"

"그런데 말이지요. 노동에서 해방이 되려 해도 노동을 해야 하는 것 아녜요?"

"움서도 말은 잘허네이. 괜찮냐고 묻잖어."

"그런디 왜 문학을 헌다요?"

"니기미, 괜찮다 그거지? 어이 홍익회, 여그 맥주 두 병이요이."

"문학을 허면 노동에서 해방될 수가 있다요?"

사람이 깍듯한 서울말을 쓰면 듣는 사람을 '겁나게' 존중해서 하는 말 같고 사투리를 쓰면 막가는 것 같은 것이 왜 그럴까. 아무렇게나 말하는 것이 결코 아닌데도. 검은테 안경은 도통 말이 없다.

"아저씨 말 좀 해봇시요."

한참을 입을 꾹 다물고 있다가, 한참 동안 생각을 굴리고 있었던 듯, 안경이 드디어 입을 열었다.

"노동의 역사라는 책을 읽어보신 적 있습니까? 바레 프랑수아라는 사람이 쓴 책인데."

"잔소리 말어, 쌍. 뭐? 뭔 슈아? 슈아 좋아하고 있네!"

느닷없이 끼여드는 털북숭이. 나는 털북숭이에게 눈치를 줄까 말까 하다가 관둔다. 대신 안경을 찬찬히 쳐다본다. 언제까지 바라보아도 싫증나지 않을 것 같은 서늘한 저 눈. 그 눈이 말한다.

"그 책에 보면 이런 말이 있지요. 인간이 동물로부터 구별되는 가장 본질적인 특징은 인간이 노동한다는 사실에 있다. 노동이 인간,

그것을 만들었던 것이다,라고요."

"× 까지 말라 그거야, 크윽."

"그 말을 그대로 따르자면 그러니까 저는 노동하지 않는 인간이므로 동물과 구별이 되지 않는 인간이지요. 지금 무위도식하는 돼집니다, 전. 돼지가 무슨 말을 하겠습니까."

"어이, 안경 쓴 친구, 개같이 일해서 정승같이 쓰래는 말 몰러? 사람은 일헐 때 짐승이 되는 것이여어, 돈 쓸 때만 사람 되는 거구우. 좆도 몰르면 가만 있으라고오."

앞좌석이 왜 이리 소란한고, 하고 교장선생님 부부가 동시에, 신기하게도 거의 동시에 눈을 뜬다. 눈을 뜨고 상대방의 어깨에, 무릎에 놓여 있던 손들을 다시 얼른 붙잡는다. 그 동작도 동시다. 털북숭이와 나와 안경이 조용해진다. 어디선가 그 구령소리가 들려온다. 전체 차려엇, 교장선생님께 경례.

"안녕하세요?"

웬 낯선 여자가, 그것도 술 먹은 여자가 느닷없이 인사를 한 것이 떨떠름하기는 하지만 그래도 인사를 했으니 받기는 받는다는 표정으로,

"누구시더라?"

하면서 얼른 잡았던 부인의 손을 놓는다. 나는 인사를 괜히 했나 싶다.

"호호호, 잡으세요, 손."

내 웃음소리는 내가 듣기에도 방자하다.

"아니에요, 괜찮지?"

"괜찮지요 그럼."

부인이 자신의 무릎에 손을 모은다.

"저는요, 동명국민학교 사십구회 졸업생이어요."

"동명국민학교? 그게 어디 있는 학굔가?"

교장선생님이 부인의 얼굴을 바라본다. 부인도 고개를 갸웃한다.

"곡성 삼기에 있는 학교요."

"곡성이라면 전라도 북부잖아. 당신은 그쪽엔 가지 않았잖아."

"그렇지요. 뭔가 잘못 안 것 같네요, 휘유우."

부인이 엷은 한숨을 내쉰다. 아, 얼마나 다행한 일인가. 이 여자가 야밤에 처음 만난 남자들 사이에 앉아 술을 퍼마시고 어디서 제자라고 덤비나. 부인의 한숨을 나는 나대로 해석한다. 부부가 나누는 대화로 봐서는 교장선생님은 교장선생님이 아닌 것이 확실한데 또 부부 중 한사람이 교장선생님이었던 것이 확실하다. 부인이 가늘고 고운 목소리로 설명한다.

"이 양반은 아니고 내가 교편을 잡긴 했어요. 하지만 곡성 쪽은 아닌걸."

부부는 다시 손을 잡는다. 아, 한밤중의 완행열차, 이 오붓한 겨울 여행을 하마터면 망칠 뻔하지 않았나. 제자도 제자 나름이지. 그건 그렇다. 나는 얼른,

"죄송합니다."

한다. 아무리 개나 물어갈 내 인생에도 지켜야 할 예의는 있다. 고마워해야 할 것은 고맙다 하고 미안해해야 할 것은 미안하다고 해야 한다. 그쯤은 한다, 나도.

그건 그렇고, 그럼 지금껏 한 내 상념은 뭐가 되나. 앞에 앉은 노인이 '우리 교장선생님'인 줄만 알고 그 교장선생님하고 얽힌 추억을

생각했는데, 이제 그것도 접어야 하나. 딴 생각을 할까. 무슨 생각을 할까. 나는 비척비척 일어나 화장실로 간다. 안경은 털북숭이처럼 통로로 비켜서주지는 않는다. 개보다 못한 놈, 너는 인간도 아니야. 나는 비틀비틀 통로를 걸어가며 누구에게랄 것도 없이, 그러나 확실하게 누구에게 욕을 해준다.

털북숭이는 끈질겼다. 왜 그러냐 하면 내가 화장실에 다녀온 새에 또 자리 모양이 변해 있었던 것이다. 노인들은 없다. 안경도 없다. 아무도 없다. 변하지 않은 건 털북숭이뿐이었다. 그만 창가에 그린 듯이 앉아 있다, 끈질기게시리. 이제 좀 있으면 기차는 정읍역에 도착할 것이다. 기차 안은 점점 사람들이 줄어들었고 사람들이 줄어들자 불빛도 희미해졌다. 희미해지는 것 같다. 그런데 나는 또 어쩌자고 죽고살기로 이 자리로 다시 돌아온 걸까. 빈자리도 쌔고 쌨는데.

"다 어디 갔나봐?"

"갔지."

"안경은?"

"왜 그자가 좋아?"

"좋긴."

털북숭이가 입맛을 다신다.

"일루 와."

나는 통로 쪽 자리에 걸터앉다시피 하고 가만히 있다. 털북숭이가 또 입맛을 다신다.

"안 와?"

"맘대로."

무슨 말인지 아무 맥락도 없이 나는 맘대로, 하란다. 털북숭이가 나를 세게 잡아당긴다. 나는 그에게로 무너진다. 그가 속삭인다.

"좋잖아, 따습고."

나는 실제로 따습다. 그건 가짜가 아니다. 털북숭이의 불 같은 손길에 내 마음속의 얼음이 봄눈처럼 녹아내린다. 그러나 이 모든 것이 얼마나 허망한 짓거린 줄을 나는 안다. 나는 애기엄마인 것이다. 아이는 지금 감옥 같은 사각진 침상 안에서 침상 안에서…… 컥 가슴이 막혀온다. 나는 발작적으로 일어난다.

"좋은데 왜 그래?"

"이 짐승 같은 놈, 니가 날 언제 봤다고 지랄."

하다가 문득 말문이 막힌다. 눈에 눈물이 앞을 가려 털북숭이가 잘 보이지 않았기 때문이다. 그는 손을 탈탈 턴다.

"미안해요오."

홍익회 밀차는 이제 오지도 않는다. 더이상 술이 남아나지 않자 머리가 아파온다. 나는 무릎을 세우고 의자 등받이에 등을 기대고 내 몸을 조그맣게, 조그맣게 만다. 아이들이 있는 곳이 가까워올수록 추워진다.

"어디가 아프요?"

"죽겠어요."

"술 먹을 때는 기운도 좋드만."

술 먹은 때가 좀전인데도 까마득하게 느껴진다.

"이봐요."

나는 머리가 아프긴 하지만 말간 얼굴로 털북숭이를 같은 자리에 앉은 이래 처음으로 눈을 마주치고 쳐다본다. 그의 눈동자가 흔들린다. 뭔가를 기대하고 있는 것이 틀림없다.

"앙고라토끼 길러본 적 있어요?"

"그냥 토끼말고 앙고라토끼는 안 길러봤어요."

"그것이 말이요, 얼마나 새끼를 잘 까는지 알아요? 돈도 뭣도 암 것도 안되는 것이 우글우글하는데, 죽이지도 살리지도 못하고 환장하겠드만."

"나도 환장해본 적은 있소. 앙고라말고 소는 길러봤소?"

"아니요."

"노래에 나오는 얼룩빼기말고 서양에서 들어온 젖소를 길러봤소, 팔십년도에."

"나 때문이 아니고 소 때문에 먼저 환장하셨그만."

나는 우스워서 웃는다. 그도 배실배실 웃는다.

"인자 와서 웃지만 그때는 진짜 죽겠드만. 아침에 자고 일어나면 죽어 자빠져 있고 또 아침에 자고 일어나면 죽어 자빠져 있고. 그래도 앙고라는 살기는 살아 있응께 그렇게 뵈기 싫지는 않았겄그만. 모든 생물이라는 것이 말이요, 살아 있을 때는 어쨌든 이쁘지마는 한번 죽어불면 그것같이 뵈기 싫은 것이 없습디다. 소나 사람이나, 휘유우."

그가 뒤적뒤적 호주머니를 뒤진다. 담배는 나오지 않는다. 나는 내 호주머니에서 담배를 꺼내준다.

"여자가 담배를."

하면서도 얼른 집어간다. 나는 더이상 물을 필요도, 묻고 싶지도 않다. 빤하지 않은가.

"왜 묻지 않는 거요? 하기사 말해 뭣허겄소."

그의 담배에 불을 붙여준다. 그가 내 손을 가만히 그러모은다.

"여자가 무슨 일로 야간열차를 타고 가나?"

"재미로."

"가당찮은 소리 하지도 마라."

"왜? 나라고 재미로 야간열차 타지 말란 법 있냐? 아까 그 노인부부 봤지? 안경 봤지?"

"니가 그들하고 같다고 생각하냐? 내 눈은 못 속인다. 너 무슨 죄졌지?"

"미친놈."

그가 내 어깨를 꽉 끌어안는다. 그의 가슴이 떨린다. 심장의 고동소리가 생생하다.

"넌 죄 많은 년이야."

"죄 없는 사람 있으면 나와보라고 해."

욕은 나오지 않는다. 생각보다 내가 많이 양순해졌다. 양순해지는 내가 나는 좋다. 그 부드러움, 그 녹아내리는 듯한 평화. 나는 그렇게 살고 싶다. 양순하게, 평화롭게. 하지만 그놈의 앙고라토끼에서부터 나는 망했다. 생각해보니 그렇다. 하면 그 노인은 많은 제자들로부터 내 인생 물어내라고, 당신이 준 앙고라토끼 때문에 내가 망했다는 원망의 소리를 꽤나 들었던 것일까. 그래서 자기가 교장선생노릇을 하지 않았다고 발뺌했던 것일까. 하나 '우리 교장선생님'은 참 선한 분이었다. 선한 동기로 토끼를 졸업생들에게 나눠주었던 것이다. 그것을 아는 졸업생이라면 절대로 교장선생님한테 원망 같은 것은 하지 않을 것인데. 이런 생각을 하는 것을 보면 내가 양순하고 평화로워질 여지가 전혀 없는 것도 아닌데.

"우리 같이 살까?"

"그럴까요?"

나는 순하게 털북숭이의 털에 내 손을 갖다댄다. 그가 내 입술에 그의 입술을 갖다댄다. 다음 정차할 역은 정읍역입니다. 정읍역에 내리실 분은 미리 준비하여주시기 바랍니다. 다음 정차할 역은······

"어디서 내려요?"

"정읍에서."

"잘 가요."

"같이 안 내릴 거야?"

"난 광주까지 가요."

"광주까지 가자."

"맘대로."

그는 기분이 좋아진다. 말할 수 없는 맑은 기운이 털이 가득한 얼굴에 퍼지고 있다. 사랑의 기운은 바야흐로 아침놀처럼 부드럽게, 부드럽게 사내의 얼굴에, 온몸에 스민다.


우리는 광주역에 내렸다. 온 세상은 때글때글 얼어 있다. 무등산은 검다. 속은 쓰라리다. 어디로 갈까. 사내가 내 손을 잡아끈다. 나는 휘적휘적 그를 따라간다.

"뭣 좀 먹을래?"

"속이 쓰려."

우리는 광주역 앞의 국밥집으로 간다.

"많이 먹어."

나는 많이 먹는다.

"광주는 무슨 일로 온 거요?"

"새끼들 보러."

"웃기지 말어."

그는 내 말을 묵살한다.

"내가 웃겼어요?"

"너 같은 여자가 무슨 새끼는 새끼."

"내가 왜?"

"무슨 애기엄마가 술 먹고 담배를 피워?"

나는 말하지 않는다. 애기엄마는 절대로 술 먹고 담배 피우지 않는다,라고 생각하는 남자에게 시집가서 절대로 술 안 먹고 담배 안 피우고 건강한 새끼들 많이 낳고 평화롭게 살아봤으면. 그렇지만 나는 '우리 새끼'들의 엄마다. 술 먹고 담배 피우는 엄마다.

"시답잖은 소리 말고 다 먹고 다시 기차 타고 정읍에 우리 부모님한테 인사하러 가자."

나는 내 앞으로 검은 휘장이 내려뜨려지는 것을 본다. 한판의 연극은 끝났다. 나는 이제 무대에서 사라져야 한다.

"화장실 좀 다녀올게요."

나는 총총히 일어난다.

"가버리면 안돼."

가슴이 싸하니 아파오는 듯도 하다. 나는 냅다 뛴다. 택시를 탄다.

"무등산 밑에 시립 아동일시보호소로 갑시다."

"어이구 추워. 뭔 놈의 날씨가 요렇게 추운지 모르겠네. 화끈허게 눈이나 와불던지. 서울서 오시요?"

"아니요, 정읍에서요."

"그래라우이. 정읍은 어쩝디여?"

"정읍이요? 정읍은 따뜻하던데요, 봄날씨같이."

"그래부러라우이. 겁나게 희한허시. 정읍이 여그서 얼매나 된다고? 여그나 거그나 별반 차이 없을 것인디."

"그건 그래요."

그건 그럴 것이다. 어디 간들 덜 추울 것인가, 이 엄동설한에. 그래도 내 자식 있는 곳이 그중 따술 것인데.

"아저씨, 빨리 좀 갑시다."

나는 이제 추운 것도 잊어버렸다. 아침놀이 무등산 위로 퍼지고 있다. 나는 차창을 열었다. 호주머니 속에서 담배를 꺼내어 문다. 나는 불어오는 바람에 내 온 얼굴을 내맡긴다.

"아침부터 겁나게 재수없그만이."

기사의 욕도 온 얼굴에 맞는다. 나는 담배를 깊숙이, 양껏, 힘차게 빨아당긴다.

[현대문학 1998년 9월호]

# 歲寒

　을희의 언니 김갑희는 처녀시절 내내, 그러니까 고등학교 졸업하고 스물다섯이 되던 해까지 고속버스 안내원 노릇만 쭈욱 육년을 하다 그만두고 시집가기 직전인 스물여섯까지 일년을 인조꽃가게를 하다 꽃을 사러 들르는 게 아니라 보험모집을 위해 자주 들락거린 보험아줌마의 중매로 지금의 남편을 만나 결혼을 했다.

　스물다섯 갑희가 인조꽃가게를 하게 된 사연은 돌아가신 지 십년이 다 되어가는 그녀 아버지 때문이었다.

　딸만 셋인 가난한 집안의 맏이로 태어난 그녀는 일찌감치 대학 진학의 꿈을 포기하고 경리사원의 꿈을 간직하고서 남들은 대학예비고사니, 본고사니 보러 다닐 때 그녀는 시장통 안 좁고 가파르고 지린내 나는 쉰다섯 개의 계단을 밟고 올라가 주산, 부기, 타자를 배우던 차에 고속버스 운전기사로 일하는 이모부뻘 되는 먼 친척의 소개로 고속버스 안내원 시험을 치르게 되었다.

의논상대로서뿐 아니라 팍팍한 생계를 자기 대신으로 책임져줄 아들이 없는 것에 늘 불안감을 가지고 살던 그녀의 부친이 이모부뻘의 그 친척 기사를 집으로 초청하여 음식대접과 아울러 계란, 밤, 감 등 그녀 집에서 챙길 수 있는 최상품의 산물이란 산물을 다듬고 고르고 손질하여 선물로 안겨주고 난 뒤에 소개를 받을 수 있었던 안내원 자리였다.

버스 안내원 하나 되는 것, 말하자면 밥벌이 자리 하나 얻는 것이 그리 호락호락할 성싶으냐, 하는 생각을 그녀의 아버지 되는 양반은 일찌감치 한 객지생활로 터득한 바 있었으므로 장차 고속버스 안내원 생활로 이 집안의 큰 수입원이 되어줄 딸의 일자리 구하는 것이 만만치 않으리란 것을 당연하게 여겼다.

드디어 이모부뻘의 친척이 그녀의 집 형편으로서는 차리기가 수월찮은 푸짐한 음식대접을 받고 나서 소개해준 고속버스회사 호과장이란 사람을 만나고 그리고 그 사람으로부터 서울 본사 유과장이란 사람을 소개받고 나서 안내원 선발시험을 무사히 통과하여 짧은 치마 하이힐의, 고달프고도 집안경제를 떠맡은 책임감으로 즐겁기도 하였던, 고속버스 안내원 생활 육년여를 보냈다.

광주 호과장이나 본사 유과장이란 사람한테 돈을 주지 않았어도 자기는 안내원 시험에 무사통과했으리라는, 그래서 그들에게 준 돈이 너무 아깝고 아버지나 자신이 세상을 너무 몰랐다는 생각을 서울에서 광주까지, 광주에서 서울까지 하루 편도 네다섯 번을 오가는 육년 내내 하고 또 했다.

안내원 시험이란 것이, 왜 다리통이 가냘파야 되는지는 알 수 없으나 어쨌든 다리통이 가냘프고 왜 키가 커야 되는지는 알 수 없으나 어쨌든 키가 크고 얼굴이 예뻐야 하는, 바로 다리통과 키와 얼굴을 보는 시험이어서, 가난한 집안에 태어난 깐에는 키 크고 얼굴 예쁜 편인 자신은 돈 안 주고도 안내원 시험에 무사통과했으리라는 생각이 더 호과장과 유과장에게 건네준 돈을 아깝게 여기도록 했다.

돈 안 주어도 될 안내원을 돈 주고 되어서 만 육년을 하고 난 어느 날, 그러니까 그녀 어머니가 돌아가시고 나서 파삭 늙어버린 그녀 아버지가 그녀 어머니 돌아가시기 전 어머니 몰래 본 첩이자 둘째부인의 천대에 못 이겨 독자적인 사업이라도 벌이면 그 천대로부터 벗어날 수 있지 않을까, 하는 생각으로 큰딸인 갑희가 동생들을 데리고 자취하는 방으로 그 어느 하루 조용히 찾아왔다.

빚쟁이들은 피해야 하고 돈은 없던 그녀 아버지가 가장 안전하게 얻은 은신처라 할 수 있었던 곳이 바로 어머니 돌아가신 후에는 둘째부인이 된 그 첩이었다면 그 은신처가 알려지고 빚쟁이들의 불시 내왕이 잦아지고 하는 통에 둘째부인의 히스테리를 견딜 수 없어지게 되고 막다른 길에 내몰리고 나서는 유일하게 그리고 가장 만만하게 도움을 요청할 수 있는 그의 큰딸인 그녀, 김갑희뿐이었다. 게다가 그녀의 아버지는 술가게를 하는 첩에게서 얻은 병을 다스리느라 과다 복용한 약 때문에 생긴 몹쓸 병으로 복수가 들어차서 남산만한 배를 뒤뚱거리며 법원을 왔다갔다하는 중이었다. 집식구들은 버려둔 채, 더구나 병든 제 아내는 추운 겨울인데도 땔감 하나 마련해주지 않고 빚쟁이 피한다는 명분으로 집을 나가서 은신처이자 새로운 삶의 서광이기도 한 여자에게 환심도 살 겸 자신의 생계대책도 할 겸 잘하면 돈도 벌어 빚도 갚고 버려두고 온 아내와 자식들 앞에 떳

떳이 설 수 있는 발판으로 삼으리라 하고 빚쟁이로부터 마지막으로 얻은 돈을 가지고 돼지머리고기와 국밥과 막걸리와 소주를 파는 그런 조그만 술가게를 열었었는데, 뜻처럼 그렇게 돈은 많이 벌리지 않고 가게세도 몇달치가 밀려 급기야 가게 주인이 소송을 내어 복수가 들어찬 남산만한 배를 안고 소액심판 재판정에 초라하게 오들거리며 서야 하는 아버지였다. 그런 아버지가 한겨울의 모진 추위 속에 딸의 한칸 자취방으로 귤 한 봉지, 쌀 닷 되를 들고 찾아와 딸이 지어주는 밥을 오랜만에, 그리고 맛나게 잡수시고는 한숨이 꺼져라 말씀하셨다.

"어쩌겠냐, 니 아부지가 인자 너 아니면 당최 살아날 방도가 없다. 니 새엄니가 살리겠냐, 니 동생이 살리겠냐. 아부지를 살릴 사람은 너뿐이여."

죽어가는 아버지를 살릴 사람은 돈 있는 줄 알았을 땐 단것처럼 안겨붙었다가 돈 없는 것 알고는 남자 알기를 발가락의 때만치도 안 알아주는 여자도 아니고, 정신이 헛간 데 붙어서 공부할 생각은 안 하고 데모하는 데 재미 붙이다가 쫓겨다니는 둘째딸년도 아니고 바로 큰딸 갑희 너뿐이라는 그 울음 섞인 하소연이 아버지 가고 난 뒤에도 갑희의 귓전에서 쟁쟁 울려싸서 잠을 이룰 수가 없었다. 아버지는 이미 깊은 '절망'을 하고 있는 것이 틀림없었다. 갑희 두 볼에 뜨거운 눈물이 하염없이 흘러 귓속이 멍멍해지도록 배갯잇을 적셨다.

살아보려고 살아보려고 몸부림치던 아버지 모습이, 젊어서 객지로 나가 공사판 인부며 채소장수, 안해본 것 없이 해보다 그래도 어떡하든 고향에서 살아보겠다고 없는 선잣돈에 남의 논을 빌려 시설

원예며 세계은행차관 얻어 소 돼지를 쳐보기도 했지만 비닐하우스에서 길러낸 배추며 딸기 값은 폭락하고 애초에 병든 줄 모르고 샀던 얼룩빼기 수입소는 어디다 묻을 곳도 없이 죽어나가고 돼지파동까지 겹쳐 고향에서의 몸부림은 몸부림으로만 끝이 나고 결국은 시설대, 사료대, 농협대출금을 갚지 못해 쫓기는 신세가 되어버린 아버지의 병든 모습이 갑희 가슴을 아프게 파고들었다.

쫓기는 사람은 아버지뿐이 아니었다. 자신은 꿈조차 꾸지 못했던 대학을 오직 지 고집 하나로 들어간 동생 을희는 데모를 하다 경찰에 쫓기는 중이었다. 골목으로 난 창문만 덜커덕거려도 빚더미에 눌려 마음고생만 하다 지아비조차 다른 여자의 품에 뺏긴 채로 쓸쓸히 눈을 감은 어머니 생각에, 북풍 한설이 몰아치는 이 추운 겨울에 어디서 어떻게 지내는지 그 소식도 알 수 없는 동생 을희 생각에, 그리고 자신이 책임지지 않으면 다니는 학교도 그만두어야 할 어린 막내동생 병희가 안쓰러워, 더더욱 뜨거운 눈물을 흘릴 수밖에 없는 나날이었다. 더군다나 스물다섯 처녀의 가슴에 황량한 모래바람만 일으켜놓고 사라져버린 그 남자, 서울 광주를 오가는 고속버스 속에서 여러번 안내양과 손님으로 맞부딪쳐 우연히 사귀게 된 제주도 출신 '대학생군인'을 생각하면 급기야는 소리 죽인 흐느낌으로 밤을 밝히기가 일쑤였다.

어려서 어머니 앞에서 말한 적이 있었다. 나는 스물다섯에 시집을 가겠다고. 그때는 스물다섯이 까마득했다. 그래서 말할 수 있었다. 나는 아들 없고 돈 없는 어머니 아버지한테 돈 많이 벌어다 주고, 스물다섯 노처녀 때까지 아들같이 돈 벌다가 그렇게 늦게늦게 결혼할 거라고. 스무살이면 시집가겠다던 이웃집 이순이가 늙은 부모 대신 농사짓다가, 군대 간 오빠 대신 농사짓다가 스물넷 노처녀로 결혼할 적에, 갑희는 나는 이순이보다 더 많이 어머니 아버지 위하다가 결혼하겠다고, 그러겠다고 한 적이 있었다.

이제 갑희 나이 스물다섯이 되었다. 시집을 가야 할 나이가 되었다. 그러나 아버지는 조금 더, 조금만 더 불쌍한 니 아버지를 위해 돈을 벌어주고 나서 시집을 가라 한다. 스물다섯 갑희의 몸과 마음은 지칠 대로 지쳐 있는데.

아버지를 찾아갔다.

"아부지, 회사를 그만둘라고 합니다."

깊은 병에 들어 그러잖아도 노란 얼굴이 샛노랗다 못해 검어진 딸의 얼굴을 외면하는 아버지. 그려, 딸은 다 소용없는 거여. 딸년들이란 그저 사내자식 한번 만나면 그 길로 남인 거여. 아버지는 그런 생각을 하고 있었던가.

"그래, 어떤 놈이냐?"

제대하면 복학할 것이고 학교 졸업하면 유학을 갈 거라고 말했던 그 남자, 지금은 외로운 군바리이지만 자기의 애인이 되어줄 수 없겠느냐고 기나긴 편지를 보내오던 그 남자, 막상 애인이 되어준 스물다섯 갑희의 육신과 영혼에 푸른 멍을 들게 하고 가버린 그 남자가 떠오르면서 왈칵 솟구쳐오르는 눈물을 아버지한테 보이기가 민망스러워 자꾸자꾸 고개만 숙이는데, 말이 없는 걸 보니 어떤 놈을 만나서, 말하자면 너 먹을 것 걱정 안해도 되는, 너 먹여살려줄 사내놈을 만나서, 그래서 회사를 그만두려는 것은 아닌갑구나, 하는 나름의 짐작을 한 아버지는 그래, 그동안만 해도 못난 부모 둔 덕에 니가 고생했다는 한마디를 하고 그러나 이제 더이상 돈 벌어서 빚과 병마에 시달리는 자신을 도와주지 못할 딸에 대한 서운한 감정을 숨길 수는 없는지 고개 숙인 딸 앞에서 땅이 꺼져라 한숨을 내쉬었다.

"죄송해요, 아부지."

아버지가 한숨을 쉴 적에 복수 들어찬 배가 거짓말처럼 쑥 들어갔다 다시 원래대로 팽창하는 모습은 눈뜨고는 보지 못할 형상이라 갑희는 그만 숨도 쉬지 못할 통곡을 쏟아놓고 말았다.

그렇다 한들 회사를, 그 지겨운 회사를 그만두고, 스무살 꽃다운 제 청춘을 송두리째 빼앗아갈 것이 뻔한 그놈의 차를 이제는 정말 그만 타고 싶었다. 회사를 그만두면 퇴직금이 나올 것이다.

"그래 퇴직금은 얼마나 된다던?"

"한 오륙백 될 거예요."

오백만원이 조금 넘는 그 퇴직금으로 시작한 것이 시장통 입구 한 뼘 자투리땅에 벌인 인조꽃가게였다. 그 인조꽃가게는 아버지에게는 돈 많은 남자는 아니어도 적어도 빚쟁이에게 쫓기는 남자인 줄은 꿈에도 생각지 못하고 아버지 여자가 돼버린 국밥집 여자, 갑희의 새어머니인 그 여자에게 아버지가 받는 천대를 조금은 모면할 수 있게 해주는 곳이 되어줌과 아울러 어떻게든 꽃가게를 성공시켜 병도 치료하고 빚도 갚고 새 아내에게도 떳떳한 남편이 되리라, 하는 꿈을 꿀 수 있는 최소한의 공간이 되어주기도 했다. 말하자면 시장통 입구 한 뼘 자투리땅의 인조꽃가게야말로 아버지 인생의 마지막 희망이었다. 딸의 오백만원 퇴직금은 아버지 목숨줄이었던 셈이다. 저축해둔 돈이 없는 딸이 결혼하게 되면 퇴직금 오백만원을 가지고 할 수밖에 없고 그러면 아버지 인생은 이제 더는 어떻게 해볼 수도 없이, 빚 갚기는커녕 병원치료도 꿈꿀 수 없이 죽은 아내 몰래 얻은 새

아내의 천대를 고스란히 받다 그대로 국밥집 골방에서 죽어가는 길밖에 달리 살아날 방도란 없게 되고 마는 것이었다.

딸이 결혼을 하겠다고, 보험외판원 여자한테 소개받은 남자를 인사시킬 적에 보니 아버지 형편이 꼭 그래서만이 아니라 남자 인상이 어째 쓸데없는 고집만 가득해 보이고 남자는 남자가 안다고 얼른 봐도 여자 간 쓸개 빼먹고 나서 더이상 빼먹을 것 없을 때는 여자를 돼지불알 걷어차듯 걷어차게 생긴 상판인지라 선뜻 결혼을 허락할 마음이 들지를 않는 거였다.

아버지의 소망대로 인조꽃가게가 그런대로라도 좀 되었더라면 결혼을 그렇게 서두르지는 않았으리라. 그때는 이미 스물다섯이란 나이가 그렇게 까마득한 나이가 아니라는 걸, 아직은 어린 축에 드는 나이라고 해도 결혼이 결코 까마득하지만은 않다는 걸 스물다섯 된 갑희는 알고 있었다.

그러나 인조꽃가게는 아버지의 소망대로, 갑희의 바람대로 그렇게 잘되지를 않았다. 갑희가 붉고 탐스러운 장미꽃 바구니를 들어올리며 "이꽃 한번 사다놓면 사시장철 장미꽃을 볼 수 있지요" 하면 사람들은 "요새 누가 인조꽃 좋아해요? 생화 좋아하지. 수입이라면 모를까" "어라, 아직도 상여꽃 만드는 집이 있네" 하며 지나갔다. 게다가 매달 들어가는 가게세 등의 각종 세금만 눈덩이처럼 불어나 돈 벌어보려다 돈 쏠어넣는 격이 되고 말았다.

이대로 가다간 굶어죽게 생겼단 소리는 차마 못하고 아침이면 자취방에서 도시락을 싸들고 시장통으로, 저녁이면 빈 도시락 챙겨들고 자취방으로, 스물다섯살이 그렇게 푸석푸석 가고 있던 어느 한 날 보험외판 아줌마가 소개해준 그 남자에게 양복기술이 있다는 그

한가지가 결혼 쪽으로 갑희의 마음을 굳히게 했다. 적어도 기술이 있으면 밥 굶을 염려는 없을 테니까.

"지금은 불황이라 잠시 쉬고 있지만 기술이 있는데 뭔 걱정."

보험모집하는 사람 안 가는 곳 없다고 당구장엘 갔는데 잘생긴 양복기술자가 장가 좀 가게 해달라고, 농담 비슷이 중매를 부탁해오는데 꽃가게 아가씨가 얼른 생각나더라나. 그리하여 지금은 불황이라 잠시 쉬러 당구장에도 나오곤 하는 총각과 고속버스 안내양 하다 지금은 인조꽃가게를 하는 처녀가 만나게 된 것이었다.

불황기가 끝나고 양복점 일을 다시 하게 될 때는 밥먹고 똥눌 시간도 없이 바쁘니까 한가할 때 지금 결혼식을 올려버리자는 총각 어머니의 성화도 있고 가게세 줄 날도 다가오는데 돈은 없어 고민스럽던 차에 아예 가게 그만두고 시집을 가버리는 게 상책이겠다 싶은 마음도 작용하여 머슴애가 어째 눈빛에 곤조도 있게 생겼고 겉만 번드르르하니 인상이 좋지 않더란 아버지 말씀이 귀에 잘 들어오지 않던 거였다.

니 의견이 그렇다면 할 수 없지, 하며 실망스러워하는 아버지 얼굴을 굳이 외면하며 불황기라 당구장에 나올 시간이 있던 양복쟁이를 만나 결혼한 지 십여년이 흘렀건만 바쁠 때는 밥먹고 똥눌 새도 없이 바쁘다는 시어머니 말은 말짱 헛말로 남편은 십년 전이나 지금이나 여전히 '불황'이었다. 허구한 날이 당구장이요 술집인 탓에 두 아이의 어미가 된 갑희는 결혼해서 여직까지 튀김장수, 만화방, 세탁소, 요구르트 배달원 등등 건달 남편에게서 난 새끼들 먹여살리느라 혼자만 이리 뛰고 저리 뛰고 하는 세월을 살아내었다.

그러던 어느 하루, 요구르트 배달을 하는 아파트 단지 안에서 자

신을 중매 섰던 보험아줌마를 우연히 만나 그 아주머니 소개로 보험
일을 하게 되었다.

"야, 너는 정말 해도 너무하는구나."

"내가 뭘?"

"니 언니가 그래 먹고살겠다고 하는 보험을 인사로라도 못 들어주
냐, 못 들어줘?"

"언니, 지난번 암보험도 들어줬잖아. 당장 생활비도 빠듯한데 무
슨 보험을 또 들어?"

"너는 세상을 몰라도 너무 모르는구나. 요즘 보험 하나만 달랑 드
는 사람이 어딨냐? 다들 서너 개씩은 들어놓고 살지."

"그래, 나는 세상을 모르니까, 그냥 모른 채로 살아갈 거니까, 어
쨌든 보험 이제 안 들어."

"허이구, 그래 알았다."

을희는 심히 불쾌한 가슴을 진정시키느라 찰칵, 하고 끊어진 전화
기를 두 손으로 붙든 채 꼼짝 못하고 앉아 있었다. 짧은 신혼시절 이
후, 그러니까 큰조카아이가 태어난 해만 빼놓고 결혼생활 십년 내리
안해본 것 없던 언니 갑희가 드디어 보험모집인이 되어 동생인 그녀
에게 해온 전화였다.

을희는 수화기를 놓고 벽에 걸린 시계를 바라보았다. 아침 일곱
시. 미쳤군 미쳤어. 아무리 동생한테라지만 지금이 몇시야. 남편 대
신 교육청에 보낼 공문을 작성하느라 어젯밤 늦게까지 잠을 못 자
일요일이기도 하겠다, 다시 잠들고 싶었으나 한번 깨어난 잠은 쉽게
다시 오지 않았다.

낡은 창문이 덜컹거리는 걸 보니 밖에 바람이 심한 모양이었다. 벽에 걸린 달력은 아직도 십일월인데 지금은 십이월이었다. 관사 앞마당의 노란 소국이 찬서리를 맞아 샛노랗게 반짝이는 걸 보고도 십이월임을 알아채지 못하다가 산 아래로부터 치고 올라온 바람이 창문을 흔들고 지나가는 이 아침에사 아, 십이월이구나, 했다.

곧 있으면 폐교가 될 분교에서 달랑 아이 일곱을 가르치는 교사인 남편을 따라 을희 가족이 깊고 깊은 이 산중 마을에 들어와 산 지도 벌써 일년이 다 되어간다. 을희 건강이 좋지 않아 그녀의 요양 겸 해서 남편은 이 산중 학교를 자청하여 들어오게 되었다. 그동안 맑은 공기 마시면서 사는 동안 심신도 편안해지고 산골사람들과도 친하게 되어 그런대로 평화로운 나날을 보내고 있었다. 그런데 얼마전부터 언니 갑희에게서 자꾸만 오는 전화에 겨우 평화를 되찾은 을희 신경이 다시 곤두서는 것이었다.

그동안 큰딸이라는 멍에를 뒤집어쓴 채 아버지 살아 계실 적에는 아버지한테, 결혼해서는 건달 남편한테 제가 죽자살자 일한 수입들을 빼앗기고만 살아온 언니가 안쓰럽고 자신이 언니의 짐을 나누어져주지 못해 지금 언니가 저런 고생을 하고 산다 싶어 속으로는 늘 미안한 마음을 가지고 있었다.

힘든 세월 탓인가. 그토록 착하고 어질던 언니가 이따금씩 을희에게 와서 저희 시어머니며 시누이 흉을 보고 가고 때로는 남편과 대판 싸우고 와서 울다가 가기도 하고 또 때로는 전화를 통해 금방 갚아줄 테니 돈 좀 있으면 빌려달라는 아쉬운 소리를 잊어버릴 만하면 해왔다.

언니가 돈 부탁을 해올 때마다 형편이 닿는 대로 무통장 입금을

202

시켜주기도 했지만 그것도 한계가 있지 이제는 틈만 있으면 전화를 걸어 한숨 반 눈물 반으로 애원을 하다가 그것도 안되면 마구 화를 내는 언니가 지겨워지기 시작했다.

작년 겨울에는 학교 어디에 와서 살겠다고 그러는지 울며불며 두 조카아이를 데리고 와서는 두 다리 쭉 뻗은 채 이혼을 하고 나 여기 와서 살겠다고 소리치다가, 을희가 잘되었다고, 이혼 못할 게 뭐 있느냐고, 언니는 아쉬울 것 하나 없지 않느냐고, 어디나 똑같은 형식인 이혼서류를 면사무소에서 구해다주니, 생각을 해보겠다고 슬며시 일어서서 허둥지둥 막차를 타고 간 언니였다. 그렇게 간 갑희가 그 다음주 일요일에 또 산중의 학교로 을희를 찾아왔다.

"내가 진짜 못 살겠다."

갑희는 다짜고짜로 눈물바람부터 낸다.

"사지도 않은 냉장고 대금 갚으라고 카드회사에서 청구서가 날아들었더라."

"………"

"그것뿐이면 말도 안해. 하루종일 술집에 처박혀 있길래, 거기서 하루종일 뭐하고 있소, 했더니 술잔을 나한테 던져불더라."

"………"

"그것뿐이면 내가 말도 안해. 나 만나서 자기 인생이 그 모양 그 꼴이 됐다고 지랄까지 하면서 나한테 욕을 퍼붓더라."

"………"

"신혼 초에 내 일기장을 뺏어 읽고는 그때부터 이날까지 내 애인타령이다. 나는 속인 것이 없는데 자기는 나한테 속았다더라. 처녀 장가 가지 못했다고, 니 애인 새끼를 몇번이나 뺐던 게냐고. 흑흑……"

"그만해!"

"시댁에 가서 시어머니한테 나 당신 아들하고 도저히 못 살겠으니 이혼할라요도 했다."

"이혼해!"

을희는 저도 모르게 흥분이 되어 가슴이 콩닥거렸다. 그러고 나서 갑희는 또 갔다. 이혼의 각오가 단단히 선 것처럼 이를 앙다물고 남편의 '비리'를 폭로하다가 이상하게 을희 입에서 이혼 소리가 나오기 시작하면 슬그머니 일어서서 나 갈란다, 하고 허둥지둥 막차를 타고 갔다.

그렇게 가서 또 한참을 소식이 없다가 전화가 온 것이다. 저것을 찢어버려야 할 텐데, 하고 괜히 벽에 걸린 십일월을 노려보았다. 남편과 아이들은 아침 일찍 첫차를 타고 읍내로 나갔다. 마침 장날이라서 아이에게 약속했던 강아지와 토끼를 사러 간 것이다. 바람소리가 덜컹, 다시 한번 창문을 흔들고 지나간다. 바람이 찬데 남편과 아이는 괜찮을까. 그만 일어나야 할 텐데. 그러나 을희는 이부자리 위에 그대로 누워버린다. 남편과 아이가 오기 전에 일어나 아침을 지어야 할 텐데, 그래야 할 텐데, 하는 소리를 주문처럼 외다가 살포시 잠이 들려고 하는 순간에 또다시 전화벨이 울린다.

"언니, 나 보험 안 들어, 못 들어."

"사모님!"

언니 갑희 전환 줄 알았는데 뜻밖에도 마을 입구 선애엄마 목소리다.

"어머, 선애어머니가 웬일이세요?"

사르르 왔던 잠이 확 달아난다. 선애엄마 전화여서가 아니라 뭔가 불길하게, 그것도 이른 아침에 전화선을 타고 오는 선애엄마 목소리 때문이었다.

"사모님, 흑흑……"

"선애어머니, 무슨 일 있으세요?"

"좀 있다 우리집에 좀 와주실래요?"

"아, 네에."

3학년인 선애는 키가 1학년인 제 동생보다 작지만 공부를 잘하고 예민하고 눈치가 빠른 아이였다. 선애 집 앞을 지날 때면 늘 선애할머니나 선애엄마가 을희를 불러 밥때는 밥을 주고 새참때는 고구마나 옥수수 같은 새참을 주고, 그러면서 인정을 베풀곤 하였다. 선애아빠는 얼른 보기에도 촌에서 발붙이고 살아보려 노력하는 사람 같아 보였고 젊고 건실하고 착한 사람으로 보였다. 선애네가 살고 있는 그 집도 선애아빠가 손수 지은 집이라 했다. 냇가에서 주워온 돌로 벽을 쌓고 비닐과 보온천으로 바람막이를 하고 슬레이트를 얹어서 밖에서 볼 때는 엉성해 보여도 안으로 들어서면 방구들은 따뜻하고 살림살이들은 오밀조밀하여 아늑하기만 했다.

"참 좋네요."

을희가 집이 겉보기보다 좋다고 칭찬을 했더니 선애할머니가 이때다 싶었던지 아들자랑을 사정없이 늘어놓기 시작했다.

"집뿐이다요. 우리 아는 절대로 남의 손 안 빌리고 혼자 손으로 이 집도 짓고 저 위에 축사도 짓고 못허는 것이 없어라우."

그 말을 듣고 나서인지 가난하지만 아름답고 행복한 가정이구나, 생각했다. 그런데 그 일요일 아침에 걸려온 선애엄마의 울음 섞인 전화소리가 영 불길했다. 부엌창 아래로 멀리 선애네 집이 하얗게

보였다. 십이월의 나뭇가지들은 잎새를 전부 떨어뜨리고 빈 가지로
너울거렸다. 너울거리는 빈 가지 사이로 하늘은 더할 수 없이 푸르
렀다.

식구들은 생각보다 빨리 돌아왔고 돌아오자마자 밥을 재촉했다.
강아지와 토끼도 고물고물 예뻤다. 식구들에게 밥을 차려주고 선애
네 집으로 내려갔다.

"어서 와요."

전화할 때 울음 섞인 목소리였던 선애엄마의 얼굴은 눈물자국은
보이지 않았지만 어쩐지 수척해 보이고 뭔가 서두르는 기미가 느껴
졌다. 출입문을 열고 들어서는 을희 등뒤로 손을 뻗어 문을 얼른 닫
았다.

"오실 때 아무도 없었어요?"

"없었어요. 왜요?"

"선애아빠가 곧 올지도 몰라요."

"어디 가셨어요?"

"일하러 잠깐 나갔어요."

"그런데요?"

"여기 좀 보세요. 저 이렇게 맞고 살아요."

등허리와 장딴지에 시뻘겋게 든 피멍이 험상하다.

"의처증이 심해요. 술만 마셨다 하면 문 열자마자 눈을 두리번거
리며 어디다 숨겨놨네요."

"………"

"내가 물을 주면 독약 풀었다고 안 마시고 지 손으로 따라 먹어
요."

"………"

"제가 다니는 교회 목사님하고 몇번이나 잤녜요. 목사하고 정분이 나서 교회 댕기는 거라고. 게다가 흑흑……"

"진정하세요."

"게다가, 실컷 뚜드리고 나서는 절 강제로……"

"할머니도 있고 애들도 있잖아요."

"할머니는 저녁밥만 먹고 나면 마실가서 잘 모르고 애들은 쫓아내요."

"………"

"사모님, 이 남자가 싫고 무서워요. 이 남자 없는 데서 살고 싶어요."

"애들은요?"

"예전에 한번 애들 안 데리고 도망갔다가 애들 보고 싶어 실패한 적이 있어요. 애들을 데리고 가고 싶어요. 어디 여성단체 같은 데 가면 저 같은 사람 받아주는 곳이 있다며요?"

선애엄마 말소리가 점점 급박해졌다.

"애들 아빠가 와요."

문을 연다. 저 밑에서 경운기 소리가 난다.

"안녕하세요?"

"아 예. 오셨어요?"

선애아빠는 여전히 젊고 건실하고 착해 보였다.

"제가 전화드릴게요."

"낼 오전에 하세요."

선애엄마와 재빨리 귓속말을 나누고 헤어져 집으로 왔다.

"야, 을희야."

"왜 또?"

"아이구 보험 들란 소리 안할 테니까 너무 그러지 말아라."

"무슨 일이야?"

"어제 병희한테 갔다 왔구나."

"근데?"

"아, 세상에 그년이 남자새끼하고 살림을 차리고 살더라니까."

"………"

"왜 말이 없어?"

"너무 놀라워서."

"아이고, 그런데 이 일을 어쩌면 좋으냐? 사내놈이 글쎄 직장도 없이 병희 돈으로 먹고산 지가 벌써 삼년이란다."

"결혼할 거래?"

"결혼이 다 뭐냐? 하꼬방 같은 옥상 방에 그 자식하고 살면서 애가 꼬챙이가 다 됐더라니까."

"서울엔 왜 갔어?"

"왜 가긴. 너가 보험 안 들어주니 병희한테라도 부탁해볼까 하고 갔지."

"보험은 들어주던가?"

"보험 말은 꺼내지도 못하고 이 일을 어쩔 거냐고 대성통곡만 하고 왔다. 조실부모하고 그애가 동기간도 없는 객지서 사느라 외로웠는갑더라. 외로움이 웬수여."

"언니 일은 어떻게 됐는가?"

"내 일이라니?"

"아, 형부가 돈은 벌어다주고 가정에 평화는 어쩐가, 말이여."

"말이 나왔으니 말이지, 야야, 다음달에 갚아주께 돈 백만 있으면 좀 빌려주라."

"돈 백?"

"응."

"지난달에 무통장 입금시켜줬잖아."

"이번 달 수금이 잘 안돼서 니가 돈 백만 빌려주면 어떻게 넘기고 다음달 월급 나오면 갚아줄 수 있는데."

"도대체 보험회사를 돈 벌러 다니는 거야, 돈 넣어주러 다니는 거야?"

"백 너면 이백 나와야."

"보험이 아니라 뺑튀기구만."

"잔말 말고, 이번 주 일요일날 너희 집에 갈게."

"뭐하러 와?"

"야야, 너무 그러지 말아라. 다 니 언니가 니 조카들하고 먹고살려고 그러는 건데."

"아무튼 오더라도 돈은 못 줘. 그리고 돈도 없어."

"누가 꼭 돈 때문에 간대니? 내 동생 얼굴 한번 보고 싶어서 그런다."

"아이구, 언제부터?"

"야가 야가, 내가 보험 때문에 널 좀 괴롭히긴 했지만 동기간에 그러는 거 아니여야. 그리고 내가 니 이름으로 보험 하나 들었다. 서명도 받아야 하고, 그러니까……"

"아유, 몰라!"

"내 돈으로 넌다니까."

"알았어. 알았으니까, 언니 맘대로 해. 그리고 빨리 이혼이나 했으면 좋겠어. 언니가 나한테 욕 먹는 것도 다 형부 때문 아냐?"

"그래도 니 언니 남편이다. 너무 그러지 말아라."

"도대체 내가 뭘 너무했다고 자꾸 너무 그러지 말라, 너무 그러지 말라, 그러는 거야?"

"그럼 너가 너무 그러지 않고?"

"알았어. 알았으니까, 오든지 말든지 알아서 해!"

그러고 나서 을희는 전화를 끊었다.

"병희니?"

백화점에서 일하는 동생에게 전화를 건다.

"응, 언니야?"

"목소리가 좋다?"

"그냥."

"너 남자랑 산다며?"

"………"

"뭐하는 남자니?"

"그냥, 회사 다니지 뭐."

"언니 말로는 백수건달이라던데?"

"………"

"왜 말을 못하니?"

"몰라, 전화 끊어!"

"니 일 니가 알아서 잘하겠지만 사람을 잘 알아보고 결정해야……"

210

"나 근무중이야. 전화 끊자니까!"

신경질적인 동생의 반응에 얼떨떨하게 전화를 끊는다.

"사모님, 저예요, 선애엄마."

"아 예."

"알아보셨어요?"

"예. 여성의 전화를 통해서 알아보았는데요, 아이들을 데리고 갈 만한 곳은 이 한 군데밖에 없어요."

아이들을 데리고 매맞는 여성이 들어가 쉴 수 있는 종교단체를 소개해준다.

"선애아빠가 제가 전화한 내역서를 끊어볼 거예요. 그러면 사모님도 곤란할 거니까, 혹시 선애아빠가 찾아오면 그냥 아이들 문제로 상의했다고 말씀하세요."

"그러죠."

말은 그렇게 해놨지만 영 불안해진다.

집에 있는 유일한 교통수단인 스쿠터를 타고 오일장을 봐서 오는 길에 논에서 짚다발을 만들고 있는 선애엄마를 만났다. 그 옆에는 그녀의 시어머니가 있고 또 조금 떨어져서는 그녀의 착해 보이는 남편이, 그러나 밤이면 아내를 때리고, 때리고 나서는 강제로 성관계를 하는 그러니까 아내를 강간하는 남자가 있었으므로 그냥 갈까 하다가 그래도 인사는 해야지 싶어, 멈춰선다.

"짚을 많이 묶으셨네요?"

"겨울 내내 우리 소 멕일 거요."

약간의 치매기가 있는 선애할머니가 자랑스럽게 웃으며 가족을 대표하여 화답한다.

"선애아버님, 언제 학교에 오셔서 강아지집하고 토끼장 좀 만들어주실래요? 지난주에 장에서 사왔는데 아직도 집이 없네요."

그렇게 착해 보이던 남자가 선애엄마한테 그 말을 듣고 나서인지는 몰라도 느닷없이 차갑게 보이고 언뜻 을희를 향한 눈빛이 날카롭게 쏘아보는 듯도 여겨져 쪼로록 소름이 끼친다. 대답을 하지 않고 고개만 끄덕이는 것도 왠지 수상해 보인다. 괜한 부탁을 한 건가. 우리집에 들어올 빌미를 제공한 건 아닌가. 완벽한 알리바이가 성립되는 건 아닌가. 가파른 길을 스쿠터를 몰고 올라가다가 안되겠다 싶어 부리나케 다시 내려온다.

"저어, 선애아버님, 생각해보니 굳이 오실 것 없겠네요. 소 키우시랴, 표고버섯 하시랴, 그러잖아도 바쁘신데 괜히 오시라 한 것 같아서……"

"아닙니다, 그러잖아도 한번 가보려고 마음먹고 있었는데요, 뭘."

"예?"

저도 모르게 화들짝 놀란다.

"무슨 볼일이라도."

"그게 아니라 추수도 끝나고 해서 언제 한번 가서 난로도 손보고 책걸상도 손 좀 봐주리라, 마음먹고 있었어요."

그러면 그렇지, 제 아내한테는 나쁜 남편이지만 적어도 남을 해코지할 정도로 나쁜 남자는 아닌데 괜히 내가 선애엄마 말만 믿고 의심을 한 겐가, 싶어지기도 하여 그대로 어물어물 물러나고 만다.

일요일인 이튿날 아침, 경운기 소리와 함께 선애아빠가 학교 마당으로 들어선다. 마침 남편이 아이와 함께 지난 주일처럼 아침 첫차를 타고 읍내 목욕탕에 갔기 때문에 관사에는 을희 혼자뿐이다.

"사모님, 보일러는 어때요?"

저 남자가 틀림없이 전화내역서를 끊어봐가지고 제 아내가 우리 집에 건 전화가 어떤 내용이었는지 확인하려고 온 게 분명하다.

"보일러요? 이상 없어요."

작년에 이사올 때 관사에 그가 놔준 보일러가 어떠냐는 물음에 사실은 요새 필터에서 기름이 새고 급탕이 잘되지 않아서 수리를 받아야 함에도 얼른 이상 없다는 대답이 나와버린다.

선애아빠가 와 있는 것을 아는지 모르는지, 그때 선애엄마한테서 전화가 왔다.

"저, 지금 가요."

"예? 예에……"

"고마와요 사모님. 또 연락드릴게요."

"예? 예에……"

"이상이 없기는요, 필터에서 기름이 새그마는. 이럴 때는 나사를 꼭 좨주셔야만이……"

"네에?"

보일러실 쪽으로 고개를 뺀다.

"기름이 샌다고요."

"그래요?"

"사모님, 안녕히 계세요. 흑흑……"

"아, 예에……"

전화가 끊긴다.

"보일러는 다 됐고, 교실 난로를 봐야겠네요."

관사 아래 있는 교실로 내려가는 선애아빠가 홱 고개를 돌려 자신을 노려볼 것만 같다.

'요즘 네가 내 각시 빼돌리려 하고 있다는 거 다 알고 있어. 만약 그랬다면 봐라. 너도 가만 안 두고 콱······'

콱, 하고 달려들 것만 같은 공포감이 팽팽히 부풀어오른다.

"저어, 선애아빠!"

"예?"

남자가 순하게 돌아본다.

"술 한잔 드실래요?"

"술이요? 좋지요."

'술만 마시면 의처증이 심해······ 절 실컷 뚜드리고 나서 강제로······' 한 선애엄마 말이 떠올랐으나 그래도 자기 집 일해주는 사람에게 아무것도 대접해주지 않는 것은 예의가 아니다 싶어 쟁반에 맥주와 안주를 놓아서 교실로 갖다주고 을희는 쏜살같이 산길을 달려 내려왔다. 택시가 한 대 부르릉 떠나고 있다. 마을 입구 가겟집 아주머니가 숨을 헐떡이는 을희에게 태평하게 인사한다.

"사모님, 안녕하세요?"

"아 예."

멍하게 택시를 바라보다 건성으로 대답한다.

"선애엄마가 탔데요. 요새 그 집 돈 좀 버나봐요. 남편은 날마다 비싼 맥주만 마시지 않나, 각시는 아무리 애들 있다고 읍내 가는 데 택시를 다 대절하지 않나."

"아주머니, 라면 좀 주세요."

"생전 잡숫지 않던 라면을 왜요?"

"일꾼이 있어요. 새참으로 주려고요."

214

남편과 아이들이 점심때가 다 되어가는데도 오지 않는다. 겁이 나서 혼자 돌아갈 용기가 나지 않는다.

"왜 그렇게 서 계세요?"

"남편이랑 애들 기다리느라구요. 이상하게 늦네요."

"버스 올 시간이 훨씬 지났는데, 이상하네."

그때 가게 안의 전화벨이 울린다.

"예 뭣이라고요? 마침 여가 내려와 있는디 조끔만 기다리시요이."

가게아줌마가 다급하게 전화를 건네준다.

"뭐라구? 사고라구? 언니가? 알았어 금방 갈게요. 당신은? 울애기는 괜찮아요?"

언니가 사고를 당했다는 말을 듣고 놀라면서도 을희는 본능적으로 제 식구들부터 챙긴다.

"왜요? 뭔 일이여?"

"버스하고 택시가 부닥쳤대요."

을희가 사고현장에 달려갔을 때 동생집에 온다고 버스를 탔던 서른여섯 보험아줌마 김갑희와 의처증 남편으로부터 탈출하여 택시를 타고 떠난 선애엄마 박귀옥이의 시신이 나란히 뉘어져 있었다. 보험아줌마 김갑희의 소지품 중에는 동생 가족에게 주려고 짰는지 고운 털실조끼 두 벌과 김을희 명의의 보험서류가 바람에 펄럭이고 있었다. 세한의 찬바람은 생전에 서로 알지 못했던 두 여인의, 피가 엉킨 머릿카락에도 무심히 머물다 빈 들녘으로 불어가고 있었다.

[작가 1997년 1·2월호]

# 우리들의 고향

내 삶은 걸레조각, 아니 이제는 걸레로서의 효용도 떨어져버린 한 줌의 쓰레기.

어느 순간 그 생각에 미쳤을 때 그때까지 치밀어오르던 부아통이 슬며시 들어가버리고 가슴 서늘하게 외롭고 설운 감정이 살아나는 것이었다. 이즈막엔 짜증밖에 남지 않은 아내의 볼썽사나운 얼굴을 마주 대하기가 그는 겁이 났다.

내 삶은 걸레조각.

그는 텅 비어 오는 가슴을 혹 아내한테 들킬세라 슬그머니 현관문을 열고 슬리퍼를 소리 안 나게 끌며 아파트를 나섰다. 두꺼운 구름이 잔뜩 낀 하늘은 땅 위에서 내뿜어올리는 자동차 배기가스를 도로 땅 위로 밀어내고 있는 듯 음울하게 바로 그의 머리 위에 무겁게 떠 있었다. 차고 눅눅한 바람 한점이 아파트 상가 쪽 헐벗은 플라타너스 옆구리를 돌아나오며 비닐봉지를 쓸어와서 그의 발 앞에 갖다놓았다. 발목에 감겨오는 비닐봉지를 떨어낸다는 것이 오히려 비닐 속으로 발목을 집어넣고 말았다. 그만한 일에도 짜증이 나 견딜 수가 없었다. 그는 귀찮은 손놀림으로 비닐을 쫙쫙 찢어 길바닥에 내동댕이쳤다. 비닐조각들은 마침 불어오는 바람에 나부껴 춤추듯 차도 위로 날아올랐다. 그는 비닐조각들이 어지럽게 나부끼는 차도 양끝을 살펴본 다음 차가 뜸한 틈을 이용해 재빨리 길을 건너갔다. 길 건너에 무슨 중요한 약속을 한 사람이 기다리고나 있는 것처럼.

커다란 술통궤로 현관을 장식한 생맥줏집 문을 밀고 들어갔다. 시큼한 술 냄새와 노르께한 닭튀김 냄새가 문을 밀고 들어서는 그의 얼굴 위로 훅 끼쳐왔다. 모든 것은 다 내 이 비틀어질 대로 비틀어진 심사 때문이리라. 곱게 떼어내서 휴지통에 버렸어야 할 비닐봉지를 쫙쫙 찢어발겨 날린 일도, 별스럽게 역하게 느껴지는 술과 고기 냄새도. 비틀어진 심사를 푸는 길은 오직 마시는 것뿐이라고 그는 다시 한번 입술을 앙다물어 결론을 내린 다음 우선 생맥주 큰 것 한잔을 시켜놓고 담배를 피울 요량으로 바지 호주머니를 뒤졌지만 담배가 나오지 않았다. 누구에게랄 것도 없이, '염병' 소리가 나왔고 그 소리 뒤에서 더 쏟아져나오려는 욕지거리를 이빨 새로 물어 간신히 참아내었다. 때마침 술을 가져온 웨이터에게 담배 한 갑을 부탁해놓고 그는 걸신들린 사람 모양 벌컥벌컥 술을 들이켰다.

아내와의 투덕거림이 시작된 것은 그가 평소보다 빠른 시간에 퇴근을 해서 피곤한 심신을 누일 수 있는 유일한 집이라고 서둘러 기어들자마자였다. 남편의 이른 귀가를 반가워하는 기색도 없이 아내는 손에 고무장갑을 낀 채 현관문을 열고 들어서는 그를 향해 구시렁거리는 거였다.

"썩음털털한 고물짝 아파트도 집이라고 사주고 나니 이제는 만고
땡이시구만."

"뭐라?"

"고무장갑 낀 거 안 보여요?"

"뭐했어? 빨래했어?"

"왼갖 구녁이 다 새잖아요. 이녁이 못 고치겠으면 수리소 사람을
불러주든지."

"당신이 알아서 관리인을 부르든지 수리사를 부르든지 하면 될 것
아냐?"

"이사온 지 일년이나 지났는데 관리소의 누가 고쳐준대요? 그리
고 수리사들도 여자 혼자 있으면 괜히 고장 나지 않은 부분까지 뜯
어내서 수리비를 엄청 물린다구요."

불혹을 훨씬 넘긴 나이에 쫓겨다니다시피 하던 지긋지긋한 이사
다니기의 끝에 내 집이라고 직장 가까운 이곳 공단지대에 오층짜리
서민아파트를 사서 들어오던 날은 아닌게아니라 너무도 감개가 무
량하여 하룻밤을 아내와 거의 뜬눈으로 지새며 감격의 눈물을 흘렸
던 거였는데 한 일년 살다보니 사방이 으글으글 푸석푸석, 겉보기에
는 단정 아담한 아파트 내부가 움푹움푹 썩어가는 중으로 대폭 수리
를 안하면 안될 지경에 이른 것임을 알았지만 다시 딴집을 알아볼
만큼 여유 있는 처지도 안되고 그냥저냥 회사일 핑계, 있지도 않은
친구 모임 핑계 등으로 수리를 미뤄오던 차에 오늘 아내가 드디어
폭발을 한 것이다. 그러잖아도 회사는 매출 부진으로 관리직을 포함
한 종업원의 대량감원이 불가피하느니 마느니 소문이 돌아 매일이

218

불안하고 피곤한 나날이었는데 그나마 쉴 곳이라고 집에 들어오자마자 아내가 종알대니 부아가 안 치밀 수가 없었다. 애써 부아를 참고 배고파 죽겠다. 밥부터 달라는 그의 말을 묵살한 채 바가지만 긁어대는 그녀를 한대 갈겨준 것이 또다른 화근이 되었다.

"당신만 식구들 먹여살리느라 머리 아프고 피곤한 줄 알아? 나도 피곤해. 요거 본드냄새 하루 쟁일 맡아가며 다른 몇푼이라도 벌어보겠다고 굴속 같은 아파트 속에서 코 처박고 있어봐. 골이 깨져."

"누가 하래? 나도 보기 싫어. 제발 그거 갖다줘."

아내는 요즘 어디서 주워들었는지 고소득 보장 운운에 꾀어 무슨 탈바가지를 갖다가 본드를 가지고 그 위에다 알록달록 귀신 얼굴처럼 무엇인가를 붙이고 꾸며서 갖다주는 일을 하고 있는 모양으로 돈은 몇푼이나 벌었는지 그로서는 알 바 아니었지만 일한다고 돌아앉아 있는 아내의 꼬락서니가 보기 싫어 내내 울화통을 꾹꾹 참아내고 있던 터였다. 그렇게 참아내던 울화통이 터져오르면서 저도 모르게 종주먹이 올라갔고 그리고 그것은 순식간에 폭력으로 변했다.

"허어, 순 깡패가 따로 없구나. 쉰이 다 돼가는 나이에 이게 무슨 꼬라지람."

밑도끝도 없는 자괴감이 엄습해와 그는 그러잖아도 추운 가슴을 웅크리고 담배를 두어 모금 급하게 입술 끝으로만 빨아당기고 나서 또 한잔의 술을 시켰다. 술집 바깥에서 또 한차례의 세찬 바람이 불어와서 문앞에 장승처럼 세워놓은 장식 술통궤를 넘어뜨리고 달아났다.

"초저녁부터 지랄춤을 추고 자빠졌네, 거."

나달나달한 블라우스 위에 꽃무늬 조끼를 입은 계집애처럼 곱상하게 생긴 웨이터가 생긴 모습과는 전혀 어울리지 않는 욕설을 냅다 내지르며 바깥으로 달려나갔다.

"옘병, 왜 죄 없는 바람더러 지랄이라고 지랄이냐. 내 보기에는 첨부터 그놈의 술통궤가 위태위태하더마는."

그야말로 괜히 비비 꼬여오는 역정을 웨이터에게 푸는 격이었다. 흐느끼는 남자 가수의 사랑 타령이 끝나고 바통을 이어받은 릴레이 선수처럼 언젠가 텔레비전에서 본 적이 있는 여가수의 이별 노래가 이어졌다. 지린내 나는 구석자리에 앉은 남자는 여자의 어깨 위로 팔을 두른 채 열심히 딴짓을 해대고 있었다. 그는 혼자서 술을 마셨다. 아무리 마셔도 취기는 오지 않고 오줌만 마려웠다. 은근히 엉덩이에 좀이 쑤시기 시작했다. 동무 하나 없이 혼자서 실연당한 남자마냥 맛도 없는 오줌 같은 맥주물을 벌컥거리고 있는 자신의 모습이 견딜 수 없이 추레하게 느껴져 그는 더이상 그곳에 앉아 있지 못하고 밖으로 나왔다. 술집문을 여는 순간 어둔 하늘과 자동차 배기가스 냄새와 냉기 품은 습기 찬 바람이 그가 나오기를 내내 기다리고 있었다는 듯 한꺼번에 몰려와 그를 에워쌌다.

"그래, 삶의 모습이든 내용이든 바꿔야 한다. 이대로는 살 수 없지. 숨쉴 공간을 확보해야 한다. 질식해서 죽어 자빠지기 전에, 더이상 너덜너덜한 걸레조각이 되기 전에."

그는 바지 주머니에 손을 깊숙이 찌르고 되도록이면 슬리퍼가 땅바닥에 끌리지 않도록 발바닥에 힘을 주어 시장 있는 쪽으로 걷기 시작했다. 보리술 몇잔으로는 미진한 술배를 시장 어귀 머리고깃집에서 가슴 싸한 소주로 마저 채워주고 내친김에 순대 한접시 사들고 들어가 고집스러운 아내의 속 들여다보이는 노기를 대충 풀어주자

220

고 마음먹었다.

영등포의 밤거리. 온갖 남녀의 히히덕거리는 속살거림이 귓전으로 스쳐 지나갔다. 거스름돈 백원을 안 내주고 내빼려는 택시 운전수한테 삿대질을 하는 '못니저집' 미스 리 정도로 보이는 젊은 여자의 새된 고함소리가 짧은 순간 차가운 밤공기를 갈랐다.

지금 나는 내 인생의 어느 한 고비쯤에 다다랐다. 이제 나는 이쯤에서 나를 포기하고 말 것인가. 옴도 뛰도 못할 어중간한 나이라고. 꿈도 환상도 도저히 가질 수 없고 출구도 없이 꽉 막혀버린 나이. 이대로 그냥 현상 유지만을 바라며 처자식 굶어죽지 않을 방도만을 연구하며 나는 이 추레한 몰골로 앞으로 또 십년 세월을 보내야 할까. 그리고 또 그 십년 후에도, 자신감은 지금의 반 이하로 줄어들고 껍질은 지금의 반 이상으로 흐물흐물해져서 지금처럼 자신한테 대답 없는 물음만을 반복하는 삶을 살고 있을 것인가. 지금 결단을 내리지 않으면 소름끼쳐도 할 수 없는 일.

그리운 환상. 꿈을 꿀 수 있던 시절은 행복하였다. 많이도 아니고 십 몇년 전. 그랬다. 그때는 꿈이 있었다.

바라만 봐도 오지게 사랑스러운 아내를 맞아들여서 사과향내 같은 사랑내 솔솔 피워가며 만들어낸 알토란 같은 새끼들하고 오손도손 정답게 살아갈 날을 생각하면 오금이 저리게 행복에 겨워지던 그 시절. 아내는 그 아내가 틀림없지만 이제 더이상 사과향내 같은 사랑내는 피워올리지 못하는 아내. 알토란같이 귀엽던 새끼들은 이제 날이면 날마다 제 아비의 얄팍한 주머니를 조롱한다.

"아빠, 겜보이." 큰놈.

"아빠, 캠코더." 작은놈.

이제 국민학교 6학년인 딸년은 아빠 앞에서 부끄럼도 없이 손을 내민다.

"아빠, 돈 줘어."

"왜?"

"후리덤 사게."

"응? 으응! 그래."

그가 오히려 낯빛이 붉어져서 허둥거린다. 딸의 생리현상이 대견하다면 대견한 것이지 결코 부끄러운 것은 아니다. 그런데도 그의 얼굴이 붉어지는 이유는 딴데 있다. 그것은 당혹감이다. 부끄러움이 아닌데도 그것을 부끄러움이라고 여기고 살아온 자신의 고루함에 대한 당혹감, 혹은 조금쯤은 부끄러워해야 당연할 것 같은데도 하나도 부끄러워하지 않는 딸의 태도에 대한 당혹감.

생리대 이야기가 나왔으니 말이지 그는 어렸을 적 어머니의 '개삼중우'를 떠올리지 않을 수 없다. 뒤꼍 맨드라미가 촘촘히 둘러쳐진 장독대 옆에서 어머니는 빨래를 삶고 있었다.

"어무니, 왜 빨래를 여게다 삶으요?"

"으응, 개삼중우니께로."

찌그러진 양은솥단지 안의 빨랫물이 보글보글 끓어오르자 빨간 물이 우러나오며 빨래는 하얗게 부풀어올랐다. 하얗게 부풀어오른 빨래에서 달짝지근한 냄새가 났다. 어린 그는 뒷마루에 고개를 배퉁침하게 꺾고 앉아 무언가 비밀스럽기만 한 어머니의 작업을 지켜보았다.

"아가, 가서 물 한동이만 질러올래?"

그는 한달음에 동네 가운데 있는 공동우물로 달려가 물을 길어왔다. 그가 길어온 물에 마지막으로 헹구어내진 빨래는 기저귀였다. 어머니는 뒤꼍 텃밭 울타리에 새끼줄을 매어 하얀 기저귀들을 펴 널었다.

"어무니, 왜 여기다가 빨래를 널으요?"

"으응, 개삼중우니께로."

그러면서 일순간 어머니 볼에 빨간 홍조가 피어났다.

"개삼중우가 뭣이요?"

"으응, 나중에 니가 크면 알게 되야."

아무도 들여다볼 수 없는 뒤꼍, 빨간 맨드라미가 꽃불을 이룬 볕바른 장독대 옆 푸성귀의 초록빛 위에 펼쳐진 빨래들의 흰 빛깔은 눈이 부셨다. 아, 그 눈부신 흰빛은 왜 그렇게 어린 그의 가슴을 설레게 했던가. 왠지 어머니가 전혀 다른 낯선 사람같이 느껴지기도 하고 눈물이 날 것도 같던 그 기분을 그는 아직도 어젯일처럼 또렷이 간직하고 있다.

뒤꼍, 볕바른 양지녘에서 비밀스럽게 자신의 생리 기저귀를 빨며 볼에 빨간 홍조를 띠시던 어머니의 부끄러움, 어머니의 꿈, 그리고 그런 어머니가 풍겨주는 풋풋한 냄새에 취해 가슴 설레던 유년의 꿈은 저쪽 강 건너 안개 속인 듯 멀고 아득하기만 하다.

그렇지, 부끄러움을 모르는 시대, 꿈이 없는 시대의 한복판을 내가 살고 있지. 스모그 꽉 낀 이 낯선 회색빛 도시의 거리에 뒹구는 낙엽처럼 이리저리 바람에 휩쓸려 정처없이, 외롭게 쓰린 가슴을 숨기고 비어가는 정신은 내버려둔 채 그냥저냥.

혼자 웅얼거리며 걷다가 그는 발에 채는 돌멩이에 쓰러졌다. 기껏

해야 주먹만한 돌멩이에 쓰러져서 헉헉거리는 마흔다섯의 나이가
가소로워 그는 일부러 소리내어 헛웃음을 웃었다.

　바람이 불었다. 바람 부는 거리에 낙엽이 휩쓸리고 있다. 휩쓸리
는 것은 낙엽만이 아니다. 온갖 쓰레기와 종잇장. 종잇장이 낙엽처
럼 뒹굴고 자동차 헤드라이트가 번쩍거리는 차도 위로 몇명의 남녀
가 튀어나온 것은 그가 돌부리에 부딪힌 발가락이 아파 길가에 잠시
주질러앉아 있을 때였다. 거리에 경찰도 없었고 소위 말하는 닭장차
도 보이지 않았다. 그런데 유인물이 새떼처럼 하늘로 치솟아오름과
동시에 날카로운 남녀의 구호소리가 들리는가 싶더니 비호같이 나
타난 닭장차의 위력에 일단의 노동자 시위는 불발로 그치고 말았다.
무슨 일이 있는가. 그는 두리번거렸다. 그것은 환영이었다. 불발로
그치고 만 젊은 한때의 꿈. 십여년 전 영등포의 밤거리에 그는 새떼
처럼 치솟는 유인물과 함께 있었다. 지금 영등포의 밤거리에 빵빵거
리는 자동차들을 정리하는 앳된 교통순경의 호루라기 소리가 삐익
삑 무심하게 울어댔다.

　공단이 멀지 않은 영등포의 밤은 또다시 아무 일도 없소, 하고 무
심한 소음 속에 깊어가고 있는 것이다.


　아내와의 투덕거림 끝에 슬리퍼 바람으로 술을 찾아 밖으로 나섰
던 것은 투덕거림의 끝에 어느 순간 떠오른 그의 삶에 대한 의문부
호 때문이기는 했다. 그런데 그 의문부호는 느닷없는 의문부호는 아
니다. 그의 머릿속 한켠을 늘상 따라다니던 명쾌하진 않지만 그렇다
고 그것의 형체가 없는 것도 아닌 어떤 감정, 그 감정이다. 그것은
어쩌면 그가 가난한 부모를 따라 이곳 도시로 삶의 터전을 옮기던

그 순간부터 저 깊은 내면 속에 숨어 있던 그 뿌리 잃음에 대한 슬픔
인지도 모른다. 마음의 여유라고는 한치도 가질 수 없는 고행의 연
속이었다, 도시에서 터 잡기 위한 삶이. 오직 먹고사는 것에 매달리
는 것, 그 처절한 생존에의 몸부림, 그것은 전쟁이었다.

그의 부모는 그 전쟁 같은 삶을 살다가 끝내 밑바닥을 헤어나오지
못한 채 단칸 셋방에서 눈을 감았다. 나이 어린 그가 밥벌이할 수 있
기 가장 알맞은 곳은 누이가 다니는 봉제공장이었다. 도시에 발붙인
그 순간부터 시집갈 때까지 누이는 그 봉제공장에서 미싱질을 하다
공장 서무주임하고 눈이 맞아 결혼을 했다. 그도 또한 그곳에서 현
재의 아내를 만나 결혼을 했고, 십대 시다부터 시작된 봉제공장 인
생이 어느덧 사십대도 중반에 이른 지금, 공장은 다른 곳이지만 생
산과장이란 직급으로 아직도 계속되고 있는 것이다.

생각해보면 어지간하다 싶을 정도로 잘도 참아내며 살아온 지난
날이었다. 여기저기 다른 공장을 안 다녀본 것도 아니었다. 아무래
도 봉제일이란 게 남자가 할 수 있는 것이 아닌 성 여겨져 주물공장
에도 나가보고 쇠파이프 공장에서 용접일을 해보기도 했다. 그런데
공교롭게도 공장마다에서 몸을 다쳤다. 주물공장에서는 절단기에
손가락을 잃었고 쇠파이프 공장에서는 용접 불꽃이 눈에 들어갔다.
아무리 다친 몸이라 하더라도 놀기만 할 수 있는 집안 형편이 아니
었다. 한번 배운 기술이 재단이니 아이롱이니 온갖 봉제기술이란 기
술만 몽땅 지니고 있는 그가 갈 수 있는 곳은 애초의 봉제공장뿐이
었다. 그는 욕심부리지 않고 이곳이 내 평생직장이려니, 이곳이 정
말 내 집 내 가정과 같은 곳이려니 여기고 묵묵히 일을 해왔다. 그렇
다고 그가 일만 하는 기계처럼 산 것은 아니었다. 그도 '더 나은 미

래'를 위하여 그 나름으로 열심히 '일하며 공부하는' 삶을 살아온 세월이었다.

어려울수록 마음 돈독하게 먹으라는 어머니의 말을 뼛속까지 새겨넣으며 생리적 기본욕구들을 참아가며 '더 나은 미래'를 향해 진군, 또 진군하던 시절. 그 보람으로 검정고시를 거쳐 야간대학을 졸업하던 날은 온몸이 그 어떤 승리감으로 벅차오르기도 했다. 나는 이제 지긋지긋한 밑바닥 삶을 벗어나올 수 있는 최소한의 출구는 확보해놨다는 여유 같은 것이 생겨났다.

그러나 결혼도 미룬 채 다닌 나이 서른넷의 야간대학 졸업장이란 얼마나 우스운 종이조각이던가. 죽기살기로 대학 졸업장을 따놓으면 앞으로의 그의 삶이 뭔가 더 나은 방향으로 열릴 것을 고대한 것이 지나친 망상이었던가. 나이 서른넷에 야간대학 졸업장은 십년 내리 생산주임이라는 말단에서 생산과장으로 직급을 올려주는 역할 이외에는 그에게 아무것도 해준 것이 없었다. 그렇다고 회사를 그만두고 다른 곳에 취직할 수 있는 나이도 아니고 또 다른 일을 벌여볼 만한 자금도 배짱도 그에겐 없었다. 그러기에는 그에게 딸린 가족이 네 사람이나 되었다. 안정을 찾자고 결혼하여 낳아놓은 자식들을 먹여살리는 일은 또다른 의미에서 그를 옥죄어오는 굴레였던가.

아, 그러나 그놈의 섬광같이 퍼뜩 떠올랐다가 사라진 '내 삶은 걸레조각'이라는 인식 이전의 그는 제 식구들 먹여살리는 책무를 굴레라고 여겨본 적은 한번도 없었다. 그런데 이 초겨울 스산한 바람 불고 어둠이 내려오는 이 시간 슬리퍼를 꿰신은 엉성한 꼴을 하고 마흔셋의 나이 앞에 홀연히 나타난 낯선 감정 하나 붙안고 그는 어디를 배회하고 있는가. 그러고 보면 전혀 생소한 듯한 이 막막하고 허전한, 뭐라고 딱히 말로 표현할 수 없는, 누구에게랄 것도 없이 억하심정 가득한 억울한 듯한 이런 감정은 또 전혀 낯설지만은 않았다. 그것은 그가 고향을 떠나 이곳 시멘트 빌딩숲에 부는 찬 도시바람을 쐰 그 순간부터 그의 깊은 내면 속에 옹이로 자리잡기 시작한 그 어떤 상실감, 그리움, 한스러움, 그 모든 것이 뭉뚱그려져 생긴 감정이었다. 돌아가야 할 곳이 눈에 뻔히 보이지만 돌아갈 수는 없는 처지에서 생긴 향수병, 그것은 그가 도시에서의 새로운 삶을 꾸미기 시작한 그 순간부터 그에게 내재되어 있던 감정이어서 이젠 거의 스스로 의식하지도 못하는 본능같이 체화되어버린, 그래서 일상생활을 누려오면서 고향을 떠나온 이 도시의 모든 사람이 다 그러하려니 미루어 짐작하여 다들 외로운 들짐승 같은 도시인들에 그도 섞여 정신없이 살아온 와중에 어느날 문득 아내와의 사소한 투닥거림 끝에 그가 만난 '내 삶은 걸레조각'이라는 의문부호는 그래서 당연한 결론점일는지 모른다고 그는 생각했다.

길가에 쭈그리고 앉아 오만가지 생각에 잠겨 있던 끝에 시장 쪽으로의 행차를 포기하고 이제 그만 집으로 돌아갈 심산으로 일어서다가 그는 간간이 불어오는 바람에 플라타너스 잎사귀들과 함께 휩쓸려오는 종잇장 하나를 집어들었다.

"소비에트연방공화국은 죽었지만 남한 노동자 전사는 살아 있다."

"대책 없는 대량감원, 기만적인 위장폐업 자본가 김용수를 지옥행 특급열차로."

패배가 눈에 보이는 이따위 싸움으로 노동자 전사입네 나선 꼴이 가소롭게 여겨져 그는 종잇장을 구겨버리고 자리에서 일어섰다.

바람이 또 한번 솟구쳐와서 그의 헝클어진 머리카락을 헤집었고 그는 아황산가스 가득한 도시의 공기 한줌을 코끝으로 일부러 냄새까지 맡아가며 들이마셨다.

"에이, 이놈의 간 데를 후딱 떠나버려야 내가 살지."

이 말은 늘상 그것도 공기라고 아황산가스 냄새를 어쩔 수 없이 마셔가며 거의 습관적으로 내뱉는 말이었는데도 지금 순간 그의 마음 한구석에 잔잔한 파문을 일으키며 갑자기 소용돌이쳐오는 물살처럼 그를 서두르게 하였다.

"그래 그건 말뿐이 아냐. 난 가야 돼. 이젠 정말 가야 한다구. 내 영혼이 숨쉴 수 있는 곳, 내 몸을 누일 수 있는 곳, 차갑고 비정한 시멘트 철골 구조물이 아닌 온갖 생명 있는 것들과 따스한 흙냄새 있는 곳으로 난 진짜 가고 말 거야."

그는 두 손을 그러쥐고 새삼스럽게 이를 앙다물고 혼잣소리로 중얼거렸다.


예상은 적중해서 그가 맡고 있던 생산2과 라인이 폐쇄되었다. 일을 할 수 있는 인력도 현저하게 줄고 그나마 있는 라인에서 쏟아져 나오는 물량조차도 재고품으로 쌓여가는 마당에 놀고 있는 라인을 줄여나가는 조치는 당연한 것이었다. 그도 회사측의 조치에 순순히 수긍하였다. 회사에서는 십년 세월을 하루같이 근속한 그를 그냥 내쫓기가 미안했던지 생산부장 자리를 천거하였다. 그는 순순히 사양하였다. 젊은 나이도 아니건만 눈칫밥을 먹으니 안 먹고 말리란 배짱 아닌 배짱이 속에서 똬리를 틀었다. 회사에 사직서를 내놓았다. 회사에서는 기다렸다는 듯 그의 사표를 순순히 수락하였다. 나이 마흔셋에 취직을 할 마땅한 곳은 아무데도 없었다. 길은 막다른 골목이었다. 감원바람이 불 거라는 소문이 휘돌 때부터 은밀하게 키워오던 생각 하나가 있었다. 이젠 돌아가겠다는 생각, 더이상 자본 지니고 있는 자들에게 내 목을 휘둘리고 싶지 않다는 뒤늦게 생겨난 자존심. 싸움 따위는 제 나이에 어울리지 않을 성싶었다. 싸우기에는 그가 살아온 세월이 너무도 그를 지치게 만들었는지도 몰랐다. 중이 저 살기 싫으면 절을 떠나면 그만이라는 생각으로 그는 이곳 도시를 떠나기로 작심하였다.

여행가방 싸는 그를 아내와 새끼들이 놀란 토끼처럼 눈들을 동그랗게 뜨고 불안스러이 올려다보았다.

"증말로 회사 그만둔 거예요?"

"그렇다니까."

이때까지 그의 사직을 반신반의하던 아내가 급기야 울음을 토해내었다.

"아니 어떻게 그럴 수 있답디까? 자기들을 위해 십년을 하루같이 뼈빠지게 일해준 사람을 내동댕이치는 사람들이 어디 있답디까? 그러고 당신은 무슨 배짱으로 그만둔 거예요, 엉?"

아내의 눈에서 굵은 눈물방울이 툭툭 떨어져내렸다.

"아빠, 이젠 우리집은 어떻게 먹고사는 거야?"

"자식아, 이제 우린 거지 되는 거야. 아빠가 돈 안 벌어다주니까."

큰놈, 작은놈이 제 어미마냥 눈물이 크렁한 채 문답들을 주고받고 딸아이는 아빠를 흘끔거리며 입이 뾰로통해서 모깃소리로 말했다.

"낼까지 불우이웃돕기 성금 내야 되는데."

"우리가 이제 불우이웃이야. 누나는 그것도 몰라?"

제비새끼들처럼 재재거리는 새끼들과 아내의 원망의 눈초리를 뒤통수에 아프게 느끼며 그는 15평 허름한 제 아파트 현관문을 나섰다. 이제 곧 겨울이 오려는가. 코끝으로 맡아지는 바람냄새가 제법 싸하게 매웠다.

짐을 싸는 그에게 아내가 물었었다.

"어디를 간다구요?"

"살 곳을 찾아봐야지."

"여기가 집이잖아요."

"진짜 우리집을 찾으러 간다구. 여긴 가짜야."

아내가 아리송한 표정으로 다짜고짜 물었다.

"혹시 먹여살리기 힘들다고 제 식구들 떼어놓고 아무도 모르는 곳으로 토끼는 건 아니겠죠?"

그는 그냥 웃고만 있었다. 직장을 그만두어서 당장 먹고살 길이 막막한데도 이상하게 마음이 느긋해져서 그는 자꾸만 실없이 웃었다.

그를 자꾸 실없이 웃게 만드는 그의 '고향' 가는 길은 그래서 먹고살 길을 찾아 떠나는 가파른 길이 아니라 꿈의 이상향을 찾아가는 가슴 설레는 길이었다. 고속버스에 몸을 싣고 그는 창밖으로 펼쳐진 황량한 들판을 바라보았다. 나는 이제 이쯤에서 노동자의 길을 청산하고 농부로서의 새 삶을 시작하는 거다. 내 아버지가 그토록 그리던 내 땅, 내 논밭들을 사서 이제 이 겨울을 넘기고 나면 나도 저 들판에 씨앗을 뿌리는 거다. 그는 고속버스 의자에 깊숙이 몸을 묻으며 눈을 감았다. 창문이 밀폐되어 있는데도 들녘의 냄새가 맡아지는 듯해서 그는 자꾸만 코를 벌름거렸다.

고속버스에서 내려 고향으로 향하는 완행버스에 몸을 실었을 때
는 저녁 어스름 속에 희끗희끗 진눈깨비가 흩날렸다. 그것도 괜찮은
기분이다. 고향가는 길에 눈이라니. 날씨가 저물어서 제대로 길을
잘 찾아들지가 조금은 의심스러웠지만 불안하진 않았다. 완행버스
는 털털거리는 신작로를 천천히 굽이돌아 그를 그의 고향마을로 들
어가는 산모롱이 길에 내려놓았다. 거기서부터는 차가 없어 걸어야
했다. 그는 어렸을 적 그 산모롱이 길을 걸어 면소재지에 있는 국민
학교엘 다녔었다. 이제 이곳으로 이사를 오면 제 아이들도 예전에
자신이 그랬던 것처럼 이 길을 걸어 학교엘 다녀야 할 것이다. 아니
다. 지금은 차가 많아 신작로까지만 나오면 버스를 타고 다닐 수 있
을 것이다. 그는 제 고향마을을 향해 저문 산길을 잰걸음으로 걸어
갔다.

분명히 있어야 할 동네가 없었다. 아무리 둘러보아도 마을은 보이
지 않고 마을이 있던 자리는 호수가 들어앉아 있었다. 고향마을은
오년 전에 한번 여름휴가차 왔던 동네가 아니었다. 순간적으로 떠오
르는 생각이 있었다. 수몰되었구나. 가슴이 철렁 내려앉았다. 호수
는 겨울가뭄이 들어선지 수량이 그다지 많지 않아 물 위로 삐죽삐죽
마른 나뭇가지들이 올라와 있었다. 어디로 가야 할지 막막하였다.
호수를 낀 산 위쪽에 하얀 길이 나 있었다. 그는 그 길을 바라보고
호수 가상이를 빙 돌아갔다. 아닌게아니라 그 길이 끝나는 곳에 거
짓말처럼 집이 있었다.
　"주인장 계십니까?"
　"뉘요?"

모퉁이를 돌아나오는 사람은 어둠속에서도 금방 얼굴을 알아볼 수 있는 사람이었다.

"아니, 자네가 여기에 웬일이여."

"아저씨야말로 왜 여기 있습니까?"

"나야 이 집 관리소장이니께."

"관리소장이요?"

"그려, 관리소장. 별장지기."

"별장지기요?"

"여기가 그럼 누구 별장입니까?"

"그려, 여기가 시방 상전이 벽해가 되어분 자리여. 그 덕분에 나는 먹고살 길이 그전보단 좋아졌지만서도."

황노인은 마을 입구에다 구멍가게 겸 술청을 차려놓고 장사를 했었다. 수몰이 되자 동네 사람들은 보상금을 받고 사방으로 흩어졌지만 물이 들어와도 잠아먹힌 토지가 그다지 많지 않아 보상금도 얼마 되지 않은 황노인은 그 돈을 가지고 다른 곳으로 나갈 엄두가 나지 않았다고 했다. 몇년을 보상금 받은 돈만 까먹고 있다가 호수와 산이 어우러진 그럴듯한 풍광을 욕심낸 '사장님'이 어떻게 허가를 받았는지는 몰라도 별장을 짓고 별장지기를 찾는다는 소문을 듣고 자신이 선착순 일등으로 달려온 덕분에 지금의 별장 '관리소장' 자리를 차지할 수 있었노라고 황노인은 그에게 자랑스럽게 말했다. 황노인은 별장 주인을 사장님이라 호칭하였다.

"한 사람도 없이 모두 떠났습니까? 다른 곳으로."

"자네 집안 문중의 장손 만중이만 재 너머 산골로 들어갔어. 산소를 그쪽으로 이전했거든. 굶어죽는 한이 있어도 산소를 두고 떠날 수는 없다고 그 속으로 들어갔는데 어찌 사는진 몰라. 종갓집 장손은 장손이여, 만중이가."

황노인과 한참 마당에서 이야기를 나누고 있는데 집안에서 누군가 부르는 소리가 났다. 그제서야 황노인이 급히 서두른다.

"아이고, 내 정신 좀 보소. 사모님이 오셨어. 군불을 때야 되야."

"그럼 전 이만 가보겠습니다."

"이 밤에 어디 갈 데가 있다고 혀. 조금만 기다리소. 내가 사모님 헌티 특별 부탁하야 내 거처에서 하룻밤 유허게 해줄 테니."

아닌게아니라 사방은 칠흑같은 어둠에다가 질척질척 진눈깨비까지 뿌리고 있어서 난감하기는 난감하였다.

"재 너머 만중이형님 댁에나 들어가보겠습니다."

"길이 험혀. 내 말 듣고 좋게 닐 가도록 혀."

황노인은 헛간에서 통통하게 살찐 장작더미 한아름을 안아들고 뒤꼍으로 돌아가며 그를 손짓해 불렀다.

"사모님 취미가 예스러워 사장님이 까스 지름보이라 놓자 허는 것을 한사코 마다허고 장작 아궁이를 맨들었어."

황노인이 묻지도 않은 일을 그의 귀에 대고 소곤거렸다.

"누가 왔어요?"

아궁이가 있는 뒤꼍으로 돌아드는 '사모님'의 풍채는 참으로 고상하였다.

황노인이 서둘러 말했다.

"예전에 이 마을 살다 부모 적에 객지 나가 사는 사람이지요. 일가를 찾아왔는데 길도 어둡고 날씨가 험해 지가 붙잡았지요. 제가 책임지겠습니다."

'사모님'이 살찐 턱을 천천히 위아래로 움직여 보이자 황노인은 두 손을 합장하였다. 허락해주심이 참으로 황공하다는 몸짓으로.

황노인의 거처는 별장에서 약간 외돌아진, 나무청으로 지어놓은 가건물 옆에 시멘트 블록으로 벽을 쌓은 조그만 움막이었다. 방안에는 전기장판이 깔려 있었다.

"히힛, 내가 말이여, 이 짓도 몇년 해묵고 나니께 눈치가 생기더란 말이여. 사장님네가 언제 오는가 날짜 계산이 맞아떨어져. 사모님은 꼭 사장님허고 쌈질을 허고는 내려오거등. 그 날짜 간격이 꼭 열이틀이여. 그동안에 잘만 허면은 나도 저 속에 들어가 사장 기분을 낼 수 있다 그거여."

황노인은 모범적인 관리소장직을 수행하기 위하여 큰맘먹고 술도 끊었다고 했다.

이상한 설움 같은 감정이 내내 목구멍을 아프게 눌러와서 그가 딱 한잔만이라도 내놔주십사 간청해도 황노인은 술을 내놓지 않았다.


"자네가 어짠 일인가?"

"실업자가 됐수."

"노조일을 했는가?"

"다 늙은 몸이 무슨 노조요. 회사에서 나 같은 사람 손이 필요치 않으니 자동적으로 밀려나게 된 거지."

"그렇다고 아무 대책 없이 밀어낸다고 순순히 밀려나왔어?"

"회사로서도 대책이 없어요. 형님은 신문도 안 봐요? 요새 중소기업들 얼마나 힘든지 신문에 나오잖수."

"어떤 데는 일손이 없어 환장한다는데 왜 자네 회사는 그런당가?"

"업종마다 다르겠지요."

"뭔 야로속이 있는 것 같은디?"

문중의 장손 만중이는 자식들 다 객지로 내보내고 수몰된 고향마을에서도 한참을 올라온 산속에다 슬레이트 오두막을 짓고 벌을 쳐서 생계를 꾸려가고 있었다. 지금은 겨울이라 한가하다 하였다.

"이 참에 실업자 된 보람으로 고향에 돌아와 농사짓고 살아볼라고 했더니 수몰이 됐어요."

"이 사람아, 꿈도 꾸지 마. 촌사람들 전부 도시로 나가는 판국에 거꾸로 시골에 와서 뭣을 해먹고 살라고 그런가."

만중이형님의 그 말끝에 이상하게 참으로 이상하게 눈물이 핑그르르 돌았다. 그랬다. '먹고사는 일'은 인간문제 중에 가장 중한 일이었다. 인간행위의 모든 것, 심지어 예술행위까지도 그것의 엄밀하고도 본질적인 의미에서는 먹고살기 위한 하나의 수단이지 않은가. 그것이 전적인 목적은 아니라 하더라도 말이다. 내 부모는 먹고살기 위하여 정든 고향을 떠났다. 단지 목숨 하나 부지하기 위하여. 나도 목숨 하나 부지하기 위하여 뼈가 빠지게 노동자로 반평생을 살아왔다. 이제 어느정도 생존을 위협할 만한 기아선상은 면하지 않았는가. 생존의 기아선상을 모면한 시점이니만큼 정신적 안락을 찾는다고 흉될 것은 없다. 그것은 당연한 절차다. 그런데 지금 내 앞에 놓인 내 꿈이요 이상이던 고향의 현실은 어떠한가.

"퇴직금 가지고 무얼 해. 그것 가지고 아무것도 할 수 없어. 벌써 여기 땅은 전부 있는 놈들 차지라구. 노동자 주제에 무슨 전원생활을 누려보겠다고 기웃거리는가."

만중이형님은 그나마 있는 퇴직금마저 다 까먹고 진짜 알거지 신세 되기 전에 잘 생각해서 결정하라 하였다.

이튿날 그는 고향을 떠나왔다. 수몰된 고향, 이제는 없어져버린 그의 고향을. 한시도 지체할 곳이 못 된다며 만중이형님은 그를 그가 두고 온 또다른 고향, 공장으로 어서 돌아가라고 떠다밀었다. 목숨 보전하는 길은 유일하게 그 길밖에 없다고.

떠나기 전 '사장님'네 별장에 들렀다. 황노인한테 인사는 드리고 가야 할 것 같았으므로. 황노인은 별장에 없었다. 황노인을 만나는 대신 그는 그곳 별장에서 황노인의 '사장님'을 만났다. 그것은 지극히 불쾌한 만남이었다.

'할아범 시장에 좀 보냈습니다. 오늘이 마침 이곳 오일장 서는 날이라고 해서'라고 말하는 별장 주인의 얼굴은 낯이 익었다.

"어이 자네가 여기 웬일인가?"

"사장님."

황노인의 입에서만 사장님인 줄 알았더니 별장 주인은 진짜 사장님이었다. 유사장은 그가 십년 전에 몸담았던 의류수출업체의 사장이었던 것이다.

"여기가 제 고향입니다."

"들어오게."

사모님은 기척은 나건만 내다보지 않았다.

"저치가 말야, 작품을 쓴대나봐. 작품은 무슨 얼어죽을 놈의 작품이야. 괜히 폼만 잡고 마는 거지."

"또 압니까. 이런 산수경계 수려한 곳에서 쓰다보면 진짜 위대한 작품이 나올지도요."

"하기사 딴은 나도 그런 일말의 희망은 품어보네만."

그는 그곳에 오래 머물지 않았다. 조금만 더 앉아 있다가는 유사장의 번들번들한 뺨에 제 손가락 자국을 남기게 될 불상사가 일어날 조짐이 느껴졌으므로.

"살 곳은 마련했어요?"

아내가 비아냥거리듯 물었다. 그가 아무 말이 없자 아내는 재차 물어왔다.

"돌아댕겨보니 어디가 제일 살기 좋을 것 같습디까?"

"살 만한 곳은 아무데도 없어."

아내가 돌아앉아서 만지고 있는 탈바가지에서 역한 본드냄새가 코를 찔렀다. 역한 본드냄새 때문이었는가. 그는 갑자기 자리를 박차고 일어나 아파트 밖으로 뛰어나갔다. 언젠가 한번 느낀, 누구에게랄 것도 없는 억하심정이 그를 달리지 않으면 안되게 만들었다. 아황산가스는 여전히 친숙한 친구처럼 그의 콧속으로 후벼들어왔다. 그는 제가 달려가고 있는 곳이 어딘 줄 알고 있었다. 멀리 공장의 희붐한 담벼락이 드러나 보였다. 담벼락이 드러나 보이는 그 지점에서 그는 길가에 나뒹구는 콜라병에 발이 채어 넘어졌다. 그는 제 발을 친 콜라병을 집어들었다. 유리병 하나 손에 그러쥐고 그는 맹렬히 공장을 향해 달려갔다. 무엇하려고 그가 그렇게 공장을 향하여 맹렬히 달려가는가는 그 자신 이외에 아는 사람은 아무도 없었다.

들어오지 않는 남편을 기다리며 날밤을 세운 그의 아내가 관할 파출소에서 온 전화를 받은 것은 다음날 이른 새벽이었다.

파리하게 질린 얼굴로 달려온 제 아내한테 대고 그가 일그러진 입술로 담담하게 말했다.

"노동자 주제에 무슨 얼어죽을 놈의 고향 타령이야. 직사하게 일만 해주다가 고물 되면 지 알아서 나자빠져주는 것이 진짜 노동자지. 우리 같은 고물 노동자한테는 애초에 고향 같은 건 없다구."

공장의 수위가 말했다.

"제 손으로 사직서 쓰고 나간 사람이 야간작업 현장에 일을 허겠다고 부득부득 들여보내달라는 겁니다. 그곳이 김과장 고향이라나 뭐라나. 나도 저 사람 심정을 이해는 허지만요. 공장은 김과장한테만 고향이 아니고 나한테도 고향 같은 곳인데 그곳에 안 들여보내준다고 죽어라 돌팔매질을 해서 수위실 유리창들을 박살내고 있으니 어떡헙니까. 신골 허는 수밖에……"

파출소 창밖으로 메마른 바람 한줄기가 불어가고 있었다.

[소설과사상 1995년 봄호]

# 내 생의 알리바이

　태림에 대한 진술을 시작하기 전에 나는 어떻게 해서 내가 이런 얘기를 하게 됐는지의 발단을 밝혀두는 것이 좋을 듯하다. 지금 하는 얘기는 말하자면 태림에 대한 나의 진술이 시작되기 전의 서두인 셈이다. 이 서두는 읽지 않아도 무방하다. 아니, 이 글 모두를 읽지 않아도 무방하다. 그것은 읽는 사람의 자유다. 내 이 글에 냉담하게 고개 돌리는 사람이 있다고 해도 나는 그에 대해서 뭐라고 말을 할 수는 없다. 왜냐하면 그들과 나는 서로 사랑하고 있지 않으므로.

　그리고 나는 아직도 끝없이 '민중'을 동경하는 '소부르즈와'에 불과하다. 그것은 사실이다. 그러나 그 사실은 태림과 나 사이에 아무런 관계가 없다. 또한 나는 내 이 어눌한 진술이 절대로 90년대식(?) 어법에는 맞지 않을 거라는 영악한 생각도 한다. 그리고 보면 '눈치도 좀 보아가며 살 일'이라는 명제에 나도 어느정도는 동의하고 있는 듯하다.

하루 전이었다. 태림과 내가 그렇게 어이없는 모습으로 다시 만나게 되기 바로 하루 전날 나는 태림에 대한 소식을 수남에게 들었다. 태림은 애가 셋이라고 했다. 수남의 표현을 빌리자면 주렁주렁하게도 말이다. 나는 '창밖이 아름다운 커피전문점'에서 근 두 시간을 기다려 수남을 만났다. 시끄러운 찻집에서의 두 시간짜리 독서의 맛은 그런대로 개운했다. 그래서 약속시간을 못 지킨 수남에게 그다지 화나는 것도 없었다. 수남은 외려 내가 화내지 않음을 미안해했지만.

"너와 약속했던 걸 깜빡 잊었어. 수술대 위에 딱 누우니까 니 생각이 나는 거 있지."

"괜찮아?"

"물론."

우리는 자리에서 일어섰다. 수남과 나는 호프집으로 자리를 옮겨 두 시간 동안 술을 마셨다. 수남이 낙태수술을 한 지 딱 두 시간이 지나서였다. 태림의 이야기는 수남과의 그 두 시간짜리 술자리에서 등장하였다. 나는 태림을 잊은 지 오래다. 잊은 지 오랜 그가 그 두 시간의 술자리에서 우리가 안주로 먹은 명태포 속에 잠복해 있던 가시처럼 내 폐부 깊숙한 어느 한 곳을 자꾸만 찔러댔다. 그러나 나는 그 순간 내 폐부 깊숙한 곳이 찔리건 짓이겨지건 상관없이 수남을 위로해야 했다. 그래서 나는 말했다.

"잊어버리자."

얼마나 무책임하고 방자한 말인가. 잊어버리자는 말 따위는 두 번은 하기 싫었다. 아무 말 없음의 관계. 말없는 속에서의 대화가 우리

사이에는 가능했다. 말없는 속에서의 대화가 가능한 한 '우리의 우정은 변함없으리'라. 나는 그날, 낙태수술한 여자가 수술한 지 두 시간 만에 술을 마셔도 괜찮은지 어쩐지만을 지극히 염려했다. 이제 돌이킬 수 없는 영혼의 문제 따위는 생각하지 않았다. 아니, 생각하지 않으려 의식적으로 노력했다. 한눈팔기였다. 그냥 한눈을 팔아버리는 것이다. 본질 들여다보기란 얼마나 잔인한가. 우리는 서로가 한눈팔고 있는 상태임을 잘 알아보았고 그 한눈팔기의 이면에 도사린 것이 무엇인지를 잘 알고 있었기에 서로가 서로에게 아무 말도 할 수가 없었다. 수남이 태림이 얘기를 한 것도 어쩌면 그런 한눈팔기의 일종이었다. 처음엔 서로가 당황했다고 했다. 왜냐하면 수남과 태림은 친구 사이이기도 하지만 선생님과 학부모 관계가 아닌가.

"니 학생이면서 그 엄마가 누군지 몰랐어?"

"난 태림이 이름도 기억하고 있지 않았어. 우리랑 같이 다닌 게 겨우 두 달이었잖아."

병원 로비에서 마주쳤을 때 그가 태림임을 알아보았고 얘기를 하는 도중에 태림의 아이가 제 반애임을 알았다고 했다.

"잘한다, 선생이."

"얼마나 재밌었는 줄 아니?"

"우리 애 선생님이라고 김태림이가 광고내지 않던?"

"잘해주던데. 애 셋이 주렁주렁이고 요번에 넷째였던걸."

"어떻대? 사는 건."

"참, 내일이 걔 아들 생일이래. 내가 맡고 있는 애. 집에 초대한댄다. 제 아이 담임이라고."

"그래?"

"네 말도 나왔어. 같이 오라고 꼬옥."

"태림이가 그랬어?"

"응."

나는 시종일관 담담했고 수남 또한 시종일관 초롱초롱했다. 조그만 틈새만 있어도 우리가 견지하고 있는 시종일관의 태도는 와르르 무너질 수 있음을 수남과 나는 잘 알고 있었기에 태림이 얘기를 멈출 수 없었다. 그러니까 태림은 우리가 드러낸 환부 위에 임시처방으로 바르는 반창고 역할을 그 순간 해내주고 있었던 것이다. 나는 되도록이면 태림이 그렇게 우리들의 반창고 역할만을 해내고 있음을 드러내 보이려고 애썼다. 명태포 속에 잠복해 있는 가시로서의 태림이 지금 내 속의 어느 한 곳을 찌르고 있음을 내보이지 않으려고 무진 애를 썼던 것이다. 찌르고 있다는 것은 무엇을 말함인가. 그렇다면 나는 아직 태림을 영영 잊지는 않았다는 뜻인가. 태림의 첫 남편은 죽었다. 그 사이 재혼을 했던 것일까.

수남은 새로워지고 싶다고 말했다. 십여년 연애의 마지막을 산부인과 병원에서 결산한 수남은 이제 정말로 새롭게 살아갈 수 있을 것이었다. 새롭지 않으면 길은 막다른 길일 것이기에. 우리는 갈림길에서 헤어져 각자의 앞에 놓인 어둔 길을 따라 걸어갔다. 헤어지기 직전 내일 '창밖이 아름다운 커피전문점'에서 만나 커피집 맞은편 빵가게에서 생일케이크 하나 사기로 했다. 그러면서 나는 내일이 토요일이군, 하고 새삼스레 뇌었다.

출근하고 퇴근하는 생활을 하지 않은 지 내일로 열여섯 주일이 된다. 그 열여섯 주일간 내게 무슨 일이 일어났나. 빚뿐인 출판사를 인수해준 편집장에게 고마워하며 보낸 열여섯 주일이었나. 출판사를

242

인수해준 그가 있음으로 해서 나는 채무자의 신분에서 비로소 해방될 수 있었다. 빚에서 나를 해방시켜준 그가 고맙지 않을 수 없는 것이다. 그리고 거미줄 같은 욕망의 그물로부터도 나는 벗어났다. 다 그 덕분이다. 지극히 현실적인 의미에서 말이다. 그런 점들을 나는 후배 편집장에게 감사하고 있었다. 출판사를 인수한 후배는 빚이 거의 꺼져간다고 몇번 전화를 해왔다. 아닌게아니라 요 두어 달 며칠에 한번씩 편집장이 기획했던 책광고를 보는 건 어려운 일이 아니었다. 내가 그만둔 뒤 그들은 좀더 열린 시각과 자유로운 토론의 시간들을 가질 수 있었을 것이다. '대중문화에 대한 올바른 시각을 갖는 데 도움을 주고자' 출판된 그 책은 물론 내 손에서는 탄생될 수 없는 책들이었다.(그러고 보니 그 책은 꼭 나 같은 사람이 보라고 출판된 듯도 하다.) 판매고는 그런대로 괜찮은 모양이었다. 표지를 장식하고 있는 앤디 워홀의 미소는 모호하게 세련된 느낌을 주었다. 지금에 와서 생각해보건대, 나는 그들이 말하는 '문화적인 면에 있어서의 보수성'이란 것이 확실히 있긴 있는가보았다. 최신 유행음악이나 최신 사조들에 대한 생래적인 거부반응이 나의 그런 '문화적인 면에 있어서의 보수성'을 증거한다. 그리고 무엇보다 나는 그들에게 제때 임금을 주어본 적이 없었다. 한때, 90년대가 되기 직전 어느 한때 잠시 내게도 약간의 호경기가 있었다. '현 시기 노동운동의 진로와 전망'에 관한 논문모음과 한두 편의 번역 노동소설이 내 호경기의 이력이다. 그리고 그것은 내 일생 단 한번의 호경기였던 때로 기록될 것이다. 그때 한번이었던 것 같다, 임금을 제때 제대로 줬던 적이. 그리고 나서 이제 나는 손을 털었다. 내 청춘의 한때와 나는 결별했다. 나도 새롭고 싶다. 정말이지 간절하다. 태림이 생각이 난다. 오래 잊고 지냈다. 낙태를 했단다. 그럴 수도 있는 일이다. 애가 셋이라는데. 넉넉지 못할 것이다. 그는 아직 벗어나지 못했을 것이다. 골목에서 막바로 통하는 방, 함부로 버려지는 개숫물과 늘상 치워지지 않는 쓰레기더미와 악다구니, 그리고 그런 악다구니와는 상관없이 태평무사로 피어나는 장다리꽃들. 나는 그가 그곳을 벗어나려 얼마나 애썼는지 조금은 알고 있다. 그의 첫남편은 막일꾼이었고 태림은 막일꾼의 아내였다. 십여년 전 일이다. 막일꾼은 죽었다. 칠년 전 일이다. 태림은 재혼했던 것일까.

출판사를 그만두고 이 도시에 내려와 내가 한 일이라곤 이따금 수남과 만나 두어 시간 가량 취하지 않을 만큼 술을 마시는 일뿐. 뭔가 일을 시작해보고 싶다. 팔리지 않을 책만 펴내는 출판사를 경영했던 서른셋의 여자가 할 수 있는 일이란 무엇일까. 마음이 자꾸만 어려져서, 할 수 있는 일이란 무엇일까 하고 자문자답해본다. 사실을 말하자면 나는 아무 일도 안하고 싶다. 그것은 사실이다. 수남이 일 때문에 나는 혼자서 눈물을 좀 훔친다. 가여운 것! 노파같이도 뇌어본다. 지극한 단순성. 태림이 생각을 한다. 한번은 보고 싶었던가. 그런 적이 없었던 것 같다. 그리고 나는 지금 처음으로 그를 보고 싶어 한다. 태림이 이야기를 하자.

**진술 1**

태림이는 삼월에 우리 곁에 왔다. 그의 어머니가 노동능력을 상실한 아버지와 그들 동기들을 이곳 도시로 데리고 들어왔다고 언젠가 태림이 말했던 것을 기억한다. 태림은 그렇게 시골 여자고등학교에

244

서 남녀공학인 우리 학교로 전학을 왔다. 그해 삼월에 학도호국단장을 직선으로 뽑았다. 교련 사열 때면 연대장으로도 불리던 직선 학도호국단장은 잘생겨서 나는 한때 그를 진심으로 사랑하고 있다고 믿었다. 연대장이었던 만큼 그가 진학할 학교는 오직 육군사관학교 뿐이라고 우리는 철석같이 여겼다. 그는 당연히 육사를 지원했으나 떨어지고 말았다. 우리의 학도호국단장이 육사시험에 낙방했음을 안 우리는 가슴이 찢어질 듯했다. 왜냐하면 그는 육사시험에 떨어지기엔 너무나 잘생긴 용모를 지녔던 것이다. 찢어지는 가슴으로 우리는 우리의 학도호국단장을 잊어갔다. 우리는 이제 더이상 우리의 위대한 직선 호국단장을 잘생겼다는 이유만으로는 좋아하지 않았다. 그는 이미 그해에 맨 처음 실시하는 대학입시에서 떨어진 맨 처음의 낙방생이었던 것이다. 대학 초년 때까지 나는 그를 잊지 못해 육사가 있는 태릉을 지나칠 때마다 가슴 찌르는 통증을 맛보아야 했다.

태림을 얘기하자 하면서 나는 내 사랑, 학도호국단장만 떠올린다. 자, 다시 시작하자. 태림은 삼월에 우리에게 왔다. 처음 우리 교실에 들어서던 그의 얼굴엔 갯바람에 그을린 자국이 그대로 남아 있었다. 태림은 열아홉이었는데도 갯바람에 그을린 자국 때문이었는지 마치 신산스런 삶의 한가운데 있는 삼십대 여자처럼 보였다. 우리는 그때 그것을 '신산'스럽다고 느끼지 않고 '촌'스럽다고 느꼈다. 후에 나는 그런 색깔의 얼굴빛을 가진 촌여자를 미국 여류 사진작가 도로디어 랭이 찍은 "이주민 어머니"라는 제목의 사진에서 보고 견딜 수 없이 감동한 적이 있다. 내가 감동했던 그 얼굴빛이 그러고 보니 촌스러웠던 그해 삼월의 김태림의 얼굴빛이었음을 나는 지금 깨닫는다.

그해 사월, 4·19기념식을 학교 몰래 치렀다. 그해 사월, 하면 기억은 그것뿐이다. 오월에, 정확히 말하자면 오월 상반기 중간고사일을 하루 앞둔 일요일부터 학교 교문이 닫혔다. 우리는 유월도 그냥 보내고 다른 지방이 방학을 하는 칠월에야 학교에 나올 수 있었다. 대학에 딸린 부속고등학교였으므로 우리는 대학생들과 나란히 교문을 썼다. 그해 내내 대학 교문을 군인이 지키고 있었다. 그들이 입은 카키색의 군복과 어깨에 멘 소총은 마악 떠오르기 시작하는 아침해에 반사되어 검은색으로 비치기도 했다. 그 검은색은 어찌 보면 비장한 엄숙미가 있었다. 처음 우리는 그들과 소리없는 미소를 나눴다. 나중에는 소리내어 인사했고 우리들 중 몇은 그들을 어느새 좋아하고 있었다. 왜냐하면 그들에게 어떤 말 못할 우수 같은 것이 서려 있다고 우리는 느꼈던 것이다. 그런 말 못할 서러움이 우리 전부에게 있었다. 대학생들은 고개를 푹 수그리고 교문을 통과했으며 군인들은 고개 수그린 대학생들을 외면했다. 외면한 군인들의 시야에 새처럼 초롱한 우리들이 보였고 그들은 허공에 떠 있는 시선으로 우리에게 슬픈 미소를 보냈다. 나중에야 진단한 것인데 어린 우리는 그런 식으로 신군부정권과 친해졌다. 우리는 그해 오월, 우리들의 도시에서 무슨 일이 있었나를 까맣게 잊고 있었다. 등하교 때 마주치는 그 잘생긴 헌병 때문에 가슴 설레며 학교를 다녔다. 그해 칠월에서 팔월이었다. 가을이 왔을 때 우리 중의 몇은 실습나온 교생선생님을 일시적으로 사랑했고 그리고 나를 포함한 몇몇은 '우수어린' 교문 앞 군인을 사랑하고 있다고 믿었다. 나는 그렇게 그해 구월과 시월을 보냈다. 입시가 가까워올 무렵 군인들은 철수했다. 군인들이 없는 교문 앞 광장에 간혹 비둘기가 날아와 앉았다 가곤 했다. 아무도 그 비둘기에게 먹이를 주지 않았다. 먹이를 찾는 비둘기는 빈 부리를 콘크리트 바닥에 몇번 훔치고 나서 원을 그리며 날아갔다. 겨울이 오고 있었다.

수남은 교육대학을 가겠노라고 말했다. 정말로 좋은 시골국민학교 선생님이 되고 싶다고 했다. 그리고 무엇보다 집안이 어려우므로. 나는 수남의 꿈이 원래는 국민학교 교사가 아님을 알고 있었다. 그의 꿈은 패션 디자이너가 되는 것이었다. 나는 수남이 자신의 꿈을 수정하며 그래야 되는 현실을 담담히 받아들이게 된 바로 그 가난한 수남의 현실이 가슴 아팠다.

그럭저럭 입시를 치르고 졸업사진을 찍고 학교생활도 한가해진 초겨울이었다. 고등학교에서의 마지막 방학이 며칠 앞으로 다가왔다. 대학도 일찌감치 종강을 했는지 학교 전체가 텅 빈 것 같은 햇빛 밝은 초겨울 오후, 나는 그날 태림을 만났다.

우리는 정신이 없었던 것일까, 그해에. 그해에도 위층 사는 새댁은 아이를 순산했고 누군가는 실연을 비관하여 음독자살을 기도하려 했다는 기사가 지방신문 '똑딱이'란에 실렸다. 우리 중의 몇은 실습나온 교생선생님을 사랑했으며 나를 포함한 몇몇은 교문 앞 말 못할 '우수'를 사랑하지 않았던가. 겨울이 다가올 무렵 군인들이 철수한 그 자리에 날아온 비둘기를 우리는 오래 바라보기도 하지 않았던가. 왜 사람들은 비둘기에게 먹이를 주지 않을까. 그러면 추운 겨울을 저 비둘기는 어찌 사노.

그리고 우리는 무사히 입시를 치러냈고 친구의 눈물겨운 진로 수정에 대하여 진심으로 마음 아파했으며 정옥아, 수남아, 불러가며 졸업사진도 박았다. 그러고도 정신이 없었던 것일까. 아니다. 그러느라고 정신이 없었는지도 모른다. 그해, 오월에서 유월 사이에 실

종되어버린 미술선생님도 까맣게 잊어버릴 만큼. 미술선생님을 잊고 있었으니, 김태림이야 당연했던 것일까. 그는 우리가 기억할 만큼 예쁘지도 않았고 무엇보다 그와 우리가 같이 있었던 기간이 삼월에서 오월까지뿐이었던 것이다. 학교가 다시 문을 열었을 때 우리는 아무도 태림의 부재를 알아채지 못했다. 고등학교 삼학년 교실에 들어오는 선생님들은 이윽고 다가올 입시가 촉박하여 출석을 부르지 않고 막바로 수업에 들어갔으며 우리들 중 몇은 일류대반 교실에 따로 불려나가 합숙을 하며 공부해야 했다. 또 몇은 특별과외를 받느라 미술학원으로 음악학원으로 나갔고 몇은 체육특기자로 교실을 빠져나갔다. 교실에 남은 고3들은 잔류자였다. 그들 중 대다수는 조만간 잔류자에서 패잔병이 될 것이었다. 잔류자들 중 몇몇은 책상 위에 엎드려 잠을 잤고 몇몇은 책상 밑 무릎에 놓인 순정소설에 푹 빠져 있었으며 나와 수남이와 그 외의 몇몇은 도무지 해득되지 않는 수학선생의 소음을 멍청히 경청했다. 입시가 끝난 초겨울 고등학교에서의 마지막 방학이 얼마 남지 않았던 그해 초겨울, 우리들은 각자 자신의 앞에 놓인 운명의 길이 어느 쪽인지를 알고 있었다. 몇은 대학을 갈 것이었다. 몇은 생산직 노동자의 길로 갈 것이고 몇은 백화점의 점원으로 몇은 사무실의 사환으로 몇은 집으로 돌아가 식순이가 될 것이다. 그리고 몇은 본인들조차도 믿어지지 않게시리 일찌감치 시집을 갔다. 자신도 '내가 지금 무슨 짓거리를 하고 있을까' 하며 시집을 간 친구를 길을 가다 우연히 마주친 적이 있었다. 마침 갓스물에 시집을 가서 낳은 아이가 그 곁에 있었는데 그 아이는 코밑이 벌써 꺼뭇꺼뭇해 있었다. 그의 엄마 봉님이는 말하자면 학교 다닐 때 공부는 안하고 건너편 건물의 남학생과 눈이 맞았는데 수염이 꺼뭇꺼뭇한 봉님의 아들은 영락없이 3학년 1반의 그 남학생을 닮아 있었다. 김기철이, 봉님이 남편인 김기철이는 학교 다닐 때 늘 모자를 삐뚜름히 쓰고 배꼽바지를 즐겨 입고 다녔다. 봉님이와 헤어져 걸어가면서도 봉님이 남편 옛 모습이 떠올라 나는 자꾸만 비식비식 혼자 웃었다.

그해를 생각하면 그렇다. 봉님이와 봉님이 남편 김기철이는 생각난다, 감회어린 선명함으로. 김태림이 얘기가 나왔다. 수남이 입에서 나온 소리다.

애가 주렁주렁 셋. 이번에 넷째를.

초대한댄다.

너도 오라고 꼬옥.

태림이 소식을 수남이에게 들었을 때 왜 나는 명태포 속의 가시에 입천장 어디를 찔린 것 같은 느낌을 받았던 것일까. 미리 말해두건대, 나는 힘들었다. 내 생은 악화일로였다.

'사랑'이라는 말이 있다. 흔한 말이면서 좋은 말이다. 원수를 사랑하라는 말도 있다. 내가 존경하는 어른 한분은 모든 조건은 사랑이라고 말했다. 옳고 좋은 말이다. 나는 태림을 사랑하지 않은 것이 사실이다. 그렇다고 그를 미워하거나 싫어한 적도 없다. 아니, 내가 태림을 미워하거나 싫어하는 감정 따위를 가질 수 있을 만큼 어느 한때나마 우리 관계가 긴밀했던 적도 없었다. 적어도 나는 태림과 나와의 관계를 그렇게 느꼈다. 한때나마 긴밀한 관계에서만이 그 속에서 애증 따위 감정들도 파생될 수 있는 것이 아니겠는가. 그렇게 애증의 감정이라든가 기타 다른 감정들이 생겨날 수 없는 선에서 나는 그를 만났다. 그리고 그런 만남조차도 오년 전 여름이 마지막이었다. 또 한번 말하지만 내 생은 쭈욱 악화일로의 선상에 있었다.

## 진술 2

초겨울에 태림을 만났다고 말했다. 그 초겨울 얘기를 하자. 입시
도 끝나고 우리는 책가방 대신 옆구리에 헤르만 헤쎄나 앙드레 지드
의 문고판 소설책을 끼고 학교에 다녔다. 오전에는 주로 교양강좌를
들었으며 오후에는 자유시간이 주어졌다. 축축한 대기 사이로 늦은
아침해가 서서히 퍼지곤 하는 그런 날씨가 이어졌다. 오전 한두 시
간의 의무적인 교양강좌가 끝나면 나는 도서관으로 향했다. 텅 빈
도서관에서 나는 농밀한 적막과 축축한 한기를 헤쎄와 함께 즐기곤
했다. 햇빛은 사선으로 열람석에 꽂혀 있었고 나는 이제 내 인생의
비밀스런 장막 하나가 걷혀지는 것을 그 햇빛 속에서 보았다. 눈물
이 났던가, 어쨌던가. 하기야 눈물이 흔할 수 있는 나이이고 시기가
시기였던 만큼 사방 어디를 가나 나는 눈물날 일 하나씩을 오버코트
주머니에도 주워담고 치마 호주머니에도 주워담을 수 있던 때였다.
그렇게 주워담아서는 하루종일 울고 싶어했다. 그런 기분으로 나는
학교를 나왔고 교문을 나서는 순간 태림을 만났던 것이다. 나는 신
산스런 얼굴의 그를 향해 조금 웃어 보였다. 그동안 왜 학교에 나오
지 않았는지 궁금하지도 않았다. 조금 웃어 보이는 것조차도 어색했
다. 태림은 달랐다. 내 손을 붙잡고 눈물이 글썽였다. 그랬으므로 나
는 그의 곁에서 금방 떠날 수가 없었다. 나는 사실 태림에게 적당히
웃어주고 그 자리를 떠날 셈이었다. 멋진 계획이 내게 준비되어 있
었던 것이다. 나만의 은밀한 계획이긴 했지만 나는 오후에 옷을 사

러 갈 셈이었다. '옷을 산다는 것'이 왜 그렇게 가슴 설레는 일이었던지 지금 생각하면 실소를 금할 수 없지만 어쨌든 그때 나는 옷을 산다는 그 생각만 해도 가슴이 뛰었다. 나는 옷을 사서 내 방 거울 앞에서 혼자 은밀히 입어볼 심산이었다. 그렇게 마음에 꼭 드는 사복 한벌을 입고 헤쎄를 한권 들고 이제 올 겨울로써 마지막이 될 이 도시에서의 겨울해를 오래오래 바라볼 수 있는 공원에 나가볼 것이었다. 그래서 공원에 드문드문 오가는 사람들을 각별하게 바라볼 것이었다. 왜냐하면 나는 이제 이번 겨울로써 이 도시와 안녕을 해야 할 운명이므로. 그랬다. 그것은 움직일 수 없는 운명이었다. 새로 산 그 옷을 입고 나는 이 고장에서 마지막 보는 비둘기들에게 먹이도 뿌려줄 것이었다, 몇방울의 투명한 눈물과 함께. 멋진 계획이 아닐 수 없었다. 태림을 만난 순간에 나는 깨달아야 옳았다. 그가 그 모든 정다운 것들과의 눈물겨운 이별연습을 방해하고 있다는 사실을. 새옷을 입고 코끝 싸한 바람을 맞으며 나를 사랑했지만 내가 사랑하지 못했던 이 도시에 고할 정중한 이별의 순간이 태림을 만난 그때 산산조각 나버렸다는 사실을. 그러나 나는 그때 그것을 깨닫지 못했다.

그해 겨울도 예외없이 갓스물들이 그 도시를 빠져나갔다. 천부적으로 우수한 두뇌, 가상했던 노력과, 유학을 해도 가계에 별 타격이 없는 집의 자제들, 가계가 파탄나도 서울행의 꿈을 포기할 수 없는 처절한 스물들이 그해 서울행 기차에 몸을 실었다. 나는 부모님 몰래 내 손으로 산 모직투피스(지금은 촌스럽기 한량없는)를 입고 서울행 야간열차를 탔다. 나는 정들었던 도시와 이별했다. 나의 부모는 서울유학을 보낼 만한 여력이 없었고 나는 죽어도 유학의 꿈을 포기할 수 없었던 처절한 스물들 중의 하나였던 것이다. 그해 겨울에.

"태림을 만난 것이 초겨울이었다."

똑같은 진술을 나는 지금 몇번째 하고 있는지 모르겠다. 그래 그 얘기를 하자, 태림이 얘기. 하지만 무슨 얘기를 한단 말인가. 내가 태림이에 대해서 아는 것은 그다지도 없다. 나는 그를 사랑하지도 않았다. 그렇다고 미워하거나 싫어한 적도 없다. 그와 나는 친교의 기회를 그리 많이 갖지 못했다. 그러니 문제다. 내 폐부 깊숙한 곳을 찌르는 이 가시의 정체가 무엇이란 말인가. 그것을 밝히자면 맨 처음 그와 내가 만났던 날부터 차근차근 얘기를 해보는 것도 도움이 될 것 같다. 이제야말로 정색을 하고 태림이 얘기를 해보기로 하자.

나는 그날 옷 사기를 포기하고 김태림이와 함께 있었다. 최초의 알리바이가 이것이다. 우리는 그날 대학 후문 옆에 있는 호숫가를 한 시간 가량 거닐었다. 짧은 겨울해가 호수 저쪽으로 지고 있었다. 호수 안쪽에 있는 섬에서 물새 울음소리가 간헐적으로 들려왔다. 김태림이는 지난 여름에 이 호수에서 사람이 빠져 죽는 것을 보았노라고 말했다.

"정말?"

"응."

"누구누구가 봤는데?"

"나 혼자."

"신고했어?"

"안했어."

"왜?"

"실은 내가 빠뜨렸거든."

252

나는 놀라지 않을 수 없었다. 나는 목소리를 낮추었다.

"그래서 학교엘 나오지 않았구나."

"아아니, 나갈 수 있었어."

"그런데 왜 안 나왔어?"

"나갈 수 없었어."

"나올 수 있었다고 아까 그랬잖아?"

"응, 그래."

나는 김태림이가 무슨 말을 하고 있는지 종잡을 수가 없었다.

사람이 빠져 죽는 것을 보았노라고 했다. 그러다가 그 사람을 자신이 빠뜨렸다고 했다. 학교에 나올 수도 있었고 나올 수 없었다고도 했다.

'응, 그래' 하는 태림의 무심한 대답이 시나브로 호수면 위로 떨어져내렸다. 응, 그래. 나는 그날, 태림의 '응, 그래' 하는 대답에서 무심함 이외에 아무것도 감지하지 못했다. 단지 종잡을 수 없는 그의 말과 태도에도 불구하고 그 자리를 쉽게 떠날 수가 없었던 것을 나는 아직 기억하고 있다.

## 진술 3

밤도망을 쳐서 서울로의 유학을 감행했다. 친구의 자취방에서 기생했다. 사월에 과사무실 우편함에서 태림에게서 온 편지를 발견했다. 뜻밖이었다. 자신은 지금 목하 연애중인데 남자가 멋있는 사나이이긴 하지만 돈이 없는 청춘이라고 씌어 있었다. 답장을 해야 할 것만 같은 의무감이 치솟았다. 이왕이면 정성을 다해 썼다. 첫 문장을 이렇게 썼다.

"짧은 겨울해가 잔잔한 호수 위에 부서지던 날 만났던 친구여!"

사실 나는 이왕 편지를 쓸 바에야 이렇게 쓰고 싶었다.

"어느 초겨울의 호숫가에서 단 하루 만났던 친구여!"

나는 그날, 호수의 안쪽 섬에서 물새가 울어쌓던 그날 단 하루만 태림을 만났던 것 같다. 그리고 나는 잊어버렸던 것이다. 편지는 다소 의외였고 편지의 내용 또한 의외여서 나는 좀 어리벙벙한 기분으로 답장을 쓰긴 썼다. 답장의 말미에는 이성부 시인의 「가을 사람에게」라는 시도 한편 적었다.

만날 사람도 없이
머물러야 할 장소도 없이
깊은 거리에 따라 들어가서
진흙투성이인 마음이 되어 나온 그대
참담해진 그대
(⋯)

나는 지금도 모르겠다. 그때 내가 어떤 의미로 답장의 말미에 「가을 사람에게」를 적어 보냈는지.

태림에게서 온 두번째 편지를 나는 구월 첫째주 화요일날 과사무실 우편함에서 발견했다. 소인은 칠월로 찍혀 있었다. 다양한 내용이긴 했지만 두번째 편지의 사연인즉 생활이 무척 어렵고 취직이 안되고 있으니 친구인 네가 태림이 저를 좀 도울 수 있으면 도와달라는 것이었다. 약간의 귀찮은 감정이 스치고 지나갔다. 태림의 편지 말미에는 또 이런 내용도 씌어 있었다.

"나는 사실 너의 답신을 기대하지 않았는데 막상 답신을 받고 보니 감개가 무량하여 견딜 수 없이 떨리기도 하였다. 특히 너가 정성 들여 첨부해준 이성부 시인님의 「가을 사람에게」를 읽고 나는 눈물을 쏟지 않고는 배길 수가 없었다. 이번에 너가 나에게 자그마한 성원이나마 아낌없이 보내준다면 나는 이 세상 어떤 힘보다 큰 힘을 얻을 수 있을 것이다."

뒷문장을 읽고 나자 귀찮다는 생각도 어느정도 가시고 나는 쿡 웃고 말았다. 쿡 웃으며 아르바이트로 받은 일당 2만원을 답장과 함께 흰 봉투에 집어넣었다. 나는 '눈물겨운 고학생'이었으며 부모님은 서울바람 난 딸년에게 죽어도 학비를 보내주지 않고 있었다. 나는 그 시절 학교 앞 식당의 주방에서 접시 닦는 일을 하고 있었다. 말하자면 최하급의 아르바이트로 서울에서의 목숨을 연명해나가고 있었던 것이다.

태림과 관련된 기억 중 대학에 들어와서 첫번째 맞은 그해 겨울 어느 한밤중도 나는 잊지 않고 있다. 누군가가 내가 기생하고 있는 친구의 자취방 집 대문을 세차게 두들겼다. 공기가 땡땡 얼고 휘영청 달 밝은 밤이었다. 문을 열자 거기 놀랍게도 김태림이가 히죽 웃고 서 있는 게 아닌가. 나는 태림에게 답장을 쓸 때 그냥 의례적으로 서울에 오면 한번 들렀다나 가라고 주소와 주인집 전화번호를 적었었는데 태림은 기어코 그 주소를 가지고 찾아오고 말았던 것이다. 태림은 그런대로 예쁘게는 차려입었고 방주인인 친구에게도 상냥하게 굴었으므로 나는 기생하는 자로서 나를 찾아온 손님이 있다고 주눅이 들거나 그러지는 않았다. 그리고 태림의 방문은 내일 아침이면

끝날 것이었다. 나는 그것을 의심하지 않았다. 그래서 일부러 묻지도 않았다. 왜 어떻게 무슨 일로 따위는 일절 묻지 않고 대신 나는 되도록이면 먼길을 온 그에게 잘하려고 노력했다. 친구가 태림에게 잘해주는 것이 고맙기도 하였다. 이튿날 아침이 되었을 때 나와 친구는 서둘러 학교에 갈 준비를 하였다. 우리는 그해 겨울방학서부터 본격적인 '학습'을 시작했던 것이다. 『프랑스 혁명사』『해방전후사의 인식』『페다고지』 등이 그때 우리의 학습목록이었다. 그러나 태림은 방주인인 우리가 나갈 채비를 하여도 이불 속에서 나올 생각을 안했다. 모든 채비를 완료해두고 마지막으로 양말을 꿰신으며 어쩔 수 없이 내 입으로 물어볼 수밖에 없었다.

"어떡할 거야?"

태림은 아무 대답이 없었다. 친구는 먼저 학교로 가고 나는 좀 화가 난 상태로 태림이 뒤집어쓰고 있는 이불만 멍청히 쳐다보았다.

"이애, 어떡할 거냐구?"

내 목소리가 좀 신경질적으로 변했다. 그때서야 태림의 얼굴이 이불 밖으로 비져나왔다. 나는 그때 태림의 눈자위가 붉게 충혈되어 있음을 보았다.

"왜, 무슨 일이 있었어? 서울엔 언제 올라온 거야? 나 있는 곳은 어찌 알고 찾아왔어? 언제 갈 거야? 어떡할 거냐구?"

붉게 충혈되어 있는 태림의 눈자위 따위는 절대로 아랑곳하지 말자는 오기 같은 것이 불끈 솟아났다. 나는 그 순간 어떤 말이라도 할 수 있을 것 같았다.

"이애, 여기가 어딘 줄 알고 네가 온다니? 네가 오면 내가 너 밥 먹여주고 재워주고 해줄 줄 알았니? 그리고 여기는 내 방이 아니란 말야. 나도 이 방에서 기생하는 신세란 말야."

태림은 충혈된 눈을 질끈 한번 감았다 뜨며 말했다.

"나 말야, 나 여기서 좀 살면 안되까?"

강원도 출신의 이 방 주인인 친구(그는 나와 같은 과를 다니고 있었다)는 어젯밤 태림 앞에서 조금 흥분했던 것 같았다.

"굉장했지요? 어땠습니까? 우리는 정말 아무것도 몰랐더랬어요. 그것은 혁명이었어요. 절대로 폭동이 아니었다구요."

태림과 나는 아무 말 없이 방주인의 흥분이 가라앉기를 기다리기만 했다. 그렇게 기다리다가 깜박 잠이 들어버렸다. 아침에 일어난 친구는 더이상 흥분하지 않았다. 그는 말없이 먼저 학교로 가버렸다. 내게서 들을 수 없었던 그 도시 얘기를 그는 태림에게 기대했던 것일까. 그는 무엇을 듣고 싶어했던 것일까. 나는 그 도시의 무엇을 기억하고 있나. 그리고 태림은 어쩌자고 지금 이곳에 있나. 나는 김태림에 대해서 아는 것이 별로 없다. 우리에겐 겨우 한 번의 만남과 두 번의 편지왕래가 있었을 뿐이다. 그는 삼월에 우리 곁에 와서 사월을 보내고 오월도 채 다하지 않은 상반기 중간고사일을 하루 앞둔 그 일요일 이후 우리 곁을 떠났음을 나는 떠올린다. 오월에 떠난 그를 아무도 기억해내지 못했다. 아무도 기억해내지 못하는 속에 그는 소리없이 나타났다. 나는 그가 소리없이 나타난 김태림임을 아주 천천히 깨달아갔고 그리고 웃었다. 나는 그날 이전에도 그를 구체적으로 만난 적 없고 그날 이후로도 그를 만난 적 없다. 단, 그날 하루만 만난 것 같은 태림이, 아니, 단, 그 하루만 만났던 김태림이 어쩌자고 지금 이곳에 있는가.

태림은 다시 한번 말했다.

"나, 여기서 조금 살면 안되까? 남자가, 그 남자가 자꾸만 따라온다. 난 갈 곳이 없어."

나는 방문을 열었다. 말없이 나는 밖으로 나갔다. 학교로 갈 것이었다. 대문을 나서서야 나는 입안에 고여 있는 한마디를 천천히 내뱉었다.

'나는 너에게 도움을 줄 수가 없어. 나에겐 힘이 없어. 그리고 무엇보다 너랑 나랑은 그다지 친하지 않아.'

## 진술 4

학교에 가서 나는 친구에게 태림의 얘기를 조심스럽게 꺼냈다. 나로선 조심스러울 수밖에 없는 것이 누누이 말했지만 '기생자의 입장'이었던 것이다.

"그애가 말야, 남자친구를 사귀었거든. 멋지긴 한데 돈이 없었나 봐. 그래서 가만 보니 이애가 싫증이 좀 났어. 싫은 남자가 자꾸 쫓아오니까 잠시 피해서."

친구는 의외로 선선하였다. 오히려 지나치게 조심스런 내가 이상하다는 투였다. 기쁜 마음으로 자취방에 돌아왔을 때 태림은 없었다. 그는 그날 이후 어디로 갔던 것인지.

대학 말년에 가서야 나는 집으로부터 얼마간의 보조금을 받아낼 수 있었다. 그 무렵엔 '강원도 친구'의 방에서도 독립하였다. 한여름의 학원안정법 반대투쟁을 마지막으로 나는 내 독립공간 안에 칩거하였다. 나는 내 독립공간 안에서 앞으로 내 인생이 나아갈 바가 어디인지 곰곰이 생각했다. 뾰족한 대안은 없었다. 나는 짐을 정리하기로 마음을 굳혔다. 짐을 정리해서 최소한의 것만 남기고 모조리 나눠주리라, '눈물겨운 고학생'들에게. 내 서러운 서울유학의 남은 잔해와도 같은 짐들은 그렇게 처분하기로 하고 나는 미리 봐둔 공장의 기숙사로 갈 생각이었다. 나는 짐보따리를 들고 학교로 갔다. 구호물자는 유효적절하게 배분되었다. 마지막으로 과사무실을 들러 우편함을 털었다. 수신인이 내 이름으로 된 편지 한 통이 그 우편함 속에서 나왔다. 나는 교문까지 이어진 기나긴 진입로를 걸어 학교를 빠져나왔다. 학교를 다 빠져나와 교문의 돌기둥에 기대서서 나는 편지를 뜯었다. 발신인은 김태림이었다.

"잘 있었어? 나는 이제 너의 염려 덕분에 어느정도 완쾌되었다. 남편에게도 니 얘기 많이 했다. 잘 있었느냐? 내 친구여! 나는 아들을 낳았다. 통실통실하니 퍽도 예쁘다. 언제 와서 한번 보렴. 그러고 보면 나는 너를 사랑했던갑다."

태림이한테서 온 세번째이자 마지막 편지였다. 편지에는 그때 강원도 친구의 자취방에서 나가 어디로 갔으며 무슨 병으로 어디가 아팠는데 완쾌가 되었다고 하는지, 어떻게 누구랑 언제 결혼했는가에 대해서는 언급이 없었다. 내가 나가는 길로 저도 나가 내가 학교로 간 사이 저는 결혼을 하러 갔는지도 알 수 없는 일이었다.

"그러고 보면 너를 사랑했던갑다"라고 태림은 썼다. 그 구절에서 나는 무의미한 감동을 조금 느꼈다.

칠년 전 봄에 나는 내가 떠나지 않으면 안될 운명이라 여기며 떠났다가 다시 돌아온 도시의 시장 모퉁이를 지나고 있었다. 나는 그때 노동쟁의조정법 관련으로 구속되었다 풀려난 지 얼마 되지 않았고 아직은 집행유예 기간중에 있는 범죄자의 신분이었다. 나는 그

시장 모퉁이에서 태림과 조우했다. 태림은 아이 둘을 거느리고 있었는데 큰아이는 태림이 편지에다 썼던, 통실통실하니 퍽도 예쁘다던 바로 그 아이임이 분명했다. 태림은 내 손을 잡고 시장통 한가운데로 비집고 들어갔다. 나는 사실 오랜만에 만난 그가 반갑지 않은 것이 아니었다. 그의 세번째 편지를 읽고 궁금한 것도 많고 솔직히 그의 사는 꼴을 한번 보고 싶기도 했다. 편지의 내용이 그다지 암울하지 않았고 무슨 병을 앓았는지는 모르지만 완쾌도 되어간다니 좋은 일이었다. 멋지긴 하지만 돈이 없는 청춘이라던 그 남자와 했는지 어쨌는지는 모르지만 결혼도 하고 통실통실한 애기도 낳았다니 작은 인연이나마 인연이 있는 사람이고 하므로 한번은 들여다도 보고 싶은 마음이 일었던 것이다. 마음은 마음으로만 그쳤을 뿐 세월은 살같이 지나가버렸다.

태림은 내가 맨 처음 만났을 때 보았던 갯바람에 그을린 얼굴이 아니었다. 그의 얼굴은 거의 흙빛에 가까웠다. 신산하다기보다는 절망적인 느낌을 주는 빛이었다. 그런 절망의 빛 때문이었는지는 모르지만 오랜만에 만났어도 나는 그에게 반가운 내색도 제대로 할 수가 없었다. 단지 그가 이끄는 대로, 그가 풍기는 음산한 절망의 빛에 이끌려갈 뿐이었다. 이끌리면서 나는 어쩌면 선배와의 약속시간을 지키지 못할지도 모른다는 불안감이 일었다. 동향인 선배는 서울에서 출판사를 하다가 고향에 내려와 느닷없이 동물가게를 경영해보고 싶다는 거였다. 지금 시장통 너머 공지에다 동물가게 터를 다지고 있는 그를 만나러 가는 길에 나는 태림을 만난 것이었다. 출판사 인수건은 어차피 서울에서 결론지어야 할 문제이긴 했지만 약속은 약속이지 않은가. 하지만 태림이 이끄는 힘에는 뿌리쳐서는 안될 것 같은 비장한 느낌이 있었다. 나는 그것을 직감적으로 느꼈다. 태림은 한 손에 큰아이를 걸리고 한 손으로 작은아이를 업고 북적이는 시장통 안으로 잘도 비집고 들어갔다. 이윽고 태림을 따라서 당도한 곳은 순대와 내장을 파는 막걸리집 앞이었다. 태림은 자리를 잡고 앉자마자 쌍소리부터 내질렀다.

"엠병할, 하루 왼종일 걸었더니 막걸리 생각이 웬만큼 간절해야지."

나는 피식 웃고 말았다. 우리는 순대를 안주 삼아 막걸리 한 사발씩을 시원하게 비웠다.

"살기가 바빴냐?"

막걸리를 연거푸 두 잔째 마시고 나서 태림은 약간 시니컬해져서 내게 물었다.

"미안해. 편지를 받긴 했어. 꼭 한번 보고 싶기도 했고. 네 남편이랑 애기랑."

나는 변명처럼 말했다. 그러나 그것은 변명이 아니라 사실이었다.

"지랄하네."

"뭐라구?"

"내 서방 죽은 지가 언젠데 보러 오냐구우."

태림의 눈에 순간적이지만 살기 비슷한 기운이 잠시 서렸다가 사라지는 것을 나는 보았다. 태림은 "보러 오냐구우" 하면서 술잔을 끝말인 '구우' 소리에 맞추어 탁 소리가 나게 내려놓았다. 나는 그런 태림의 모습도 꼼짝없이 앉아서 지켜볼 수밖에 없었다. 마음 한구석에선 사실 '야가 시방 뭔 행팬구' 하는 심정도 들지 않은 것은 아니었으나, 태림이 '구우' 소리에 맞추어 내는 술잔의 '탁' 소리가 내 마음 한구석의 '웬 행팬구'보다 훨씬 강력하여 나는 꼼짝할 수 없었던 것이다. 태림의 큰아이는 눈치가 빠르하여 제 어미의 하는 양을 예사로워했다. 순대만 야금야금 먹는 품이 그랬다.

태림은 그의 남편이 공사장에서 막일을 하다 죽어버렸다고 말했다. 그는 담담하고 조근조근하게 이야기했다. 제 아이들을 고아원에 맡길 거라고 했다. 젖먹이인 작은아이는 친권을 포기할 것이며 그러고 나면 그 아이는 장차 해외로 입양이 될 것이라고 했다. 문제는 큰아이인데 태림은 그애를 아동일시보호소에 일시보호를 시킬 것이며 형편이 닿는 대로 빠른 시일 내에 그 아이를 데려올 것이라고 말했다. 태림은 그런 얘기를 눈치가 빠른 큰아이 곁에서 아무렇지 않게 얘기했으며 아이는 제 가족이 처해 있는 어쩔 수 없는 현실을 대체로 인정하고 있는 듯한 눈치였다. 다섯살인 그애는 고아원 운운하며 침을 튀기는 제 어미의 말을 참으로 진지하게 경청하고 있었던 것이다. 태림은 그들 가족이 처해 있는 이런 어려운 여건 속에서 친구인 내가 해줄 수 있는 일이 있다고 덧붙였다.

"너는 나의 보증인이 되어야만 하지."

"그게 어떤 건데."

나는 재빨리 머릿속을 굴려 '나는 지금 김태림이에게 빚보증을 설 만한 여력이 없다'는 사실부터 확인해두고 그것이 어떤 거냐고 목소리를 착 가라앉혀 물었다.

"내 새끼에 대한 보증이지. 일년 안에 내가 안 나타나면 니가 내 새끼를 데려다 키우는 거야."

어쩌면 장차 내 새끼가 되어버릴지도 모를 다섯살 사내아이를 나는 멀거니 바라보았다. 아이는 병아리털처럼 부드러운 머리카락을 갖고 있었다. 태림과 나는 다음날 오전 열시, 시장 앞 큰길가에 있는 다방에서 만나기로 하고 헤어졌다. 태림이 때문에 선배와의 약속을 지키지 못한 나는 전화를 걸어 출판사를 내가 무상인도하는 생각엔 변함이 없으며 내일이라도 한번 선배의 동물가게에 들러보고 싶으나 나는 내일 오전에 어떤 사람의 새끼보증을 서야만 하고 오후에는 서울엘 가야 하므로 부득이 동물가게를 방문하는 것은 다음 기회로 미룰 수밖에 없겠노라고 말했다.

"새끼보증?"

사십이 다 된 노처녀인 선배는 웬 느닷없는 소린고 하고 낄낄거렸다. 빚보증 소리는 들었어도 새끼보증 소리는 첨이라고도 했다. 나는 좀더 자세하게 내가 새끼보증을 서게 된 상황을 설명하려다가 그만두었다. 선배에게는 희한한 일이 될는지 모르지만 태림에게는 절박한 일이 아닐 수 없었다.

다음날, 나는 시장 맞은편 동백다방에서 태림을 만났다. 태림이 일러주는 대로 나는 내 인감도장과 주민등록증을 지참하였다. 장차 어찌 될는지는 알 수 없지만 만약 태림이가 제 몸뚱이조차 거느리지 못하고 제 인생의 파탄을 가져오는 행위를 한다거나 태림이 자신은 절대로 그런 일이 없을 거라고 하지만 반인륜적으로다가 보증인인 나를 믿고 종적을 감춰버린다거나 하는 상황이 오게 되면 나는 꼼짝없이 저 병아리털같이 노란 머리카락을 가진 사내아이의 오마니가 되어야만 할 운명에 처해지는 상황을 맞을 수도 있었다. 그러나 나는 개의치 않고 성심성의껏 내가 할 수 있는 일은 해주기로 하였다. 그리하여 우리는 택시를 대절하여 시립 아동일시보호소로 향하였다. 택시 안에서 나는 어제부터 내가 심사숙고한 끝에 얻은 결론인

내 의견 한가지를 태림에게 조심스럽게 꺼내보았다. 그것은 둘째아이에 대한 친권을 미리부터 포기하지 말고 우선 큰아이와 함께 일시보호소에서 일시보호를 시킨 뒤 그래도 두 아이 부양이 도저히 힘들 것 같으면 그때 가서 친권을 포기해도 늦지는 않을 거라는 얘기였다. 택시기사가 우리들을 좀 이상한 눈으로 흘금거리는 것을 내버려둔 채 나는 태림에게 진중하고도 차분하게 내 의견이 이런데 니 의견은 어떻노, 물었고 태림은 그것도 괜찮은 생각이긴 하지만 그렇다면 너가 한 아이가 아닌 두 아이의 보증을 서야만 되고 그러면 친구인 너에게 나 자신이 너무 많은 부담을 주는 것 같아 썩 마음이 내키지 않는다고 말했다. 나는 그럴 필요가 없다고 잘라 말했다. 나는 이제 장차 제 형과 함께 내 자식이 될지도 모를 태림의 작은아이를 태림으로부터 건네받아 내 가슴에 안아보았다. 아이를 안은 느낌은 좋았지만 어느 하루아침에 시집도 안 가본 처녀가 두 아이의 엄마가된다는 상상은 사실 가슴을 덜컥 내려앉게 하기에 충분했다.

두 아이의 보증을 서고 난 후에 나는 태림이 잡아끄는 통에 할 수없이 아동일시보호소의 언덕길을 내려와 그가 살고 있는 집까지 동행을 했다. '할 수 없이'라는 표현은 적절치 못한지도 모르겠다. 태림은 시립 아동일시보호소 언덕을 내려오며 끊임없이 중얼거렸다.

"칭기즈칸은 말야, 칭기즈칸은, 칭기즈칸은……"

칭기즈칸 부분에서 태림이 무슨 말을 하려는지 대충의 감을 잡을수는 있었다. 아들을 적지에 떨어뜨려놨단 말이지, 그것도 일부러.

그러나 미제국주의와 핵미사일 부분에서는 도저히 감을 잡을 수가 없었다. 일시보호소의 긴 언덕을 따라오던, 장차 내 새끼들이 되어버릴지도 모를 두 아이의 처절한 울음소리가 태림에게는 들리지 않았던 것일까. 나의 울음은 태림이 끊임없이 중얼대는 미제국주의와 핵미사일 앞에 극도로 희화적이 될 수밖에 없었다. 자고로 미제국주의 앞에서는 인간의 순수한 눈물도 맥을 출 수가 없었던 것이다. 핵미사일 앞에서는 모든 것이 깡그리 무화되는 것이다. 아이의 처절한 울음도 내 순수한 인간애의 발로인 눈물방울도.

나는 태림이 사는 집까지 동행했다. 나는 그때 내가 할 수 있는 일은 모두 해주었다. 그리고 나는 바로 서울행 고속버스를 타야 했다. 태림이 사는 방문을 열어 태림을 밀어넣고 몇마디 위로의 말도 제대로 건네지 못한 채 나는 그곳 골목을 서둘러 빠져나왔다. 내가 빠져나온 골목 끝으로부터 무서운 '절규'가 들려오기 시작했다. 동물적인 섬뜩함이 그 울음에 있었다. 나는 잠시 주춤했다. 그러나 나로서는 더이상 어쩔 수 없는 사태인 것이 확실함을 짧은 순간에 깨달았다. 나는 가파른 골목을 달음박질치기 시작했다. 산동네의 길 양쪽에 장다리꽃들이 우우 키를 세우는 것을 나는 달음박질치면서 보았다.

이후로 나는 태림을 만나지 못했다. 그동안의 내 생은 악화일로의 선상에서 단 한발짝도 비켜나지 않은 삶이었고 나는 그런 내 생에 코를 박고 사느라고 장차 내 새끼가 될지도 몰랐던 태림의 아이들조차도 까맣게 잊어버리고 말았다.

이튿날 '창밖이 아름다운 커피 전문점'에 수남은 나타나지 않았다. 수남을 기다리는 동안 나는 집중적으로 한시간짜리 독서를 했다. 나는 더이상의 기다림을 포기하고 집으로 돌아왔다. 수남에게서 전화가 왔다.

수남은 말했다. 태림이 죽었노라고.

모든 조건은 사랑이라는 말이 나는 참 좋았다. 참 좋은 그 사랑이 내게 없었던 것일까. 나는 그랬는갑다고 생각했다.

'나는 사랑하지 않았는갑다, 태림아, 나의 친구야!'

장차 내 새끼들이 될지도 모르겠다고 생각했던 태림의 아이들은 이제는 제법 큰 아이들이 되어 있었다. 그리고 제법 큰 그 아이들 곁에 이제 겨우 아장거리는 또 하나의 아이가 죽은 태림이 곁에서 오물거렸다. 아이 아버지는 보이지 않았다.

정신과 질환을 앓았나봐.

80년도부터 앓았는데 오래됐나봐. 이웃집 아줌마가 그러대.

병원에서 나와 길을 건너다가 그만 트럭에……

세번째 남자였는데 애만 배게 해놓고 아마……

생일이라고 나를 초대한다던 애가 학교를 결석했더라구. 전화를 해서 알았지.

나는 모른다. 나는 정말로 태림에 대해서 그다지 아는 것이 많지 않다. 그리고 나는 태림을 알고 있다. 그리고 나는 그를 사랑하지 않았다. 나의 태림에 관한 마지막 진술은 이것이다.

후배 편집장에게 물려준 출판사에서는 책이 그런대로 팔리고 있다는 전언이다. 반가운 소식이다. 그리고 나는 이제 새롭게 살고 싶다. 그렇지 않으면, 그렇지 않으면 길은 막다른 길일 것이기에.

〔문학동네 1994년 창간호(겨울호)〕

266

# 신산(辛酸)에서 따숨까지

정 홍 수

## 1

시민군으로 참여했던 한 인물의 무너져내리는 일상을 통해 '5월 광주'의 상처를 현재적 비극의 자리에서 힘있게 되물었던 등단작 「씨앗불」(1991) 이래, 진부한 후일담과 얇은 섬세화 경향이 지지부진한 행로를 드러내기 시작하던 90년대 초반의 한국 작단에 마치 별종처럼 불쑥 뛰어든 공선옥의 저 씩씩한 화법은 그 활약이 자못 놀라운 바 있었다. 그렇게 해서 「씨앗불」에 이어 「목숨」「목마른 계절」「흰달」「피어라 수선화」 등으로 이어진 일련의 작품에서 독자나 평단이 목도한 것은 눈부신 낯섦이었는데, 그 낯섦은 작품 속 인물의 신산 (辛酸)한 삶과 도발적인 문체 두 가지에서 다가온 것이었다. 작품 속 인물들의 신산한 삶의 행로에는 설명이 있어야 한다. 단순한 신산이 아니었기 때문이다. 적어도 근대적 의미의 소설에서라면 한스럽고 고단한 인생유전의 역경이 그 자체로 소설의 미덕이 될 수는 없고, 오히려 진부한 신파조의 이야기로 넘어가버릴 위험에 더 노출되어 있다. 신산한 삶의 행로가 소설적 의미를 지니려면, 작가가 근본적 인간학을 포함한 당대 삶의 보편적 문제를 그 행로를 통해 새롭게 재구성하고 삶의 문제를 지금까지와는 다른 맥락에서 물을 수 있어야 한다. 공선옥의 '신산'은 어떠했던가.

초기작에서부터 이번 두번째 소설집까지, 조금씩의 변형은 있지만 어떤 삶의 유형이 공선옥의 소설에는 반복해서 나타나는바, 어지간한 말로는 그 고됨을 다 담을 수 없을 것 같은 한 여성의 신산한 삶이 그것이다. 그것은 휩쓸리듯 덜컥 어미가 되어 혼자 몸으로 아이들의 목숨을 감당해가야 하는 젊은 여성의 쑥대밭 같은 살림살이로 집약된다.(당장 하루 앞을 어쩌지 못하는 밑바닥의 삶을 두고 나는 지금 고개 돌려 '쑥대밭'이라 거칠게 부르고 있지만, 그 쑥대밭은 공선옥의 소설에서 하층 민중의 삶과 말이 끈끈하게 숨을 이어가는 생명의 텃밭이기도 하다.) 그리고 여기에 '5월 광주'의 참전에서 치명적 내상을 입은 애비 혹은 남자가 그 쑥대밭의 그림자로 어른거린다. 그러니까 공선옥의 신산에는 설움의 덩이들을 잇는 '광주'라는 역사의 거멀못이 큼직하게 박혀 있는 셈인데, 이 때문에 그의 소설이 90년대 한국문학에서 새로움을 얻을 수 있었던 것일까. 그렇기도 하지만 그렇지 않기도 하다. '광주'라는 거멀못이 한 여성의 고된 목숨잇기를 앞뒤에서 붙잡고 있다는 점은 공선옥 소설에 현실주의적 맥락을 얹어주지만, 그 자체 새로운 인간학의 영토로 우리를 끌고 들어가는 것은 아니기 때문이다.

바로 이 지점에서 공선옥은 자신만의 문학적 영토를 개척한다. 공선옥은 소설 속 신산한 삶들을 '5월 광주'의 장엄한 비극 속으로 되돌리지 않는다. 그것들에 역사적 월계관을 씌워 고통의 연원을 거창하게 내세우지도 않는다. 거꾸로 공선옥은 '5월 광주'든 무엇이든 신산의 바닥으로 힘껏 끌어당겨 '목숨 붙이고 사는 일'의 고단함 앞에 마주세운다. 그리고는 소설 속 인물들을 통해 무심한 듯, 시비조로 대들 듯 따진다. '그래서 어쨌단 말이냐. 나는 내 한 목숨 건사도 쉽지 않다. 할 수만 있다면 애새끼들도 홀쩍 떼어놓고 싶다. 다른 놈들은 다 어떻게 사는지 모르겠지만 나에게는 한 끼의 밥과 애새끼들과 함께 할 한뼘의 공간이 필요하다. 그게 다다.' 그러니까 공선옥의 신산은 첫소설집의 「우리 생애의 꽃」에서 수자라는 여성을 통해 표현되듯 "반란하지 않으면 (일상의) 삶이 불가능한" 지점까지 한껏 내려와 있다. 그리고 그 '반란'이 날을 겨누고 있는 것은 온갖 '살 만해진 것들'이다. 그렇게 해서 '살 만해진' 자리에서는 보이지 않던 온갖 삶의 허위가 공선옥의 신산, 그 반란의 언어에 의해 점잖은 허울을 벗고야 마는 대목에서 공선옥의 소설은 신파와 진부한 후일담을 넘어 새로운 인간학의 영토를 한국소설에 더했던 것이다.

그리고 이런 반란과 한몸이지만, 사태의 본질에 곧장 육박해 들어가는 공선옥의 묘한 도발적인 문체 또한 우리를 낯설게 만든다.(그러나 공선옥의 이런 문체가 자각적이거나 전략적인 것은 아니다 싶다. 아마도 체질적인 것이 아닐까. 그래서 오히려 더 힘이 있는 것은 아닐까.) 이는 공선옥 소설의 반란에 근본적인 힘을 부여한다. 공선옥 소설은 그러니까 그 자체 거칠고 도발적인 문장의 호흡을 필요로 했던 것이다. 공선옥 소설을 읽는 일은 산란(散亂)한 문체와 마주하는 일이기도 하다. 읽는이의 짐작에 일쑤 딴죽을 걸면서 그 향방을 짐작하기 어렵게 만드는 언어들을 온몸으로 맞고 있노라면 세상 어디에도 멀쩡한 곳은 없으며, 세상이란 으레 쑥대밭 같은 곳처럼 생각되기도 한다.

물론 공선옥 소설이 그 전언과 문체에서 늘 성공적인 반란을 이룬 것은 아니었다. 누구보다 자전의 요소가 강하고 바로 거기서 상당한 작품 장악력을 확보했던 공선옥은 그 자전의 문학적 변용에서 가끔 상투성을 노정하기도 했고 사태의 본질로 곧장 육박하는 도발적인 문체로 인해 간혹 작가의 날목소리와 뒤섞이게도 했다. 그러나 전체적으로 장편 『오지리에 두고 온 서른 살』(1993)을 포함하여 첫소설집 『피어라 수선화』(1994)의 세계는 최소한의 인간적 위의도 지키기 어렵게 만드는 물리적 폭력과 궁핍의 구체를 날선 본능의 언어로 형상화함으로써 '살 만해진' 삶과 '점잖은' 삶이 꾸려가는 위선의 언어들을 반성케 하였다. 이 점에서 90년대 전반기 공선옥의 문학적 기여는 분명하였다. 그후 공선옥은 얼마만큼 달라졌는가. 아니 얼마나 굳게 자기 자리를 지키고 있는가. 이제 그것을 확인해볼 때다.

2

두번째 소설집 『내 생의 알리바이』에서 가장 공선옥적인 작품은 아마도 「술 먹고 담배 피우는 엄마」가 아닐까. 이 작품에는 공선옥의 인간학과 그것을 가능케 하는 공선옥만의 소설언어가 집중적으로 담겨 있다. 작품의 줄거리는 간단하다. 두 아이를 혼자 몸으로 키우는 여성이 나오는데, 어떤 이유에서인지 남편은 처자식을 버렸다.

광주의 아동일시보호소에 아이들을 맡기고는 돈을 벌러 서울로 올라와 공장노동자가 된 애기엄마 ‘나’는 둘째아이가 아프다는 소식을 듣고 그날로 목포행 비둘기호 밤열차에 몸을 싣는다. 어떻게 하다보니 두 남자 사이에 끼여 앉게 되었다. 그렇게 해서 옆자리의 털북숭이 남자가 술컵을 건네며 수작을 걸어오는 것이 소설을 이루고 있다.

그러고 보면 애기엄마 ‘나’는 이번 소설집의 표제작 「내 생의 알리바이」의 태림이기도 하고 「뭘 먹고 살까」의 화자 ‘나(작가 최강미)’이기도 하며 몇년 후 「어린 부처」의 문희가 될 사람이자, 우리가 조금 알고 있는 작가 공선옥과도 겹친다. 이런 자전적 요소의 변용은 공선옥 득의의 영역이지만 그 변용이 매번 새로운 소설적 성취로 이어진 것은 아니었다. 어설픈 변용에 소설이 끌려다니다 정작 작가 자신의 목소리를 놓치는 경우가 그러하였다. 그런 점에서 「술 먹고 담배 피우는 엄마」는 공선옥의 정공법이 돋보이는 작품이라 할 수 있다. 그렇다. 그 ‘나’의 내면을 아주 정면에서 들여다보고 있는 것이다. 바로 다음 두 대목을 보자.

내내 굳어 있던 털북숭이 얼굴이 쪽 펴지고 있음을 나는 안 보고도 안다. 또다시 그놈의 두꺼비 같은 손아귀가 맹렬하게 내 몸 안으로 쳐들어오고 있는 것이. 나는 그래도 그 손을 떼어내지 못한다. 손바닥은 뜨겁다. 그 손이 좋은 게 아니고 그 손바닥의 뜨거움이 그다지 싫지 않다. (179면)

“맘대로.”

무슨 말인지 아무 맥락도 없이 나는 맘대로, 하란다. 털북숭이
가 나를 세게 잡아 당긴다. 나는 그에게로 무너진다. 그가 속삭인
다.

"좋잖아, 따습고."

나는 실제로 따습다. 그건 가짜가 아니다. 털북숭이의 불 같은
손길에 내 마음속의 얼음이 봄눈처럼 녹아내린다. 그러나 이 모든
것이 얼마나 허망한 짓거린 줄을 나는 안다. 나는 애기엄마인 것
이다. (185~86면)

아이 둘을 아동일시보호소에 맡겨두고 당장의 생활을 위해 서울
서 돈벌이를 하고 있는 젊은 여성의 내면이 어떨 것인지는 그리 짐
작하기 어렵지 않다. 우리는 이미 지난번 소설집에서 여덟살 난 딸
아이를 혼자 키우는 여자의 황량한 내면을 본 바도 있고(「우리 생애의
꽃」), 남자의 행방을 모르는 채 뱃속의 아이를 놓고 극단적 갈등에
시달리는 젊은 어미의 처절한 목숨론을 들여다본 바도 있다(「목숨」
「피어라 수선화」). 뿐인가. 남편이 다른 여자에게서 낳은 아이를 받아
들이는 기나긴 마음의 여로에 동행한 적도 있고(「흰 달」), 오일팔 때
시민군이었던 애인이 옥살이 후유증으로 병들어 죽자 아파트 난간
을 넘어 죽음의 길을 따라간 외발의 미스 조도 알고 있다(「목마른 계
절」). 그러나 털북숭이의 '더러울 것 같은' 손의 뜨거움을 받아들이
는 이 경우는 조금 다르지 않은가. 인용된 문장의 호흡을 따라가보
면 이건 무슨 성욕이나 바람기 따위와는 거리가 멀다. 나는 금방 '더
러울 것 같다'고 했거니와, 아마도 이런 감정의 지점이야말로 근대
시민사회의 표준적 윤리감각이리라. 성욕이나 바람기 따위는 속으

로 용납해도 이런 '더러운 손장난' 앞에서는 참을 수 없는 마음이 되는 것, 음성 나환자의 손은 잡을 수 있을지라도 이런 털북숭이 손은 견딜 수 없는 것, 바로 이런 지점의 허위를 아무렇지 않게 꿰뚫어버리는 무심한 육박력이야말로 공선옥만의 소설언어가 아닌가 싶다. 두꺼비 같은 음탕한 손아귀일망정, 손바닥의 뜨거움은 뜨거움인 것이다. 실제로 '따순' 것은 '따순' 것이다. '나'의 오갈 데 없는 처지, 그 내면의 황량함이 더없이 맑게 진실을 붙잡는 이러한 순간을 위해 공선옥의 숱한 '나'는 그렇게들 대들고 따졌던 것일까.

그런데 이 맑은 진실은 그 맑음만큼 많은 더러움을, 거짓을, 야비함을, 허망함을 그 앞뒤에 두고 있음을 작가 공선옥은 당연히 안다. 이 어른스러움이 작가로 하여금 털북숭이서껀, '노동해방문학'을 들고 있는 검은테 안경과의 그 온갖 수작질을 기록하게 한다. 무슨 부조리극의 대사 같은 그 언어들은 상황의 아이러니를 절묘하게 드러내면서 '뜨거움'과 '따숨'을 다시 아득하게 밀어내고 "아이는 지금 감옥 같은 사각진 침상 안에서 침상 안에서……"의 현실을 더 가혹하게 환기시킨다.

"광주는 무슨 일로 온 거요?"
"새끼들 보러."
"웃기지 말어."
그는 내 말을 묵살한다.
"내가 웃겼어요?"
"너 같은 여자가 무슨 새끼는 새끼."
"내가 왜?"

"무슨 애기엄마가 술 먹고 담배를 피워?"(189~90면)

　나는 이 대목에서 웃는다. 그리고 아득해진다. 여기서 김윤식의 말이 생각난다. "공씨의 저 낯선 문체란 실상 종래의 우리 소설 문체로는 감당할 수 없는 '그 무엇'이 (우리 삶속에) 있다는 증거다." 그러고 보면, 공선옥의 문학이 우리에게 충격을 준 지점은 이런 깊은 유머가 아니었던가. 그 깊은 말맛이 아니었던가. 공선옥 문학의 성숙을 증거하는 또 하나의 작품 「타관 사람」에서 우리는 새삼 이를 확인하게 된다.

　「타관 사람」에는 공선옥의 '나'가 뒤로 숨어 있다. 갑철이라는 부랑노동자가 주인공이다. 그는 오일팔 시민군 출신도 그 무엇도 아니다. 하도 안되는 쪽으로만 세상을 살아와서 조금의 좋은 일에도 불안에 떠는 불쌍한 인간일 뿐이다. 그는 공사장에서 만난 사람의 소개로 섬진강가 한 마을의 빈 움막을 찾아든다. 거기서 한겨울을 날 수만 있다면, 거기서 고아가 된 조카 홍기와 한겨울을 날 수만 있다면, 움막 주인이 늦게 돌아와 거기서 홍기 학교 보내고 한 시절을 넘길 수만 있다면…… 따지고 보면 그에게도 욕심이 없는 건 아니지만, 한겨울을 넘기고 봄을 맞는 갑철의 이야기를 공선옥은 놀랍도록 정제된 구도 속에 담아낸다. '아, 공선옥이 남의 이야기도 이렇게 잘하는구나.' 6, 70년대 한국 단편소설의 빼어난 모습을 잇는 수작이라 할 만하다. 공선옥의 '나'는 이 작품에서 뒤에 숨어 있다고 했지만, 하냥 숨어 있기만 한 것이 아니라 작품 곳곳에, 이러저런 인물 속에 아름답게 흩뿌려져 있다. 이 점이 공선옥 소설의 진일보를 말해주는 것인바, 섬진강사랑 슈퍼 순임에게는 말할 것도 없고 행운을 겁내는 갑철에게도 그리고 홍기와 윗한배미 마을의 그 농투성이들에게도 공선옥의 '소설적 자아', 거기서 품어진 언어들이 골고루 잘 나누어져 있다. 그리고 그 백미는 순임의 '히힝', 그 콧소리 웃음이다. 남도말의 깊은 울림이다.

"혹시 담배도 팝니까?"
"히힝, 담배가게서 띠어다 써비스 차원에서 파는 것이 있기는 있어라우."
"한 갑만 파십쇼."
"히힝, 그러시쇼." (32면)

'히힝', 이 소리는 신산의 깊어진 문학적 표현이 아닐까. '히힝'을 통해 공선옥은 삶의 저 깊은 바닥에서 올라오는 유머를 받아내고 있다. 순임의 정(情)과 갑철의 경계하는 마음이 남도말 가락을 탄 '히힝' 소리를 사이에 두고 이리저리 그네를 타는 광경은 아름답다. 정과 사랑을 두려워하는 갑철의 불안 너머로 공선옥의 다른 작품들, 그 신산의 시간들을 겹쳐보는 것은 우리 독자의 권리며, 그래서 혹 누군가가 이 작품을 두고 인정담이라고만 한다면 동의할 수 없는 것이다. 그간 공선옥 소설에서 간혹 느껴지던 독기가 말갛게 가셔져 있는 점도 인상적이다.

「어린 부처」는 두 아이를 데리고 재혼한 한 여성의 결혼생활을 공선옥 특유의 육박력으로 재현하고 있는 작품이다. 새로 태어난 십칠 개월 된 아이까지 여기 가세하여, 공선옥의 삶―문학 속의 후일담을 이룬다. "이제 한창 꽃피워야 할 이십대 초반에 자신을 엄마로 만

들어버린 아이들, 특히 큰아이 도란이에 대해서 일종의 원한마저도 품고 있었던 여자라는 것이다. 말만 엄마였지 그녀는 그때 아주 나쁜 여자였다"(68면)와 같은 대목은 그대로 「우리 생애의 꽃」에 이어지면서 작가에게 이 언저리가 얼마나 큰 상처로 자리잡고 있는지를 새삼 환기시킨다. 그 상처의 깊이 때문이겠지만 작가의 자의식이 거칠게 노출되는 대목은 생경스러워 「타관 사람」의 정제를 떠올리게 만든다. 그러나 문희와 세환이 이혼서류 작성을 둘러싸고 옥신각신하는 장면에서 그 복잡한 심리의 기미를 '이러세, 저러세'란 말투로 붙잡아내는 대목이라든지, 오밤중의 가족간 난투극 장면을 눈 하나 깜짝 안하고 기술해가는 대목에서는 90년대 여성소설의 섬세한 일상극을 가볍게 뛰어넘음으로써, 아파트나 오피스텔의 일상극과는 다른 땀내나는 생활의 드라마가 공선옥 소설의 한 자리가 될 수 있음을 예감케 한다.

「내 생의 알리바이」는 이번 소설집의 표제작이지만, 발표 시기로 보면 수록작품 중 가장 앞서 있다. 『피어라 수선화』의 세계에 곧장 이어지는 느낌을 받는 것도 그래서일 것이다. '진술 1 2 3 4'로 이어지는 글의 형식에서도 알 수 있듯, 이 작품에서 작가는 '태림'이라는 인물에 대해 가능한 객관적 서술을 시도하고 있다. 작품을 읽어보면 드러나지만 태림이란 곧 작가의 문학적 분신, 그러니까 공선옥 소설의 그 '나'이다. 태림과 80년에 잠깐 고3 생활을 같이한 여고 동창생 화자의 한눈팔기와 머뭇거림 속에서 아주 더디게 조금씩 그 모습을 드러내는 태림의 살아온 자취란 정작 이 소설의 부산물일 뿐이다. 우리의 눈이 머무는 곳은 태림과 화자인 '나' 사이의 긴장이며, 그 둘 속에 나누어져 있는 분열된 자아다. "나는 그를 사랑하지 않았다.

나의 태림에 관한 마지막 진술은 이것이다"라고 말하는 '나'란 그러니까 태림 자신이다. 태림이 느닷없이 교통사고로 죽고, 그 죽음 곁에서 그 '새끼들의 보증인'이었던 화자 '나'가 이제는 제법 커버린 아이들을 바라보는 장면에서 우리는 작가 공선옥의 통렬한 자기 부정, 할 수만 있다면 과거를 지우고 새롭게 살고 싶은 처절한 갈구를 본다. 「내 생의 알리바이」에서 '나'는 태림의 모진 세월에서 자신의 부재를 증명하고 싶었지만, 그리고 '나는 태림을 사랑하지 않았다'고 말하는 것으로 그 부재 증명을 완성시키고 싶었지만 당연히도 작가는 안다. 그런 부재 증명은 가능하지 않음을. 작가가 진술 속에 '나는 그를 사랑하지 않았다'는 말을 되풀이함으로써 자기 망각과 도피의 욕구를 '사랑'으로 반전시키려 하는 것은 이 작품의 어른스러움이며, 공선옥식 '자기 이야기'가 삶의 가혹한 아이러니에 가닿고 있다는 증거이기도 하다.

　한겨울 훔쳐온 김치를 우두둑 씹으며 뱃속의 아이를 키우는 영례의 모진 삶을 그린 「어미」는 공선옥 특유의 모성 체험이 없이는 씌어질 수 없는 작품이리라. 그러나 「세한(歲寒)」의 옛이야기식 인생유전이 결말에서 느닷없는 죽음을 보여주는 것이나 「모정(母情)의 그늘」의 느슨한 독백조가 한여사의 갈등 없는 자기 위안에 그치고 마는 것, 그리고 '노동자의 고향은 공장이다'는 「우리들의 고향」의 얇은 주제의식 등은 공선옥 소설이 빠지기 쉬운 덫인지도 모른다. 그리고 그 덫은 공선옥 소설이 지니고 있는 곡절 많은 이야기들 속에서 항시 입을 벌리고 있다. 이번 소설집의 괄목할 성과를 토대로 이야기의 통제, 자기 언어의 절제를 통한 공선옥식 소설미학의 구축은 좀더 의식적인 작업이 되어야 하지 않을까. 그렇지 않을 때 「뭘 먹고

살까」의 황옥단 할머니는 무시로 공선옥의 갈 길을 막을지도 모른다. 공선옥 자신 잘 알고 있듯, 이야기가 중단된 그 지점에서 소설이라고 하는 이상한 물건은 늘 몸을 뒤척이며 기지개를 켜지 않던가.

3

공선옥의 소설에는 작품이 끝났음에도 못다한 말들의 웅성거림이 남아 있다. 그만큼 그는 할말이 많은 작가다. 어떨 땐 수다스럽기까지 하다. 그러나 우리는 그 수다를 사랑한다. 자신의 신산을 아무렇지도 않게 이야기하는 그 수다스러움을 사랑한다. 「내 생의 알리바이」에서 본 것처럼 지난 삶의 가혹한 운명을 지우고 싶어하는 한 사람의 공선옥과, 그럼에도 그 가혹한 운명을 껴안고 그 안에서 글쓰기를 밀고 가려는 또 하나의 공선옥, 이 둘의 수다스런 싸움을 사랑한다. 그 안타까운 싸움의 도정에서 '따순' 손바닥의 긍정에 이른 그 씩씩한 마음을 사랑한다. 첫소설집 후기에 나오는, 천원어치씩의 밤과 감, 친구의 텅 빈 방이 그 수다의 숨은 싸움터임을 우리 독자도 잘 알기 때문이다.

# 후기

94년 말에 첫소설집을 묶은 후 햇수로는 4년 만에 두번째 소설집을 세상에 내놓는다. 그러니까 두번째 소설집에 묶은 소설들은 서른두살 말에서 서른여섯살까지 쓴 것들이다. 서른두살에서 서른여섯살까지 이사를 세 번 다녔다. 광주에서 여수로, 여수에서 곡성 산골의 폐교된 분교로, 그리고 지금 살고 있는 이곳까지. 큰 아이들 둘에 보태어 아이도 하나 더 낳았다. 세월이 흘러 나는 아이가 셋 딸린 삼십대 중반의 시골 아낙네가 되어 살아가고 있다. 작가로서보다는 아이엄마로서의 삶을 살아가고 있다. 내가 그렇게 시골에서 아이엄마로서 살아가고 있는 동안 90년대도 어언 저물어간다.

90년대 벽두부터 시작해서 7, 80년대에 치열하게 삶을 살았던 분들이 하나둘 유명을 달리하고 있다. 그럴 때마다 내가 작가로서 이렇게 살아도 되나, 나는 어떻게 살아야 하나, 하는 물음을 자신에게 하게 된다. 어차피 글을 쓰며 살아갈 거면 죽은 글이 아닌 생명있는 글을 써야 할 텐데. 그렇지만 그 생각은 열망뿐 능력이 따라주지를 않는다. 그래도 두 눈 똑바로 뜨고 살아가기는 해야 할 것이다.

글을 묶어놓고 보니까 유독 아이를 '아동일시보호소'에 맡긴 이야기가 동어반복처럼 많은 것을 발견했다. IMF시대가 오기 훨씬 전 내 개인적 생활이 파산을 맞고 아이들을 그곳에 보낸 일이 있었다. 그런 경험이 작용한 탓이리라.

무슨 글을 어떻게 쓰며 살아갈 것인가보다 나는 어떻게 살아가야 할 것인지부터 묻는다면, 가장 평범하지만 정직하게, 사람으로서도 작가로서도 정직하게 살아야겠다는 것이다.

「몸을 위하여」는 발표할 때 원제목이 "그 여자 난주"였다. 여성의 몸에 대해서, 똑같은 인간으로 태어나 똑같이 존중받아야 할 육체에 대해서 뭔가 말하고 싶었는데 그만 능력 부족으로 제대로 써지지가 않았다. 하나 어쩌랴. 못난 자식이라도 내 속에서 나온 자식인 것을. 「그 푸른 바다 눈에 보이네」와 「세한」은 말미에 좀더 덧붙였다.

두번째 소설집을 묶고 나서 뭔가 하나의 마디가 지어진 것 같은 생각이 든다. 90년대에, 내 삼십대에 마지막 묶는 소설집이 될 것 같다. 내 사십대인 2천년대에 나는 어떤 글을 쓰게 될까. 어떻게 살아갈까. 아이 잘 키우고 몸도 마음도 건강할 일이다.

1998년 9월 14일

공 선 옥